唐詩主題與心靈療養

侯迺慧　著

三民書局

國家圖書館出版品預行編目資料

唐詩主題與心靈療養／侯迺慧著.－－初版一刷.
－－臺北市：三民，2005
面；　公分.－－(文苑叢書)

ISBN 957-14-4269-0　(平裝)

1. 中國詩－歷史－唐(618-907) 2. 中國詩－評論

820.9104　　94007914

網路書店位址　http://www.sanmin.com.tw

© 唐詩主題與心靈療養

著作人　侯迺慧
發行人　劉振強
著作財產權人　三民書局股份有限公司
臺北市復興北路386號
發行所　三民書局股份有限公司
地址／臺北市復興北路386號
電話／(02)25006600
郵撥／0009998-5
印刷所　三民書局股份有限公司
門市部　復北店／臺北市復興北路386號
重南店／臺北市重慶南路一段61號
初版一刷　2005年7月
編　號　S 821000
基本定價　伍元貳角
行政院新聞局登記證局版臺業字第〇二〇〇號

ISBN　957-14-4269-0　(平裝)

序

洒慧比我早一年進入大學服務，從中興法商到臺北大學，十多年來我們是最要好的同事，最契合的朋友。這一段歲月，我見證了她的奮鬥、成長與精進，尤其是她對生命與學問的真誠與熱情、對教學與研究的專注與堅持。如今她要出書，看著這疊厚達三百多頁的書稿，其蓄積之厚、所得之多、志趣之專，令人不勝感佩。

從政大中研所博士班畢業以後，她從事中國古典詩歌主題的研究便從未間斷；在學術研究的路上，洒慧有一般學者的勤奮與準確，嫻熟精到於資料的爬梳蒐集、解析詮釋，能抉發幽微，多所創見，展現學力也展現才情。除此之外，她更是個有使命感、有人文關懷的學者。一路走來，她總是不斷的思考、反省與督促自己：如何讓研究與生命結合，如何透過真切心得的提出與分享，幫助人們調整、改善與提昇生命。因而在領域的統整方面，她融和且貫穿了中國文學與生命工程，將重點聚焦於向被學界忽略的精神心靈層面之心學部分。

懷抱著鮮活深刻的生命愛戀走進古代文士，她透過唐人的詩文作品，透過傷逝、傷老、傷古、人生苦短與及時行樂的文學主題，和古人進行超越時空的心靈對話。去觸及、去傾聽、去理解他們的憂傷、挫敗、失落與焦慮，他們的甦醒、張揚、豁達與喜樂。

本書所收的七篇論文前四篇，在國科會尚有代表作獎助的年代裡均榮獲該獎項，證明其為優秀的論文，清晰地展現並印證著迺慧立志成為生命工程師的企圖與進程，特別是這分誠摯、貼切、深至的人文關懷。在建構與重建之中，本書結合主題學、心理學與意象學的理論，深入特定與不特定的詩人情意世界，梳理出一代文士關於心靈療養共通適用之價值系統與實踐模式。對於眾生，除了可以領受唐代文士生命自覺與安頓心靈的人文情懷之外，更能獲取消解憂傷的具體藥方，啟動自在、開放、尊嚴、快樂、希望的生命系統。本書為唐詩研究開闢新境，對中國文學史、中國詩學、生命工程學，更有其不可抹殺的意義、價值與貢獻。

國立臺北大學中文系教授兼任人文學院院長

蔡芳定　二〇〇五年五月

目次

杜詩的聲音意象與其心理意涵

艱難感對白居易詩樂天思想與樂天形態的影響

唐代郡齋詩所呈現的文士從政心態與困境轉化

唐代懷古詩的結構模式與生命開解

唐代邊塞詩黃昏回歸主題的情意心理

唐代黃昏送別詩的情意心理

【前言】

中國文學與心理治療

多年來，在學術研究的路上，總是常常自問：怎樣的研究是可以與生命緊密結合的？是可以幫助人們改善生命的？因為這樣的反省與提醒，讓我在研究的主題上，多半關注、圍繞著文學作品所蘊含的心理意義，希望能從中掘發出人們調整、改善、提升生命的努力歷程。因為我們了解生命工程是極其複雜、深奧又奇妙的一個學門。然而時下深受重視的生命工程研究，卻將研究重點放在生物學、生理學的層面，至於精神心靈層面的心學部分則付之闕如。實則，一個完整的生命包含生理與心理，缺一不可；甚至心理還會影響生理狀態。因此，完整的生命工程研究絕對不可或缺心靈工程的部分。

心靈層面的生命工程大抵可以包括兩個部分，一個是建構，一個是重建。前者是從零開始的吸收、接納，從而建構出一套複雜的心理系統，其中主要包含了人生觀、價值觀、思考模式、處世態度等等的建構；後者則是在人生的際遇中反省前者，從而解構、調整或重建這

套心理系統。在生命的進程裡，理想與現實的差距過大，或事與願違的情形往往不可避免，此時，必須啟動後者的重建工程，才不會一再地陷於挫敗、失望、痛苦的泥淖。這就是一種心理的調整，也是一種心靈的療養，因為從調整中轉化了痛苦、創傷，重新建立了快樂與希望。

在中國古典文學的研究中，可以發現中國古代文士的創傷經驗通常來自兩種原因，一種是人事遇值的現象上的挫敗，一種是生命自身的本質上的焦慮。

人從出生開始就不斷地從學習中尋找存在價值的依據，從而規劃著他心靈層面生命工程的藍圖。中國古代的文士幾乎都是在受教育中架構出一套經世濟民的外王價值體系。而外王事業在古代社會結構中，大多必須依循政治的路途來完成。這樣的結構所能容納的人極其有限，加上諸多因素，致使大多數的文人滯礙在仕宦路上，生命價值無從實踐完成。

上述際遇產生的挫敗感、失落感和諸多疑慮很自然地使內心受到創傷。面對這樣的創傷和焦慮，有的人自我系統 (self system) 若為封閉系統，就會終其一生鬱鬱寡歡，落寞沮喪；有的人則為開放的自我系統，會重新調整心態或重建價值再出發，終而獲得生命的喜悅和價值感。這種人可說是經過一番自我心靈療養後，重建了他們心理層面的生命工程。這是針對人事遇值的現象上的挫敗之心靈療養。

生命價值實踐過程中的際遇和成敗，人人不同。就人類而言，更具普遍性，人人皆要面對的千古課題則是死亡所造成的深沉恐懼和憂傷。存在心理治療學的理論認為死亡的焦慮是一切焦慮的根本來源，當它被各式各樣的防衛機轉所遮蓋後，各種心理疾病就從而衍生。中國古代文士也常常在詩文作品中，觸及這個心靈憂傷，它被含蓄地緩衝為各種傷逝、傷老、懷古、人生苦短、及時行樂的主題。有些作品完全沉溺在一片憂傷沉重的愁緒中不可自拔，有些文士卻善於轉化這些憂傷的情緒，甚至進而使它們成為喜樂的資源。這樣的心理轉化歷程，雖然不能正式地稱之為心理治療，卻是文士們在心靈困境中調整自我心理所達到的功效，可以說是一種自我的心靈療養。這是針對生命自身的本質上的焦慮的心靈療養。

本書集結了七篇與唐詩相關的論文，或由詩人個別或由全唐詩的某個主題切入，探討唐代文士在心靈困境或生命問題中，如何轉化其憂傷的心理歷程。其中有些憂傷是來自人事遇值方面的，有些則來自更深沉更根源的存在本質的焦慮。這些文士當然沒有所謂「心靈療養」的概念，更沒有心理治療的意識，但是他們在面對人生困境或心靈創傷時，往往可以在努力的思維與認知之後，應變出一套消解憂傷的方法。所以期待這些論文的分析和唐代文士的示現，能為我們開啟開放性的生命系統，讓我們無所罣礙地自在生活。

李白獨酌詩的時空場景與心靈慰藉

壹、李白詩與獨酌

李白，在中國是家喻戶曉的大詩人。一首膾炙人口的〈將進酒〉及「詩仙」之名，每在人們心中留下文華橫逸、天縱詩才的傾慕印象。待進一步廣泛讀賞其詩歌、聽聞其軼事，又將為其灑脫縱恣的性情、傳奇殊遇的生平而驚歎不已。其中又以他嗜酒豪飲、帶醉揮筆而立地成章的傳說最是他「詩仙」、「酒仙」的典型形象。似乎他的生活一直就是痛快興發、意氣昂揚的。實則「酒仙」之名較諸「詩仙」更貼近詩人具體生活的內容以及內心深處的游離真相。於此，讀者便能很自然地以悲憫同情之心取代欣羨傾慕之情，而將李白從高不可攀的超世絕代的天縱驕子拉回到平凡真實的落拓失路的人世才子，還原李白真正的心向。「酒仙」之稱，原只是驚讚李白酒量奇大無比❶，並無負面情緒的指陳。但後人在讀誦或研究其詩作時，不難發現，其好酒的文字雖然看似豪邁灑脫、酣暢淋漓，但背後卻大半是愁緒盈懷。飲酒的確是李白詩作常見的題材之一，也是讀者對他詩歌風貌易有的印象。明江盈科的《雪濤詩評》就因酒詩而以李白為快活之人：

> 李青蓮是快活人，當其得意時，斗酒百篇，無一語一字不是高華氣象。及流竄夜郎後，作詩甚少，當由興趣銷索❷。

這裡以流竄夜郎為分野，以為之前李白酒詩所表現的是高華得意的快活心境；這是因為興趣盎然所致。但是阮廷瑜先生在〈李白詩論．飲酒與求仙〉一文中則認為李白的好酒狂飲是有「託興」的：「眼光敏銳的詩人早已看出世上浮名權勢一概不可恃，可恃者唯酒耳。」❸而葛景春先生在〈英雄．狂士．高人——李白與魏晉風度〉中談及李白的狂放思想與叛逆精神時，認為狂飲乃是李白任誕和狂放的主要表現❹。他們都看出李白的好酒是為了化解他不滿現實的情緒，因此，飲酒是有所託興的。也就是飲酒乃根源於痛苦的情緒，如他〈宣州謝朓樓餞別校書叔雲〉所吟哦的「舉杯消愁愁更愁」（卷十八），正是他飲酒不樂的最明顯的寫照。

實則飲酒的場合不同，心情與情境也會有所差異，不能一概而論。宴集應酬的場面多半是歡樂熱鬧的；對飲則可以暢談深刻或凝聚的話題，有知交相應的喜悅。但兩者同樣有其世故性與關照他人的需要。獨酌則不然，它沒有外在人際接處的推促，也毋須收起自我而以禮以恕去關照他人。它純然是出自內心的意興與需要，也純然是自我的真實自在的呈現。獨酌時的焦點全然是集中地隨順自己的心境而思而遊，最能面對自我、感受自心，是以在酒酣耳熱的鬆放之後，一切的身世之感便會紛然浮生。因此，獨酌詩可謂為詩人的心鏡。

獨酌詩既然是詩人的心鏡，藉由詩作本身的分析理解便是進入詩人內心世界的一條路徑。而詩歌的抒情達意作用並非直接吐露說明，而是經由意象的組織來呈現。從獨酌詩來看，意象所出現的場景應是觸發詩人獨酌的一個重要因素，是以獨酌詩的場景特質可助於了解詩人情感的根源以及詩的意境。場景的特質一般可由時間與空間兩方面來探視，因此，由獨酌詩的時間背景與空間意象的特質分析，應可切入詩人當時的心境，並探尋出這些場景特質對詩歌意境的影響。

既然前人多已發現李白飲酒詩的沉鬱困頓的悲情，則本文不復以此為發明創見。本文撰作的旨趣主要是以李白獨酌詩常見的場景為研究對象，探討其時間背景與空間意象所具的特質，以及這些特質對詩境的影響，最後再比較這些時空背景與詩人心境間相互的關係差異。希望藉著這樣的分析能使李白獨酌詩的意境更細緻深刻地呈現出來，並判別獨酌詩之間的情感差異。

貳、時間背景之一——春日

綜觀李白的獨酌詩，會發現李白所直接強調的最適宜於獨酌的時間是春天，如：

玉壺繫青絲，沽酒來何遲。山花向我笑，正好銜杯時。晚酌東窗下，流鶯復在茲。春風與醉客，今日乃相宜。〈待酒不至〉卷二三〉❺

東風扇淑氣，水木榮春暉。白日照綠草，落花散且飛……對此石上月，長醉歌芳菲。〈春日獨酌〉其一・卷二三〉

覺來盼庭前，一鳥花間鳴。借問此何時，春風語流鶯。感之欲歎息，對酒還自傾。（〈春日醉起言志〉卷二三）

三月咸陽城，千花晝如錦。誰能春獨愁，對此徑須飲。（〈月下獨酌〉其三・卷二三）

東風吹山花，安可不盡杯。（〈金陵鳳凰臺置酒〉卷二十）

第一首〈待酒不至〉寫的是熱切盼酒的焦急心情。因為山花正笑容盈盈、一副得意的神情，詩人覺得這正是銜杯酌飲的好時節，好似人也應該以同其情調的活潑快意、生氣豐沛的姿態來回應愉悅的山花，才是和諧統一的春光畫面，所以急需沽酒來飲。時至天晚，有酒可酌，面對流鶯婉轉、東窗欣榮，自己終也能在酒酣耳熱之際飄逸輕盈、鬆弛靈動，這正與那所向披靡、拂化流暢的春風可相匹敵，呈現合宜和諧的情調。一句「山花向我笑，正好銜杯時」揭示出李白心目中認為最宜於且最需要獨酌的時刻即是爛熳活潑的春天。其餘四首詩也都以東風淑氣、水木春暉、鳥鳴花間、千花如錦、東風吹山花的美景來呈現春天這個季節；「安可不盡杯」表示李白主張面對良辰美景應該盡情暢飲，應該以絛暢的行徑來應和這個絛暢的季節。

李白另有一首〈對酒〉詩，是孤單的詩人獨對樽酒時勸勉自己暢飲的作品。其始曰：「勸君莫拒杯，春風笑人來。桃李如舊識，傾花向我開。流鶯啼碧樹，明月窺金罍。」（卷二三）用的是更強烈的筆法，寫出春天意氣風發、洋洋自得且過於自大誇張的情景，好似春風蓄意在詩人眼前炫耀它的光彩，含帶笑意地讓花朵熱情地傾囊地將其美麗青春向著詩人展示。在這樣的情景之下，詩人也就必須用金罍美酒來報答春光了。

問題是，既然春天是生意盎然、彩燦豐沛的季節，萬物也一樣展現其欣欣向榮、喜氣活潑的面貌，置身在這個美麗世界中，李白見到這生命充沛的景象，應該也能很自然地舒展他喜樂的心情，應該也能很自然地與天地呈現統一和諧的情調。何以要飲酒才能回應？要以醉客的姿態才能與春風相宜？若能尋出原因，也就可以知道為何李白要在春天特別強調獨酌，而他獨酌的內心情感便可由此探知。

其實，在前引詩歌的字裡行間已經透露了李白不能純然一身直接去面對春光了。〈春日醉起言志〉看到春風語流鶯、一鳥花間鳴便「感之欲歎息」；〈月下獨酌〉則看到三月千花如錦而無法忍受「春獨愁」的滋味；告示的都是詩人無法以欣然喜樂或至少是平和寧靜的心情去面對燦然春色，所以需要傾酒盡杯。然而春天這個快樂的季節，敏感的詩人為什麼竟不能感同身受地沾染喜氣歡愉呢？細究其詩，可以獲知春天原來是李白兩種愁懷的根源，是最令他悶悶不樂的季節。第一個勾起李白愁懷的春天特質是居於對照比較的位置而存在的，如：

東風扇淑氣，水木榮春暉。白日照綠草，落花散且飛。孤雲還空山，眾鳥各已歸。彼物皆有託，吾生獨無依。對此石上月，長醉歌芳菲。（〈春日獨酌〉其一・卷二三）

燕麥青青遊子悲，河堤弱柳鬱金枝。長條一拂春風去，盡日飄揚無定時。我在河南別離久，那堪對此當窗牖。情人道來竟不來，何人共醉新豐酒。（〈春日獨坐寄鄭明府〉卷十三）

聞道春還未相識，走傍寒梅訪消息。昨夜東風入武昌，陌頭楊柳黃金色。碧水浩浩雲茫茫，美人不來空斷腸。預拂青山一片石，與君連日醉壺觴。（〈早春寄王漢陽〉卷十四）

白玉一杯酒，綠楊三月時。春風餘幾日，兩鬢各成絲。秉燭唯須飲，投竿也未遲。如逢渭水獵，猶可帝王師。（〈贈錢徵君少陽〉卷十二）

原來春天帶給李白最大的傷懷竟然正是春光的條暢活潑：看到春風攜帶著淑氣散播在每一個生命體上，萬物在欣榮的舒展中各得其所、各有安頓，唯獨詩人自己黯然失意。詩人的落寞被這一片繁榮景象襯托得太顯眼、太突兀、也太不協調，故而感歎「彼物皆有託，吾生獨無依」。在這麼強烈的對比之下，詩人更加地感覺到不堪與寂寞，彷彿宇宙之間唯獨自己一人被春光所遺棄，使自己的困窘赤裸裸地暴露在眾目睽睽之下，無所隱遁。所以一切春色的美好，正是詩人無所措手足的逼現者。

這種愁懷較諸悲秋更加深沉抑鬱。因為秋日，大地一片凋零蕭索，萬物均處在枯萎憔悴的敗壞中，詩人即使有再大的愁苦總還是四望皆為同病者，尚有可慰。然而春天，詩人的四周盡是歡悅得意的存在，彷彿在向他示勝、示威，所謂「山花向我笑」、「春風笑人來」、「傾花向我開」便是強大的嘲諷與壓力。故而詩人要逃遁到忘化無別的酒酣世界中，要藉醉後的高歌來向春景展示自己也是同調的快活酣暢者。

至於李白何以會窮愁於春天呢？或者如二、三首引詩所言，因為遊子離鄉、故人不見的懸隔之苦而睹物思人、觸景生情；或者如第四首的有志不得伸而必須隱退垂釣以等待被賞識重用的機會。其實李白最大的抑鬱愁苦來自於第三種狀況，他在〈行路難〉中說：「金樽清酒斗十千，玉盤珍羞值萬錢」，這些價值昂貴的酒食正是他「欲渡黃河冰塞川，將登太行雪滿山」的失路落拓下的慰藉。雖然有時激憤得「停杯投箸不能食，拔劍四顧心茫然」，但是一想到此生此志已不能伸展、已無路可挺然前進，就會勸勉自己「且樂身前一杯酒，何須身後千載名」（卷三）。可見他的愁懷乃來自於千載聲名，亦即功名的追求。這一點，研究者論之已多，如陳貽焮先生指出李白的政治理想：「其中最大最主要，為他長期所追求而始終不渝的則只有一個——想作宰相。」❻而長植先生提起李白的痛苦也說：「他所願意的是天之驕子，他願意受特別優待，他希望得到別人特別敬重。」❼然而這一切都落空了，痛苦便由之而來。李白以「本家金陵，世為右姓」的家世及「五歲誦六甲，十歲觀百家。軒轅以來，頗得聞矣。常橫經籍書，制作不倦」（〈上安州裴長史書〉卷二六）的聰慧博學，他自信滿滿地以自己的家世為榮，以自己的博學多才為傲，但在投刺之風盛行的唐代仍不得不低頭去干求權達品題而委屈求全，最後自知終為權勢所阻而自辭翰林。可知他的傲岸不群遭受嚴重的磨損與打擊，他從自信傲岸的極高處跌墜到幽深隱遁的低點，偌大的落差，就是他看到愉悅自得的春光時竟要以酒來亢揚己心與之對抗的原因。

總之，他是以「獨無依」的孤寂之身，靠酒來抗拒春光的美好，靠酒來抗衡萬物的皆有託。

李白常在春天獨酌的另一個重要原因是，春天代表良辰、代表青春，而良辰易逝、青春易老，正是「春心蕩兮如波，春愁亂兮如雪」（〈愁陽春賦〉卷一）的時節，是以需要獨酌。如：

東風吹愁來，白髮坐相侵。獨酌勸孤影，閑歌面芳林……過此一壺外，悠悠非我心。

（〈獨酌〉卷二三）

我有紫霞想，緬懷滄洲間。且對一壺酒，澹然萬事閑……但恐光景晚，宿昔成秋顏。（〈春日獨酌〉其二・卷二三）

今日風日好，明日恐不如。春風笑於人，何乃愁自居。吹簫舞彩鳳，酌醴鱠神魚。（〈擬古〉其五・卷二四）

勸君莫拒杯，春風笑人來……昨日朱顏子，今日白髮催。棘生石虎殿，鹿走姑蘇臺。自古帝王宅，城闕閉黃埃。君若不飲酒，昔人安在哉。（〈對酒〉卷二三）

東風吹山花，安可不進杯。六帝沒幽草，深宮冥綠苔。置酒勿復道，歌鐘但相催。（〈金陵鳳凰臺置酒〉卷二十）

這就是春天的愁緒——時間悲感。這固然是因為春天乃一年之始，易觸動人們年去年來的時間意識；更也為了春光爛熳精采是乍起乍落的，春陰綿綿，花開易謝，充滿無常的特質。因此，春光就特別值得珍惜，唯恐稍縱即逝。李白遂在東風吹起之時，感受到愁緒隨之驟拂而來，白髮也隨之相侵不迭，唯恐一日之間風日劇減，朱顏成白髮。在此青春易老的感歎中，李白與東漢末年以來的詩人一樣，要切切地自勉及時行樂。當良辰、對美景，即使無法賞心開懷，也要行樂事以應和之。正因在春光裡深刻體察到良辰之易逝、美景之無常與人事之多變，故要及時把握當前而及時行樂。

另一方面，也因為春光之無常特質，觸興生命短暫、人事無常之悲歎，在這個人生最大難題及最深沉悲哀生起之時，酒就變成暫忘塵愁、安撫心情的避難所。〈春日醉起言志〉便是這種情懷的表白：「處世若大夢，胡為勞其生。所以終日醉，頹然臥前楹。」（卷二三）「處世若大夢」便是人生無常的典型性比喻，既然虛幻無常，何必勞苦掙奮；尤其值此大無常的春日，更要長醉頹臥，以避免清醒的悲愁。他著名的樂府〈將進酒〉說要以美酒來「銷萬古愁」，而所謂萬古愁即是詩首所吟哦的「君不見黃河之水天上來，奔流到海不復回；君不見高堂明鏡悲白髮，朝如青絲暮成雪」（卷三）。人生就像朝暮般短暫，時間就像黃河般奔瀉不止，這個自有人類以來就無法改變的殘酷事實，使得詩人要逃到沒有時間感的長醉世界裡。是以無常的春天是詩人特別須要獨酌的時候。

前引詩例的第四、五兩首，基本上屬於懷古詩，是李白置身在姑蘇臺及鳳凰臺等古蹟時，感發繁華消散、興衰無定的作品。這類題材也是人事無常感最濃的，今昔之比，把人類在宇宙穹蒼中的渺小無力照得分外顯明；尤其是時值春日，花草盛放。黃國彬先生曾從另一個角度來看這個問題，他說：「李白畢竟是出世的詩人，凡間對他的吸引始終沒有世外對他的吸引那麼大。因此李白登臨懷古，常常喜歡把眼光移向敻邈的時間，在永恆中看短暫的生命，感時序的變化、盛衰的迭換、今昔的異同。也就是說，他一有機會，就會思出天地之外。」❽其實，李白的思出天地之外，對世外或神仙乃至神話的嚮往是在入世的追求落敗之後。而他能看見人生命的短暫與渺小，固然是超越人的時空限制而從敻遠時流來照見，但是會因而產生悲苦情感，會因而愁歎焦慮，會因而產生及時行樂的態度，以頹醉遺忘來逃避時間壓迫感，這正是他困限於人世、浮沉於凡間的證明。他依然站在無常之中仰望宇宙。在這兒，他顯現出心靈極度的不自由。是以當外界的物色有所變動而呈現出季節特性時，他的心便會快速接收訊息而有強烈的震盪，進而要借助於酒。

由此可知，李白獨酌的最深切理由即是來自於時間悲感。春天正是撩撥他強烈時間意識、觸發他深濃時間悲感的季節，於是便成為他獨酌的典型時間背景。

李白常在春天獨酌的兩個原因之間，實是互相關連的。人在有志未伸、落拓失意的時候，最容易感受時間的流逝，彷彿是深怕所餘時間不多，無法繼續用力去實踐抱負，更怕年華老大，無力去扭轉挫敗的頹勢。是以春天獨酌的根本原因，在李白的心靈當中，應是渾然交融、連鎖激觸的生命問題。

參、時間背景之二——夜晚

李白獨酌詩常見的時間背景除了春日之外，也常出現夜晚，如：

花間一壺酒，獨酌無相親。舉杯邀明月，對影成三人。（〈月下獨酌〉其一・卷二三）

且須飲美酒，乘月醉高臺。（〈月下獨酌〉其四）

對酒不覺暝，落花盈我衣。醉起步溪月，鳥還人亦稀。（〈自遣〉卷二三）

手舞石上月，膝橫花間琴。過此一壺外，悠悠非我心。（〈獨酌〉卷二三）

青天有月來幾時，我今停杯一問之……唯願當歌對酒時，月光長照金樽裡。（〈把酒問月〉卷二十）

有月亮的時刻，自然是指夜晚。這些夜晚獨酌的詩歌特別能直接顯現詩人的孤寂感，因為夜色本身是靜寂寧默的，與詩人本自深藏的獨酌因素大約是和諧的、同調的，不像春天獨酌時熱鬧歡愉的表象突顯詩人的異調與不和諧；但兩種時間背景下，李白內心的寂寥悲涼感是相同的。比較地說，春日獨酌詩的表達較為曲折含蓄，在主客的對比之下呈現較強的張力；而夜晚獨酌詩的表達則較為直接明顯，呈現的是月夜一派單純寧靜之下同樣深沉的詩人的寂寞孤獨。

至於夜晚獨酌所屬的季節，在詩中常見的有春與秋。秋夜者如：

窺觴照歡顏，獨笑還自傾。落帽醉山月，空歌懷友生。（〈九日〉卷二十）

九日龍山飲，黃花笑逐臣。醉看風落帽，舞愛月留人。（〈九日龍山飲〉卷二十）

獨酌板橋浦，古人誰可徵。玄暉難再得，灑酒氣填膺。（〈秋夜板橋浦汎月獨酌懷謝朓〉卷二二）

樓虛月白，秋宇物化。於斯憑闌，身勢飛動。非把酒自忘，此興何極。（〈雜題〉其三．卷三十）

大抵秋天為凋零肅殺的時節，特別予人淒清之感；而「清」的特質於一天中在晨曉和夜晚最為濃厚。其中清晨為一天的開始，初從睡眠中醒來的人們，經過一夜的休息之後，面對晨旭的清寧，其精神通常是飽滿的、蓄勢待發的；其心靈多半是清明的、純淨的；其情感則是平和的、充滿希望的。而夜晚卻是一天的結束，人們從一天人事接處的網絡錯綜之中走來，面對夜晚的清寂，其精神通常是疲憊的、餒頓的；其心靈多半是濁暗的、紛雜的；而其情感則是起伏的、陷溺的——夜晚的清質較諸清晨更具有情緒觸動的作用。是以，秋天的夜晚是清寂的典型時刻。

實則秋夜亦是容易撩起人無常感的時候，萬物的生長走到此時已屆極致，須要返回壞空的路途；而陽氣的升騰也已下降，季節正轉頭走向陰冷的世界。所以李白在這「物化」的秋夜特別感到須要獨酌，以忘掉時節的轉遞、萬物的零落，以藉酒的鬆忘世界來柔化這秋夜過於冷峻堅銳的淒清。

另一個常在月夜獨酌的季節則是春天。如其著名的〈月下獨酌〉云「暫伴月將影，行樂須及春」、「誰能春獨愁，對此徑須飲」；而〈春日獨酌〉云「對此石上月，長醉歌芳菲」；〈獨酌〉詩云「春草如有意，羅生玉堂前……手舞石上月，膝橫花間琴」；〈待酒不至〉云「晚酌東窗下，流鶯復在茲」等，皆是春夜獨酌的詩作。之所以常在春夜獨酌，大體兼具了春日獨酌與夜晚獨酌的原因，是更典型的時間背景❾。

至於月夜獨酌的原因，在李白詩中詠歎者也有兩個。第一個是來自於與詩人之外的存在者的對照比較，如：

孤雲還空山，眾鳥各已歸。彼物皆有託，吾生獨無依。對此石上月，長醉歌芳菲。〈春日獨酌〉其一

橫琴倚高松，把酒望遠山。長空去鳥沒，落日孤雲還。但恐光景晚，宿昔成秋顏。〈春日獨酌〉其二

醉起步溪月，鳥還人亦稀。〈自遣〉

花間一壺酒，獨酌無相親。舉杯邀明月，對影成三人。〈月下獨酌〉其一

獨酌板橋浦，古人誰可徵。玄暉難再得，灑酒氣填膺。〈秋夜板橋浦汎月獨酌懷謝朓〉

白天，人們勤奮地工作，群生飛走以覓食，以娛樂自遣、以舒展筋骨；萬物正提振精神以全副心力在生活，因此天地間呈現出一片忙碌、活絡、變動、熱鬧、抖擻的景氣。夜晚則是休息靜養的時刻，群生各自回到窩巢，享受平安溫暖的家居親情，而後歸復寧靜輕鬆、平和安泰的休息睡眠狀態。由白晝轉為黑夜，先是經由傍晚的過渡。落日時分正是群生收拾活動轉

而回家的時刻，李白在前三首引詩中提到了：眾鳥各已歸、鳥還人亦稀、孤雲還空山、落日孤雲還，詩人眼睜睜地看著所有存在者一個個踏上歸途，它們都有舒適的棲息之所，它們都有自屬的歸宿以安頓身心。所以「彼物皆有託，吾生獨無依」的情緒固然是因為春光明媚、萬物欣榮所致，同時也是向晚時分對比了萬物的回歸安頓，而突顯出詩人自己的飄泊游離與孤寂。

到了日已落、天已黑而月已上升的夜晚，詩人放眼所見的是人稀的世界，李白只能孤獨地一人在夜幕中徘徊流連。這個「無相親」的寂寞世界簡直是詩人心境的放大，詩人直接看到自己內心的歷歷，而想在這無人理會的時刻尋求安慰。有時李白會試圖沿著時間之河向上（古代）去尋覓與自己同樣孤獨高寒的友伴，就只有謝朓一人聊可契合己心。但是這種超越時間的交會終是難得且易幻滅的，而此時此刻如玄暉般清雅之士卻又更難逢遇。於此，詩人很自然地以酒來填充這分落寞孤獨，到酒的忘化世界中忘掉自己的游離無依，忘掉自己的落拓失意。這是李白常於夜晚獨酌的原因之一。

這個原因其實與春飲的第一個原因是同根源的，那就是李白理想抱負的落空，那是心靈失去安身立命的所在之後所浮生的飄泊感。夜飲的原因之二則與春飲的第二個原因相同，如：

我攜一壺酒，獨上江祖石。自從天地開，更長幾千尺。舉杯向天笑，天迴日西照。〈獨酌清溪江石上寄權昭夷〉卷十三）

對酒不覺暝，落花盈我衣。醉起步溪月，鳥還人亦稀。（〈自遣〉）

青軒桃李能幾何，流光欺人忽蹉跎。君起舞，日西夕。當年意氣不肯傾，白髮如絲歎何益。（〈前有樽酒行〉卷三）

古人今人若流水，共看明月皆如此。唯願當歌對酒時，月光長照金樽裡。（〈把酒問月〉）

夜晚是一日的尾聲，今天就將在此結束，明天就要緊隨而來。尤其在古代，日出而作日入而息的順應自然的生活方式下，一天生活的精華就屬白晝，彷彿人的生命只有在白天可充分地發用發皇。因此，夜晚的來臨標示的是一天歲月的消逝，敏感的文人特別會在此時浮現時間意識。前引詩例，李白以「天迴日西照」、「暝」、「日西夕」等意象來表現時光的流失，而興起無常的深切感歎。他在〈惜餘春賦〉中有「恨不得挂長繩于青天，繫此西飛之白日」（卷一）兩句，一個「恨」字就把詩人對白日西飛帶走時間的事實所激生的痛切情感表露無遺。而「對酒不覺暝」一句則表示詩人在日落時時間感特強，要借助於酒來忘卻時間流動之事實。

因此，夜晚獨酌的第二個原因，是詩人所滋生的強烈的時間流逝的悲感，想一方面藉酒來消泯時間意識，另方面則如〈把酒問月〉所云「當歌對酒」的及時行樂的態度來回報時間的短暫與生命的無常。這在他的另幾段文字中表達得更直接明白：

春風餘幾日，兩鬢各成絲。秉燭唯須飲，投竿也未遲。（〈贈錢徵君少陽〉）

而浮生若夢，為歡幾何。秉燭夜遊，良有以也。（〈春夜宴從弟桃花園序〉卷二七）

歌聲送落日，舞影迴清池。今夕不盡杯，留歡更邀誰。（〈宴鄭參卿山池〉卷二十）⑩

在此，秉燭夜飲有珍惜時光、及時行樂之意。因為嫌恨白晝的時間太過短暫，不能充分地感受存在與生活的快樂，故要連黑夜也善加運用，以增加一日中的活動時間，以增加生活的長度；而飲酒則是行樂的典型，也是用密度的提高以取代生命的長度。這個原因對應春日獨酌的第二個原因，都來自時間易逝、人生苦短與人事無常的悲感⑪。

肆、空間場景之一——花

相對於獨酌常在的時間，李白獨酌詩中也常有典型性的空間意象出現，以與時間配合，構成一個統一和諧的場景，來助成詩人獨酌心境的呈現。

首先相應於春日獨酌的空間場景，李白選用的典型意象是花。花是春天的主角，因此，春天的一切特質似乎也都集聚在花的身上。這在李白獨酌詩中有強烈的描寫，如：

山花向我笑，正好銜杯時。〈待酒不至〉

勸君莫拒杯，春風笑人來。桃李如舊識，傾花向我開。〈對酒〉

三月咸陽城，千花晝如錦。誰能春獨愁，對此徑須飲。〈月下獨酌〉其三

覺來盼庭前，一鳥花間鳴。〈春日醉起言志〉

花間一壺酒，獨酌無相親。〈月下獨酌〉其一

花的嬌美妍麗是春天之所以燦爛豐煥的主要原因，各式各樣的花朵以其全副的精采美豔傾囊地綻放，成為眾人欣賞讚歎的焦點。因此，它就變成驕寵、美麗、鼎盛的典型代表，彷彿一切的圓滿美善都凝聚在它的身上。這看在落拓詩人的眼中，經過移情作用的投射之後，花朵便以充滿自信、喜樂的面貌展現在詩人面前，李白因而覺得千花誇張其如錦的彩豔，桃李熱情地傾倒其嬌媚，她們似乎都帶著得意驕傲甚或是嘲諷的笑意對著他撒播整個春天的勝利。

此外其他所有的春物也都只是與花朵同其聲氣罷了：輕靈快樂的鳥兒只在花間鳴唱嬉遊；春風則只是一味地摩挲著撫慰著本已快樂美好的花朵與流鶯。於是李白變成被春天遺棄的孤孽，變成被花奪寵的落敗者。然而李白畢竟是驕傲的、自視甚高的，他當然不願自己在得意的千花面前踽踽涼涼無所相親，露出春獨愁的畸零人模樣。因為「誰能春獨愁」，所以要「對此徑須飲」，讓自己也以暢飲豪醉的樂相來匹敵春花⑫。

相對於春飲的第二個原因，花出現在李白獨酌詩裡也有無常的象徵意義，如：

春風東來忽相過，金樽淥酒生微波。落花紛紛稍覺多，美人欲醉朱顏酡。青軒桃李能幾何。流光欺人忽蹉跎。（〈前有樽酒行〉）

對酒不覺暝，落花盈我衣。（〈自遣〉）

白日照綠草，落花散且飛。（〈春日獨酌〉其一）

東風吹山花，安可不盡杯。六帝沒幽草，深宮冥綠苔。置酒勿復道，歌鐘但相催。（〈金陵鳳凰臺置酒〉）

前三首詩中，春花皆以零落紛飛的姿態出現，不似前面笑意盈盈的得意面貌。花雖在春日綻放盛開，極其熱烈燦爛，但這卻是全副生命的燃燒拋擲，故而容易耗盡；所謂「花開花落二十日」（白居易〈牡丹芳〉）就說明春花的無常特質。而第四首詩寫山花正蒙東風的薰沐，是美麗綻放的時刻，但是下面接著以六朝帝王宮殿的荒蕪來表示興衰無定的事實，再對照到東風「吹」，未嘗不是無常的暗示與預愁。李白在〈惜餘春賦〉就說：「春每歸兮花開，花已闌兮春改。」是以落花正是暮春時節，代表春將離去，良辰美景也將消逝無蹤。面對春花乍起乍落的無常特質，詩人要愁歎人事，又要悲傷時流，此刻自然是極需酒蘗來渾忘；所謂「愁看楊花飛，置酒正相宜」（〈宴鄭參卿山池〉卷二十）。

所以，李白獨酌詩空間場景以花為典型意象，正好是相應於春日這個時間背景的兩大特質而呈現的。在時間與空間交相組合之下，呈現出的便是詩人內心世界的真情，也交相映現出一個情調統一的詩境。這是由相互比較的嫉妒與自憐轉而成同遭遇的相悲相憐，其心境與情境是複雜而豐富的。

伍、空間場景之二——月

相對於夜飲的時間背景，李白詩中選用的典型性空間意象是月。明月在李白詩中出現的頻率很高，是李白最喜愛使用的意象。而月又是夜晚天地間最明亮最受矚目的焦點，因此，詩人在夜晚獨酌無伴時，很自然會對月有所思有所感。月亮出現在李白夜晚獨酌詩中所含帶的象徵意義，也與夜飲的兩個原因相應。相應於第一個原因游離無歸宿，月亮的出現具有撫慰的作用，如：

花間一壺酒，獨酌無相親。舉杯邀明月，對影成三人……我歌月徘徊，我舞影零亂。醒時同交歡，醉後各分散。永結無情遊，相期邈雲漢。（〈月下獨酌〉其一）

感之欲歎息，對酒還自傾。浩歌待明月，曲盡已忘情。（〈春日醉起言志〉）

彼物皆有託，吾生獨無依。對此石上月，長醉歌芳菲。（〈春日獨酌〉其一）

九日龍山飲，黃花笑逐臣。醉看風落帽，舞愛月留人。（〈九日龍山飲〉）

手舞石上月，膝橫花間琴。過此一壺外，悠悠非我心。（〈獨酌〉）

夜晚獨酌既是逃避自己在這休息歸養的時刻裡仍兀自地飄泊游離所引起的孤寂落寞感，因而舉杯時所對的明月就變成唯一的友伴。是以詩人要邀請它來對飲，為自己增加一點聲氣，以慰孤獨之心。陳啟佑先生曾指出：「月亮意象在李白心目中的確相當重要，它包含多重深意。大體而言，可分為四種意義：神話的特性、思鄉懷人、知己、美好的象徵。」[13]在這些獨酌詩中，李白正是將明月當作知己一般，不但邀明月共飲，而且在人格化明月中，以為明月對自己的歌聲有所感動而專心傾聽，以致流連徘徊不忍離去。是以每次獨酌於夜時，李白總喜歡專對著明月歌唱，要浩歌以待明月的出現，要對著石上月長歌不已；因為知己難得。而舞蹈更是快意宣洩的方式，李白醉後也愛在月下無所拘束地獨舞，他感受到明月靜靜地欣賞著自己的舞姿，而且還願意慰留自己一起同樂。一時感到愜意忘懷的詩人有時也會揮手去挽引這位知己來共舞。

在明月的面前，詩人的憂樂悲喜全都坦然毫無掩抑地流露出來。這裡我們確實看到傲岸孤高的李白終於難得地覓到一位知交；一位在他酌飲愁悶、寂寞、失路的苦味時，毅然恆定地陪伴他、靜聽他傾訴的知己。

然而李白既是孤傲不群的，要成為他的知交也非易事，何以在芸芸紛雜的萬物之中李白會選擇明月呢？雖然每個人自小即熟知月亮，但通常人們是不會將之視為朋友的，因為月兒高高地懸掛在黑夜的天空，發出明亮卻幽冷的光，而且不論置身何處，總是會看到它隨人而行，所以月給人的印象便是高遠的、孤獨的、清冷的、明亮皎潔的、遍在的。既是高遠孤獨的，就缺乏隨和親切感，是以不易被視為可相交往的朋友；既是清冷的，就缺乏溫暖和煦，是以不易被人聯想為可撫慰愁苦的貼心對象；既然是明亮皎潔的，就缺乏塵污濁染，是以多被當作理想美善的對象給予崇敬與歌頌；既是遍在的，就易令人睹物思情，浮生對故鄉或友人的懷思而一心向著鄉友所在的地方。

從明月的諸多特性來看，月亮似乎不易成為一般人的朋友。然而有趣的是，李白會特別視之為知己，其原因正也是因為明月的這些特質。因為李白的一切失意與孤寂，都來自於自己的孤高、潔淨、明亮的性情，不能與世同流，不能委屈媚權，所以被排擠在當路之外，所以游離在理想抱負之外。如此看來，那高掛在夜空的明月竟是李白的同調、化身，當然更能契知李白獨酌的心情，而成為夜飲時唯一的知己了。

相應於夜飲的第二個原因無常與及時行樂，月亮在李白獨酌詩中代表的正是美景，如：

今人不見古時月，今月曾經照古人……唯願當歌對酒時，月光長照金樽裡。（〈把酒問月〉）

當代不樂飲，虛名安用哉……且須飲美酒，乘月醉高臺。（〈月下獨酌〉其四）

流鶯啼碧樹，明月窺金罍……君若不飲酒，昔人安在哉。（〈對酒〉）

人生得意須盡歡，莫使金樽空對月。（〈將進酒〉）

乘興踏月，西入酒家。不覺人物兩忘，身在世外。（〈雜題〉其一．卷三十）

月光皎潔清幽，是夜空中最美的物象，是黑幕中最明亮柔潤的景色，這美景雖然有陰晴圓缺的變換，但終究是亙古長在的。比起人世間一切的美好事物，月亮的美是超越無常的，是最圓滿光輝的。因此，在感受到白晝的短暫而想趁夜秉燭行樂的時候，月亮的存在就變成良辰與美景的代表，令人想要以賞心、樂事來與之聯結。於是月光照金樽、明月窺金罍、金樽對月等意象的出現就成了美好時刻的表徵。詩人於是要乘月、踏月而醉飲，要對月當歌飲酒了。這表示詩人及時行樂的人生態度，也表示詩人在人生的無常悲感中唯一面對一個恆長美好的對象時，想要緊緊把握、盡情貼近的意願。

陸、比較春、夜、花、月的詩境效果

上文已分析過李白獨酌詩的時間背景常為春日與夜晚，而空間場景常出現花與月。春日獨酌與夜晚獨酌的原因都來自於詩人的落拓無依和時間流逝人事無常的悲感，春花與明月的出現正是觸發與安慰這些感情的最典型物色。

然而仔細比較，會發現春日與夜晚的獨酌情感在詩人內心的生發歷程實有相對反的差異。簡要地說，春日作為獨酌詩的時間背景，主要是以一個與詩人聲氣、情調相反的對照者身分出現。詩人置身在春日之中，放眼盡是得意活潑的生存者，似乎在在都要刺激詩人想起自己的失意。春光以其極為強烈的亮度對照出詩人獨獨一人黯淡灰沉的色調。詩人的存在，是一個極其突兀而不協調的異數。這樣的時間背景，讓詩人無所遁逃地看到自己的畸零痛苦，是以要獨酌。總之，春日獨酌的背景突顯的是詩人在人世間極其突兀的異調，呈現的是看似熱鬧繽紛卻孤絕悲涼的詩境，情感十分頓挫而曲折。

夜晚作為獨酌詩的時間背景，則是以一個隱沒在背後作為詩人與世人共同底色的無言者身分出現。詩人置身在夜晚之中，看到的盡是休息生養的靜默生命，它們舒適地綣臥在自己歸屬的安頓的棲身之地，享受恬靜寧謐。它們雖也刺激了詩人想起自己的游離飄泊、無所安身立命，但處身所在的夜晚畢竟也是以極其黯淡灰沉的色調來包容了詩人，詩人隱身在無分別的一片渾暗之中。這樣的時間背景，讓詩人比較能夠安措手足而自在地在獨酌中高歌縱舞，彰顯其及時欲行之樂，呈現的是主客同調的一片黯然灰沉的情境，情感雖沉重卻平穩。

至於空間場景的花與月，其詩境作用的差別亦可簡要言之。春花作為獨酌詩的空間場景，主要也是以與詩人聲氣、情調相反的對照者身分出現。春花以其姸麗嬌美的情貌來誇大其得意青春的生命，來嘲笑詩人的黯淡沉重，刺激詩人想起自己的落拓失意。突顯的也是詩人在人世間極其突兀不諧的異調。而明月作為獨酌詩的空間場景，則是以與詩人性情相同、相契相知的同伴身分出現。明月以其高遠、孤獨、清冷、明亮潔淨的特質，成為唯一與詩人協調一致的存在者。與夜晚一樣，明月包容了詩人的踽踽涼涼，撫慰了詩人的游離無依，使李白的獨酌詩在極悲涼畸突的頓挫之中獲得了柔化平衡的力量。

然而有趣的是，當詩人把關懷從一己的遇值推擴到整個環境的存在者時，他會發現在恆長的時流沖刷之下，幾乎所有的生命都要遭受無常之苦。此時春日與花朵就會從高揚得意的勝利者身分墜落到無奈悲苦的地方，與詩人同樣要接受時間的淘汰；而與詩人同性情的知己明月，此時則超越了無常之苦，成為亙古存在的美景。因此，從整個生活的世界來看，以時流作為標準，則獨酌詩中的春與花竟變成了詩人的同調，具一致性；而明月卻竟又變成了詩人的異調，具突兀性。

這就是詩境的豐富與張力。

柒、「時空場景的詩境效果」對照表——代結論

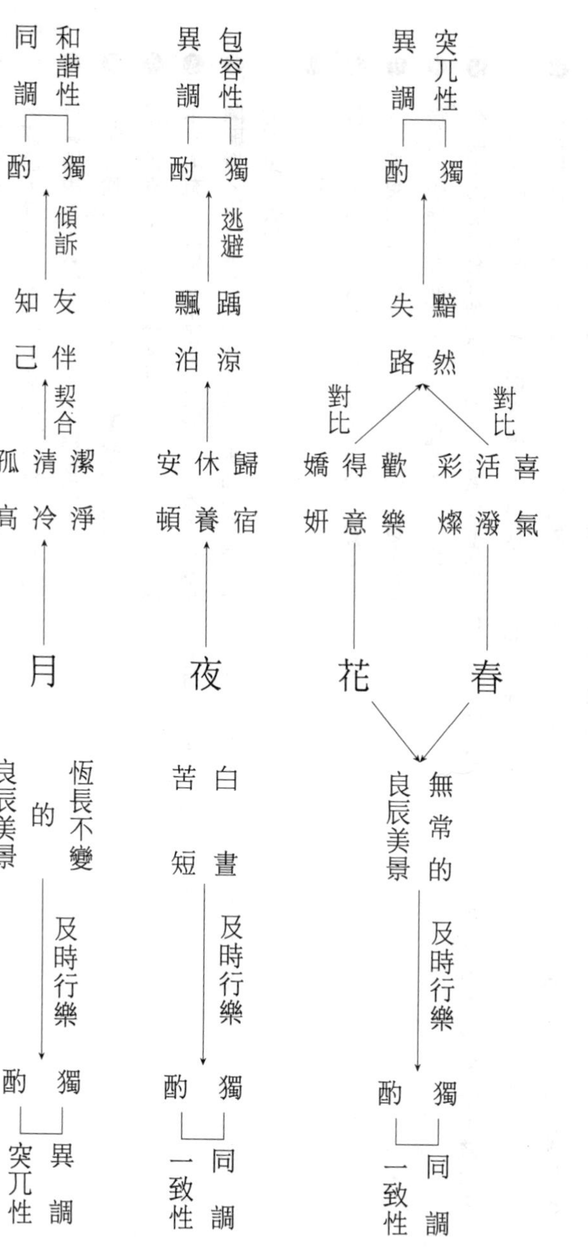

❶《西窗脞談》：「初，賀知章邂逅李白於市中……稱其為天上謫仙……復激賞其量豪，舉杯輒盡，連傾不露懼色，遂改呼其為地上酒仙，乃酒星下凡者。」

❷見《續說郛．卷第三十四》，新興書局，頁一五六〇。

❸見阮廷瑜《李白詩論》，國立編譯館，頁二。

❹參葛景春《李白與中國傳統文化》，群玉堂出版公司，頁二七七～二七九。

❺本文所有引詩皆以華正書局出版之《李太白全集》為據，卷數之上不復標明書名。

❻陳貽焮〈唐代某些知識分子隱逸求仙的政治目的——兼論李白的政治理想和從政途徑〉刊《唐詩論叢》，湖南人民出版社，頁一五六。

❼同❹，頁五六。

❽黃國彬《中國三大詩人新論》，明倫出版社，頁一三〇。

❾以下重複引列的詩文，不復標明卷數，以免贅沓。

❿後兩首引詩文並非獨酌之作，僅作為參照之用。

⓫夜晚獨酌應尚有其他原因，如唐代盛行的夜遊、夜飲、夜吟、月吟等生活內容。但因李白詩歌中不曾提及，故略。此可參拙著《詩情與幽境——唐代文人的園林生活》，東大圖書公司，第六章第一節。

⓬花只是春的典型、得意的象徵，李白獨酌詩未必都只採用春花意象，也有秋夜的黃菊，如〈九日龍山飲〉的「黃花笑逐臣」，是以黃菊的清高隱逸特性來對比自己追逐功名卻失意。

⓭陳啟佑〈李白浩歌待明月〉刊《分析文學》，東大圖書公司，頁九。

杜詩的聲音意象與其心理意涵

壹、聲音形象與心理

杜詩的優異成就在中國文學史上得到很高的評價，無論是其內容的豐富深刻、情意的真摯動人或風格的沉鬱頓挫，都深深地透顯出他生命的溫暖誠厚。論及杜詩，一般想起的應是他以悲天憫人的胸懷來反映民生世局的詩聖詩史的特色，以及律詩方面的成就。另外他在四川成都浣花草堂時期的作品展現怡然自樂與曠放豪情的風格也令人印象深刻。除此，我個人在閱讀杜詩時，還有一個很深的印象，那就是詩中常常出現很多聲音。感覺在整個閱讀的歷程中，耳聽的作用頻頻地被喚起，其詩境因而呈現立體多重感官化的特色。

概略地統計杜詩，其中有出現聲音的作品約四百七十六首，共七百零二次❶。從比例上看，杜詩出現聲音形象的頻率的確相當高。再從一些著名的詩作來看，也會發現其詩中聲音的繁多，如：

所遇多被傷，呻吟更流血……猛虎立我前，蒼崖吼時裂……鴟鳥鳴黃桑，埜鼠拱亂穴……慟哭松聲迴，悲泉共幽咽……見耶背面啼，垢膩腳不襪……翻思在賊愁，甘受雜亂聒。（〈北征〉卷五）

窮年憂黎元，歎息腸內熱。取笑同學翁，浩歌彌激烈……沉飲聊自遣，放歌破愁絕……君臣留歡娛，樂動殷膠葛……河梁幸未折，枝撐聲窸窣……入門聞號咷，幼子餓已卒。吾寧捨一哀，里巷亦嗚咽。（〈自京赴奉先縣詠懷五百字〉卷四）

五更鼓角聲悲壯，三峽星河影動搖。野哭千家聞戰伐，夷歌幾處起漁樵。（〈閣夜〉卷十八）

猿鳴秋缺淚，雀噪晚愁空。黃落驚山樹，呼兒問朔風。（〈耳聾〉卷二十）

不論是長篇或律詩，常常會有多種且形態多變的聲音出現，人文的、自然的；歡樂的、悲悽的；震耳的、輕細的。即使連他晚年（大曆二年秋）一個耳朵聾了，他都會在專心靜聽、視覺輔助與心音的想像作用下去摹寫外界的聲音變化。可知杜詩不僅聲音形象繁多，而且形態多樣，同時還出現不少詩人想像的心音。造成這種現象的原因可能有多種：第一，詩歌寫作的目的在於抒發並傳達情感，以得到感動與共鳴的效果，因此主觀且抽象的情意本須藉由客觀且具體的物象來觸動讀者。而物象的顯現與認知可經由人的各種感官，聽覺形象本就是人們生活日常可頻繁接收的刺激與訊息。因此在詩歌情境的呈現上，借助聲音形象應為十分平常的事。但是觀諸杜詩，聲音形象卻明顯地特多，因此聲音形象可視為杜詩的特色之一。第二，另一個可能應是杜甫本人的知覺習慣——聽官的發用度、聽覺的敏銳度及面對環境時內心的潛斂度。因為我們知道在一般人的知覺習慣中，對視覺最為倚重，圖像成為我們辨識世界與解讀世界的最重要符號，因此我們的注意力也容易向外放射，投注向視覺世界，也同時分散向視覺世界。一般說來，當我們閉目時，也就是阻斷視覺世界的訊息時，因為心思得以專注向內，聽覺等其他官能就變得集中而敏銳❷。故而杜詩喜寫聽覺意象，除了顯現他的知覺習慣之外，也顯示他的內心的沉潛收斂。第三，對聲音敏銳與注重，可能也有一些心理的因素，也就是可能隱含著一些意識的驅動歷程❸。因為就心理學的角度而言，一個人對外

貳、哭聲的直接宣洩與內化同理心

杜詩中常出現的聲音形象之一就是哭聲，約共有五十次之多❻。在這些詩作中，真正記述到詩人自己哭泣的只有八首，茲將其相關詩句列錄如下：

此行何日到，送汝萬行啼。（〈送舍弟穎赴齊州三首〉其一．卷十四）

喜心翻倒極，嗚咽淚沾巾。（〈自京竄至鳳翔喜達行在所〉卷五）

烽舉新酣戰，啼垂舊血痕。（〈得舍弟消息二首〉其一．卷四）

戀闕丹心破，霑衣皓首啼。老魂招不得，歸路恐長迷。（〈散愁二首〉其二．卷九）

永負漢庭哭，遙憐湘水魂。（〈建都十二韻〉卷九）

暮年漂泊恨，今夕亂離啼。（〈水宿遣興奉呈群公〉卷二一）

哭廟灰燼中，鼻酸朝未央。（〈壯遊〉卷十六）

天邊老人歸未得，日暮東臨大江哭。隴右河源不種田，胡騎羌兵入巴蜀。（〈天邊行〉卷十四）

這八首詩除第一例是與弟分別而哭，純為個人聚散悲喜之外，其餘均與國勢的頹亂有關。第二例是安史之亂期間逃竄成功、抵達行在時喜極而泣所發出的嗚咽聲。雖然安然抵達、得見皇上是可喜可樂的事，但逃竄過程必然經歷很多艱險辛酸，見到無數悲慘事況。故而嗚咽之聲雖然是喜樂苦楚參半，但真正傳達的應是百感交集、錯綜複雜的情緒。閱讀時讀者心中呈現的嗚咽心音，應也是曲折情意的投射與反照。所以雖然作者自云哭泣是喜心倒極的表現，看來似乎是一種反寫，表達的仍是哭聲正面的悲傷之情。其餘六例則清楚地顯現出，引觸詩人哭泣的一概均是戰爭亂離的家國生民之憂與不得歸鄉團聚的遺憾。哭，是人類宣洩情感最自然最直接的方式。但在過去文化傳統的長久制約之下，若非到山窮水盡、窮途末路的困境，男子多不會在眾人面前落淚，更不會以啼、嗚咽、哭等聲形具現的情態出現，何況是留諸文字，公諸於世。這已近乎是一種對挫敗的承認與接受，但同時也隱含了無言的憤爭。可見家國的敗亂與飄泊異鄉，是杜甫生命中最大也最難化解的傷痛。由於這客觀情勢過於強大，並非他個人的力量所能扭轉，杜甫並沒有任何的防衛機制，而是直接以最原始最強烈的方式來在這些物質困乏的窘迫中，詩人並未表現出太強烈的情緒反應，而是由兒女的哭啼號叫抽搐著詩人的內心。對詩人而言，物質匱乏對他本人並未造成嚴重的困難⑦，真正讓詩人窘迫的毋寧是親情與責任感的虧欠所造成的愧疚與不安。對一個熱愛生命、熱愛親人、熱愛生民的人，愧疚與不安的心情該是多麼煎熬的酷刑。尤其是聲音的感受不像視覺形象一般，閉起眼睛就可以拒之於外。當漫漫長夜，「男呻女吟四壁靜」（〈乾元中寓居同谷縣作歌七首〉其二．卷八）時，呻吟的聲音迴盪在空氣中，傳到每個家人耳中心中，也傳染擴大了飢凍的痛苦。詩人無法關起耳朵，最後只能作歌，以歌聲暫時掩蓋住凍餒呻吟聲的侵蝕。

從杜甫自己的家國之哭與家人的凍餒之哭，我們看到，物質性的需求對杜甫的意義似乎以為人父的職責為主，而物質的失落總也比不上家國的失落更讓詩人難以承受。所以比較之下，杜甫面對個人的困頓時，比較沒有家國之憂那麼強烈的焦慮，而須藉由最原始的哭泣來宣洩。個人窮窘所造成的困難更重要地是由家人親情的考量上折射回來的不忍與不安之情。當這種情緒無法承受時，詩人會以具有反向作用、替代作用與昇華作用的歌聲來完成其防衛機制。（詳下文）

在杜甫憂國憂民的哭泣與兒女飢凍的啼哭之外，其餘杜詩中出現的哭聲多是描寫廣泛大眾因戰亂流離而發出的哭泣，有徵調兵丁時送行家人牽衣不捨的哭聲⑧，有征戍者在夜半的哭泣❾，有因親人陣亡而悲號者❿，有因戰爭國力短絀而四處搜刮所求，致使百姓倍受侵陵、困窮無助而發出哀訴哭聲的⓫，有因逃難恐不兩全，只得丟棄子女，子女卻緊依不去的悲慘啼哭的⓬。總之在戰亂中杜甫目睹了各種悲劇，聽聞了各種慘絕的悲號，這些都是個別的特寫與突出的聲音。另外，在描寫民眾受戰爭的傷害與恐懼時，詩人喜歡以「野哭」的遠景來展現為數眾多、聲量驚人的聽覺效果，並襯托出平民渺小微弱的無奈處境⓭。同時也喜歡以道路哭泣的景象來顯示人民流離奔逃的慌亂與不安⓮。甚至於以「青山猶哭聲」（〈新安吏〉卷七）來記述詩人的「聽餘覺」⓯，那表示在千家野哭、哭聲直干雲霄的烽火裡，因為四處隨時都可聽聞哭聲震耳，長久的聽官刺激與聽覺慣性，即使在沒有人哭泣的時候，詩人也會聽到哭聲飄散空中，迴盪在青山綠野之間⓰。可見在戰爭的年代，驚惶悲慘的哭聲在詩人的生活經驗中成為多麼強烈深刻的印象，也使杜甫的詩作因而呈現深沉慘絕的意境。同時哭聲幾乎已經內化成為一種常駐不去的心音了⓱。

杜甫戰爭詩中對於聲音的描寫，最特殊的應是戰死沙場的冤魂所發出的哭聲：

新鬼煩冤舊鬼哭，天陰雨濕聲啾啾。（〈兵車行〉卷二）

戰場冤魂每夜哭，空令野營猛士悲。（〈去秋行〉卷十一）

戰哭多新鬼，愁吟獨老翁。（〈對雪〉卷四）

一般人的經驗應該沒有聽過鬼魂的哭聲。但詩人卻三次寫及鬼哭，而且還以狀聲詞啾啾具體描摹出其聲音。這應是詩人設身處地想像兵士戰亡的處境與心情，由情感的投射與角色的互換深深領受到亡兵全然破滅的痛苦以及浮遊荒塞的悽楚，只能無奈地哭泣。再加上風雨襲嘯、空氣折射，便混雜出啾啾這種詭異刺骨的聲響。尤其〈兵車行〉一詩開首是爺娘妻子的牽衣頓足哭，結尾卻是新鬼舊鬼啾啾的哭聲，從活人的哭變成死者的哭，整首詩幾乎都迴盪在哭聲之中。由哭聲的變化對顯出戰爭的殘酷殺傷力，而且受其傷害者其實是死亡人數的數倍（包括亡者本人和其家人），也對顯出剎那間天人永隔的恐怖事實。讀者雖然未曾聽過鬼哭，但因詩人如此想像與具體描寫，閱讀時便也能經由個別的經驗去呈展一幅幅淒厲的景象，並浮現各種淒苦悲痛的聲音。由此具體的情境，亡者的心情就能逼顯於讀者心中。

從這些聲音，我們看到詩人對戰爭受害者的同情心與同理心，也看到詩人以其意象將此同情心與同理心傳達給讀者。眾所皆知，杜甫為詩聖、詩史，從以上聲音的分析可知，杜甫是多麼細心地觀察並了解百姓塗炭時的各種反應，而且敏銳地記錄各種聲音，由聲音形象傳達出戰亂與生活的痛苦是無所不在地充滿於空氣之中，且無所不在地傳染同時代不得不接聽的人們，是你閉目掩身也聽聞得到的痛苦訊息。同時我們也看到詩人善於以聲音效果來營造特殊的情境氣氛，這些聲音的描寫是詩人設身處地為他人想像的結果，算是一種內化心音，是詩人同情心同理心的表現，也是跳越自我而以他人為思考中心的大悲心理的反映。

參、歌聲的防衛機制與拮抗心理

杜詩中出現最多的聲音形象是歌聲，一共有七十三次之多。其中有三十五首是杜甫自己的歌聲。在杜甫以外所發出的歌聲部分，大體與其他詩人相似，比較不具特色。如描寫一般應酬宴遊場合上的歌舞表演，除了極少數晚年蜀地聽歌因勾起異鄉悲慼與老邁意識而傷愁外⑱，其餘均是歡愉享樂的場面，純然客觀地再現聲音而已，故於此不加細論⑲。此外杜詩中也常以歌聲來表示一些理想的生活狀態，如：

巷有從公歌，野多青青麥。（〈贈司空王公思禮〉卷十六）

喧喧道路好童謠，河北將軍盡入朝。（〈承聞河北諸道節度入朝歡喜口號絕句十二首〉其三．卷十八）

負郭喜粳稻，安時歌吉祥。（〈登歷下古城員外孫新亭〉卷一）

草昧英雄起，謳歌曆數歸。（〈重經昭陵〉卷五）

賞應歌杕杜，歸及薦櫻桃。（〈收京三首〉其三．卷五）

百姓的謳歌其內容通常反映他們對生活與時事的看法，所以有因滿意而歌頌的歌謠，也有因不滿而批判嘲諷的歌謠。但在杜詩中除了一首追憶滕王事跡的作品〈滕王亭子二首〉其一出現了負面的「人到於今歌出牧，來遊此地不知還」（卷十三）之外，其餘均如上引詩句以正面的歌頌之聲敘寫美好的事況，尤其是對於良好政治績效的讚揚。亦即杜甫視歌聲為政績良窳的表徵，歌聲的旋律情調與歌詞的內容是百姓心聲的表達。這應是禮樂教化與詩教理念的承繼與表現[20]。因此杜詩便以歌謠來映襯出一種瀰漫喜樂或憤怨的生活情境。

再次，杜詩中也頗喜歡以地方歌謠來呈顯空間特質，如：

邊酒排金碗，夷歌捧玉盤。（〈送楊六判官使西蕃〉卷五）

羌婦語還笑，胡兒行且歌。（〈日暮〉卷八）

群胡歸來雪洗箭，仍唱夷歌飲都市。（〈悲陳陶〉卷四）

商歌還入夜，巴俗自為鄰。（〈與嚴二郎奉禮別〉卷十二）

軍吏迴官燭，舟人自楚歌。（〈將曉〉卷十四）

夷歌自是胡地的歌曲，本應在羌胡蕃地或者邊塞才聽得到，但乾元二年詩人於秦州卻能在日暮天暗時聽聞到歸降的羌婦胡兒肆無忌憚地以胡語談笑行歌，在這種殊異歌謠的音響中潛伏著胡虜即將入寇的詭異不安。同樣地，當安史之亂陳陶淪沒胡虜手中時，聽聞得到的便是夷歌。至於當詩人流居蜀地，在閬州、雲安等處所聽聞的自當是南方的歌謠，因為地方民歌在情調上的特色，很自然引發詩人的異鄉感。歌謠是音樂藝術之一，它的存在本身不是為實用功利，而是一種心靈情感的抒發與傳達。所以當詩人接觸到它的刺激時，不會僅只是客觀的認知與接收，而是直接進入詩人的心靈情感層次。所以在聽覺習慣產生強烈突兀感與陌生感的同時，情感也是直接被撼動了。因此杜詩中地方歌謠的出現，若不是摹寫被侵襲淪陷後的詭異氣氛，就是烘托置身之地的突兀陌生感。總之，是以歌謠聲音的殊異性來展現空間的變動與詩人內心的不安定感。這裡我們也看到詩人之知覺的選擇性，其注意所在其實是基於空間存在意識的驅動，也就是在詩人內心，空間意識具有相當深潛的驅力。

如前所述，杜甫詩中敘及自歌者共有三十五次，顯然杜甫似是一個愛唱歌的人。但其自歌只有少數是在宴集酬唱的場合中因創作而即興吟唱表演，大部分的情形都是在自處時抒發感興的歌唱，所以幾乎都是吟詠徒歌的形式，沒有繁複的音樂相伴，故而其歌聲十分地突出明顯。

唱歌，本來就是情感抒發與傳達的方式，尤其當歌行歌詞是自己的創作時，唱歌更是內心的吐露。就唱者而言，不但傳達了訊息，也舒暢了身心。同時因為詩歌的藝術化構思與演唱時聲韻的美化，詩人將其情感轉化為具有美感且被欣賞的形式，所以是防衛機制中的昇華作用（sublimation）[21]。所以即使是詠唱悲歌，也是一種盡興、愉悅與享受。杜甫詩中敘及自歌時，也往往順著唱歌的盡興本質而發為高歌與長歌兩種形態。在宴集或公共場所，激昂高歌的形式較多，像他在〈題衡山縣文宣王廟新學堂呈陸宰〉的詩中敘及他勸人應修舉不墜時，便是以「高歌激宇宙，凡百慎失墜」（卷二三）的方式引起聽者的注意。又如〈短歌行贈王郎司直〉詩也是以「青眼高歌望吾子，眼中之人吾老矣」（卷二一）的方式表達對對方抑塞磊落之奇才卻無所用的抱屈，以及自己老去的憂傷。所謂高歌，是音質高亢、音量宏大地歌唱，加上一個「激」字與詩人的老矣，顯見歌情的慷慨激昂與歌聲的勉強吃力，已不復像他壯年在公園獨歌時足以「長歌激越捎林莽」（〈曲江三章章五句〉其二・卷二）了。始終不變的是，從壯年到老邁，詩人內心一直有激憤的情緒須藉由高歌來宣洩，但不同的是，壯年的中氣足以使歌聲激越捎林莽，而老邁時的高歌恐怕就是「衰老強高歌」（〈別唐十五誡因寄禮部賈侍郎〉卷十四）的力不從心了。於是在眾人靜聽中，這些高歌的詩就充滿一種近似滑稽突梯、極不和諧的聲音。表面上是積極振奮的，內底裡卻是無奈與對現實的拮抗。這樣的聲境，其實應也是詩人不平靜內心的映照。詩人以高亢振奮的歌聲來轉化他早年長安（曲江）時期的不遇及老去的悲傷，是心理學中所謂的反向作用（reaction formation）㉒。

進一步綜觀杜甫在四川的詩作，高歌激越中也漸次增加一些自得從容的長歌：

長歌敲柳癭，小睡憑藤輪。（〈贈王二十四侍御契四十韻〉卷十三）

獨酌甘泉歌，歌長擊樽破。（〈屏跡三首〉其一・卷十）

春郭水泠泠……長歌意無極。（〈行次鹽亭縣聊題四韻奉簡嚴遂州蓬州兩使君咨議諸昆弟〉卷十二）

荊州愛山簡，吾醉亦長歌。（〈章梓州水亭〉卷十二）

這些詩作全詩的主題都寫蜀地風景怡人，生活自在悠閒，那麼唱歌似是快樂生活的愉悅表達，長歌也似乎是悠閒無事的產物。但是細思詩句，長，應指歌曲時間的長短，而時間長的歌並不就是節奏緩慢、浪漫抒情的歌。但看杜甫一邊歌唱一邊敲奏柳癭酒樽以為應和，可見這些長歌應是重節拍、節奏明快、情調活潑的歌曲。而且從擊樽破的結果來看，也顯示歌曲的激昂振奮，以致詩人在敲奏歌唱時奮揚忘情、不可抑制地使力。那麼，藉由歌唱所要抒發的情意必非溫柔和緩，而是鬱壘激憤的。這些鬱情在應和敲擊的動作中得到酣暢快意的宣洩，而且愈是酣暢快意，愈是欲罷不能，因而也就成為意無極的長歌了。詩人在屏跡的日子裡，獨酌長歌，以幽寂靜謐的蜀地為背景，這些詩作中便突出地縈繞著奮揚明快、持續綿長的聲音。由於聲音的突出，詩境就顯得清寂，但詩情卻又在自得從容中隱隱然潛藏著奮激不穩的情愫。

較諸高歌長歌，杜詩中還描述詩人更為縱情的歌唱形態：

自笑燈前舞，誰憐醉後歌。（〈陪鄭廣文遊何將軍山林十首〉其十．卷二）

狂歌遇形勝，得醉即為家。（〈陪王侍御宴通泉東山野亭〉卷十一）

甫也諸侯老賓客，罷酒酣歌拓金戟。（〈醉為馬墜諸公攜酒相看〉卷十八）

耽酒須微祿，狂歌託聖朝。（〈官定後戲贈〉卷三）

白日放歌須縱酒，青春作伴好還鄉。(〈聞官軍收河南河北〉卷十一)

後二例是得官與光復後的欣喜下自然地縱歌狂歌，是歡樂情感的奔放表現，直接且強烈。但前三例卻是宴集場合中的醉歌、狂歌、酣歌。與前論的長歌相對照會發現，長歌與狂歌都是在酒後的盡興舉動。酣醉情況下歌唱，當是鬆放縱情地引吭，且無法精準地掌握節拍與字句，唱出的歌聲自然曠蕩零亂。我們可以理解，在群體宴遊時，歡愉縱樂是禮貌上必須維持的基本情調，帶給同遊者歡樂也是參與者的責任，個人的生活情緒於焉必須暫時擺落。但像杜甫這樣地狂歌醉歌，似乎又過於喧囂誇張。但看詩人醉歌的同時是拓金戟，又說誰憐、得醉即為家，可見在隱微處詩人其實是藉由一種浮誇癲狂的聲音來掩蓋壯志未酬(早年)與飄泊異鄉(晚年)的鬱愁。這些狂歡又不成調的樂音，其實是一種虛浮的拮抗情緒與反向作用。猶如他〈醉時歌〉所敘：「但覺高歌有鬼神，焉知餓死填溝壑。」(卷三)在即將面臨餓死溝壑的困境時，詩人依然高歌以對[23]。那麼，高歌的奮揚情態對內心深處困窮窘迫、生死關口的焦慮憂傷而言，實是一種相背反的反應。不論是高歌、長歌或酣歌的歌唱形態，與內心情感相背反的情形，在杜詩中均有所見，如：

未知棲集期，衰老強高歌。歌罷兩悽惻，六龍忽蹉跎。（〈別唐十五誡因寄禮部賈侍郎〉卷十四）

故國愁眉外，長歌欲損神。（〈雨晴〉卷十五）

萬國皆戎馬，酣歌淚欲垂。（〈雲安九日鄭十八攜酒陪諸公宴〉卷十四）

對照前後的詩句可以清楚地看到，詩人在縱放快意、酣暢淋漓的激昂歌聲中，其實是包含著飄泊不安、故國迢遙、戎馬殺伐等令人喪氣傷愁的無奈與衰老強高歌的疲態，其結果則是損神、悽惻與欲淚。足見激昂暢意的歌聲實是與詩人底層情感相背反的表情，其中隱含著的除了是防衛機制中的反向作用之外，也是一種拮抗的心情。根據心理學的情緒理論，有所謂的「拮抗歷程理論」(opponent process theory)，認為不論刺激何時引發了情緒反應，它同時也會引起另一個完全相反的情緒反應[24]。一般而論，拮抗歷程所引生的另一個相反的情緒反應與原初的情緒反應都只是當事者內心的情緒，並沒有特別外露突顯。但杜甫於狂歌醉歌時，卻是刻意地強化彰顯後生的相反情緒，從而表面上遮止了原初的悲情，這就是一種有意識的情感隔離了。所以杜詩中許多出自詩人本人的高亢奮揚、狂放任誕的歌聲，呈現的雖然是浮誇滑稽的情境，而實地裡含寓的則是拮抗情緒與情感隔離相結合的心理歷程。

在高歌、長歌與狂歌的拮抗表情方式之外，杜甫也常直接正面地以歌表情，這當然多是些悲歌哀歌了：

國步初反正，乾坤尚風塵。悲歌鬢髮白，遠赴湘吳春。（〈贈別賀蘭銛〉卷十二）

幾年一會面，今日復悲歌。（〈湖中送敬十使君適廣陵〉卷二三）

高枕虛眠晝，哀歌欲和誰。（〈夔府書懷四十韻〉卷十六）

哀歌時自惜，醉舞為誰醒。（〈暮春題瀼西新賃草屋五首〉其三・卷十八）

獨坐親雄劍，哀歌動短衣。煙塵繞閶闔，白首壯心違。（〈夜〉卷二十）

我們可以清楚地看出這些直寫悲歌哀歌的詩作都是廣德二年避亂梓閬之後的作品，屬於晚年蜀地之作。在遠離故國、避亂他鄉的日子裡，再度面臨與友相別的境況時，內心的鬱情便發為悲歌。而當獨居在暫時安身的所在（夔府或瀼西），高枕虛眠或靜夜獨坐時，內心的鬱情便發為哀歌。細加比較，悲歌仍有激動的情緒，較諸哀歌顯精神，這是杜甫在送別場面對友人打起精神的歌聲。但是哀歌就顯得孱弱無奈，這是詩人晚年獨處時，面對自己真實的生命、真實的感情而發的直接吐露心情的哀音，其旋律必然蒼涼，其歌聲必然憂傷。歌聲在此比較單純地是宣洩抒發的方式。

總的來說，杜詩描寫自歌的情形，不論是高歌、長歌、狂歌或悲歌、哀歌，雖然在歌聲旋律情調上有高亢激昂與柔弱無助之別，但其情感的基調卻都是一致的，那就是生活與生命的困頓失意，它們都是悲傷情緒的不同形態的表達，所以歌後的場面會有一些失控。如他在〈元日示宗武〉詩敘寫憶及家人而「高歌淚數行」（卷二一），表示詩人高歌的情感基調是悲傷憂愁的，所以在他〈晦日尋崔戢李封〉的詩中曾經有過「當歌欲一放，淚下恐莫收」（卷四）的疑慮，在尚未歌唱之先，詩人就已意識到放聲一歌之後，情感會不可收拾。到了大曆四年，詩人寫了一首〈南征〉詩，曾總結地感慨：「百年歌自苦，未見有知音。」（卷二二）直接說明他的自歌其實都是苦情之歌。

有趣的是，出現自歌形象的詩作只有五首是入蜀之前的作品㉕，其餘均寫在入蜀後。五首入蜀前自歌的形象有四首明寫高歌，醉歌、狂歌、長歌，顯出早期詩人自歌的情形較少，但歌聲多是激越狂恣的。後期則自歌的情形明顯增加，且在激奮狂恣的同時，也往往有悽苦餒弱的哀音。此中也許顯現出詩人強烈的憤慨情緒與拮抗心理是從早期一直延續到晚年不變的，但在晚年中也交雜出現了屈從於事實的挫敗餒弱與無助哀傷。但就詩境而言，卻同樣是蒼涼深沉的聲境。

結合杜詩高比例出現自歌的情形，以及家庭困窮凍餒、子女餓死哭啼卻未出現杜甫哭泣形象兩論來看，杜甫在個人際遇以及家庭處境的多重失落中，積累滿腔的悲苦均未發出哭泣，而是轉為歌唱的方式來紓解，畢竟歌行較諸哭泣是婉轉文雅得多。同時也能將情感予以昇華。但觸及國朝的衰亂、生民的塗炭時，其強烈的悲情不但發為歌聲，有時也直接發為哭泣了。從「百年歌自苦」及「高歌淚數行」的事況來看，歌聲其實是杜甫哭聲的轉化與昇華。這應也是其歌聲常常高亢激奮、縱恣酣暢的原因吧。

總之，自歌的歌聲是詩人哭聲的轉化，因此杜詩中的歌聲較諸哭聲更曲折迴轉地呈現出詩人悲傷複雜的拮抗心理。

肆、殊異聲音與空間意識

其次杜詩常出現的聲音形象是呈顯空間殊異感的聲音，就中尤以角音、鼓鼙與猿啼為多[26]。首先杜詩仍然因著戰亂而描述一些與太平日子不同的聲音，如角聲：

天地軍麾滿，山河戰角悲。（〈遣興〉卷四）

吹角向月窟，蒼山旌旆愁。（〈送韋十六評事充同谷防禦判官〉卷五）

山路時吹角，那堪處處聞。（〈留別賈嚴二閣老兩院補闕〉卷五）

王師未報收東郡，城闕秋生畫角哀。（〈野老〉卷九）

萬國城頭吹畫角，此曲哀怨何時終。（〈歲晏行〉卷二二）

唐朝自安史之亂後，便不斷有兵變叛亂與賊寇邊難。作為樂器轉為戰爭預警與軍隊動作訊號的角聲，帶給人的總是一種惶懼不安的壓力。所以隨著角音出現的，詩人總繼以悲、愁、哀、怨、那堪等心緒描寫。它所寓含的意義是殊異事況的發生，是不安情勢的存在。所以角音的描寫很自然地帶給詩歌特殊的氛圍。詩人晚年居蜀時，對於角聲竟然有了一種近乎制約反應的印象：「永夜角聲悲自語」（〈宿府〉卷十四）、「老去聞悲角」（〈上白帝城〉卷十五）。他覺得角聲不但持續一整夜，而且詩人還伴隨著它老去，角聲似乎已經成為揮之不去的夢魇。此處詩人所寫也含有一點心音印象。因為角音成為常現的刺激，遂使詩人常常感受置身所在的殊異性與不安，詩境也隨之拓展成一種延伸今昔與未來的殊異與不安的音境。

其次，與之相似的便是戍鼓戰鼙之聲：

故國猶兵馬，他鄉亦鼓鼙。（〈出郭〉卷九）

煙塵犯雪嶺，鼓角動江城。（〈歲暮〉卷十二）

煙塵多戰鼙，風浪少行舟。（〈搖落〉卷十九）

高枕翻星月，嚴城疊鼓鼙。（〈水宿遣興奉呈群公〉卷二一）

中巴不得消息好，暝傳戍鼓長雲間。（〈秋風二首〉其一．卷十七）

戍鼓鼙聲是戍樓夕鼓或寇警之訊，顯示出邊地的緊張氣氛或時局的不安。蜀在唐朝屬於邊境，尤其容易聽聞其聲。在反覆制約的經驗中，當這類聲音響起時，意味著敵寇就在左近，也意味著戰爭的可能性。因此這類聲響是緊張與不祥的表徵。當初詩人避難投靠好友而舉家遷徙到四川來，然而斷斷續續的戰亂以及時時迴響的鼓角，說明四川終非安處之地。這種與平常盛世不同的鼓角形成一種冷肅詭異的聽覺氣氛，自然令人生起強烈的殊異感，殊異感引生存在意識與空間意識，身世之感便也油然而生。因此杜詩中這種鼓角之聲除了漫溢出一種時間的殊異感（時代動盪），也同時刺激了空間的殊異感（邊地異鄉）。

綜觀杜詩，描寫鼓角聲音的作品大多出現在蜀地時期，可見四川生涯，鼓角之聲確實帶給他強烈的空間殊異感，時時提醒他異鄉的事實。這種一再強化的聽官刺激，讓詩人自然地產生一種厭棄逃避的心理反應，所以他在〈秦州雜詩二十首〉其十一中說「臨哀厭鼓鞞」（卷七）。可是我們相信，四川與其他地方一樣，在日常生活中其實也充滿各種各樣的聲響，但詩人寫入詩中的卻經常地擇取了鼓角之聲，顯然詩人是經過選擇性地接收輸入的訊息，且過濾掉所熟悉的平常聲音：也就是詩人的注意力是放在一些殊異的聲音上。那麼由聲音形象的描寫可知，詩人在四川時，強烈的空間意識常常潛在詩人內心，成為知覺選擇的驅動力。

在人文的聲響之外，杜詩也常以自然的聲音來烘寫空間的殊異感受，就中以猿啼為最多。而寫及猿啼的詩，只有一首是較早時期因安史亂後都城變異而出現在〈九成宮〉詩中，其餘都是蜀地的作品，如：

聽猿實下三聲淚，奉使虛隨八月槎。（〈秋興八首〉其二，卷十七）

殊方日落玄猿哭，舊國霜前白雁來。（〈九日五首〉其一，卷二十）

散騎未知雲閣處，啼猿僻在楚山隅。（〈寒雨朝行視園樹〉，卷二十）

庭前把燭嗔兩炬，峽口驚猿聞一箇。（〈夜歸〉卷二一）

窮猿號雨雪，老馬怯關山。（〈有嘆〉卷二一）

猿猴通常居處在深山林谷中，就杜甫的生活經驗，壯年之前幾乎都是在洛陽長安一帶度過的，猿啼應是難有的聽聞。但是四川多山，而且高峰深峽遍布，宜於猿猴安居，猿啼猿跡自然是耳目所常聞見，這明顯地與關中城邑相差甚遠。所以猿啼所聞之處，在在都提醒著詩人空間的殊異，喚醒其存在的意識，也就強化了他異鄉飄泊的處境自覺。而且猿啼聲調與音質蒼老，令人感覺其情悽苦，也點染周遭悲涼的氣氛。所以詩人用「殊方」與「僻」字強化空間意識，用「哭」、「號」與「窮」等帶有強烈情感的字眼來投射牠們，並且以驚與下淚的情緒來回應這種殊異的聽覺刺激與情意暗示。因此猿啼與詩人之間就達成了同情共感的交流共鳴。而在聽覺的選擇（過濾）與強化作用之下，以及詩人的移情投射，猿啼就成為一種刻意刺激或觸傷詩人的同情或作弄了。因此在〈乾元中寓居同谷縣作歌七首〉的第四首，詩人唱道：「嗚呼四歌兮歌四奏，林猿為我啼清晝。」（卷八）這是經由投射作用 (projection) 與替代作用 (displacement) 來完成防衛機制[27]。

與猿啼近似的，杜詩中也有杜鵑的哀啼、熊羆的咆哮、虎豹的怒號、嚴密連續的雷霆等的描寫也都在突顯空間的殊異與不安氣氛[28]。跟人文聲音相同的，四川的周遭應也充滿各種與他方相同的自然聲響（如雞鳴、鳥叫、風聲、雨聲）。但詩人經過擇取過濾，單單將注意力放在這些特有的聲音上，其中含具著主客互動的歷程。即杜甫強烈的飄泊異鄉的空間意識實為心理驅動力，讓他很自然地選擇接收並在意殊異的聲音；而殊異聲音的刺激與輸入又再度強化他的空間意識與飄泊感，於是形成一個互動與循環。

伍、聲音的反寫與情意跌宕

杜詩中時常出現一種特殊的聲音形象，相當值得注意。那就是聲音的反寫。這種反寫的聲音形象，在表象上為詩歌情境營造出特殊的印象或氣氛，在情意上則能跌宕出詩人內心曲折幽深的情思意緒。由於詩中所出現的聲音形象是反寫的虛像，並非客觀真實初現的聲音，所以算是心音，這種心音比較接近讀者閱讀時的呈象經驗。

杜詩中這種聲音反寫的手法又表現為幾種不同的類型。首先是吞聲而哭：

少陵野老吞聲哭，春日潛行曲江曲。（〈哀江頭〉卷四）

乃知貧賤別更苦，吞聲躑躅涕淚零。（〈醉歌行〉卷三）

棄絕父母恩，吞聲行負戈。（〈前出塞九首〉其一．卷二）

臨風欲慟哭，聲出已復吞。（〈閬州東樓筵奉送十一舅往青城〉卷十二）

生別古所嗟，發聲為爾吞。（〈別李義〉卷二一）

不論是出於戰爭、亂離或分別的理由，心中都有強烈的悲痛之情激盪著，在人的心理與生理的自然反應下，哭泣是一種宣洩抒發的直接方式❷❾。在聲音的盡情吐送中，隨著氣息的奔瀉，悲痛的情感也得到了某種程度的紓解。然而此處詩人卻以吞聲寫出極度壓抑的情感處理方式。「吞」的動作是物體由咽喉往下送，表示哭泣的聲音實已在咽喉產生，甚至如後二例已發送到嘴部，但因某些因素而緊急吞嚥下。於是造成了短促微弱的聲音的懸宕，這個懸宕與讀者的預期心理相結合，讀者得到的呈象應是一種迴盪在主人翁內心的激動哭聲，這從吞聲「哭」以及吞聲躑躅「涕淚零」的後繼描寫得到了加強。可以說，作者雖實寫吞聲，事實上卻營造出一種無形的虛聲，這虛聲是由作者與讀者共同的預期心理與想像所連繫起來的心聽與心音。在〈前出塞〉詩中，征役者負戈吞聲之後，第二首接著描寫到：「欲輕斷腸聲，心緒亂已久。」這或應是在吞聲的情緒壓抑之後，被吞抑擠壓的聲音氣流於體內下降的路途中一再迴盪盤旋，扭盪腸腹所得的強烈感受。詩人說欲輕腸斷聲，其前提應是腸斷之聲太大（至少主人翁自認如此)，這是詩人主觀情感結合了想像與誇張所營造的心聽與心音，在讀者心中留下令人意外驚異的虛聲。

從情感的變化來看，詩人本來有強烈的欲慟哭的需要，最後卻是吞聲以處，顯現理智的控制超越了情意的波動，但這分智性的選擇其實仍是出於情意性的考量，其情形又可分為二：一是如〈晦日尋崔戢李封〉詩所云：「當歌欲一放，淚下恐莫收。」(卷四)詩人深知戰爭離亂對人造成的創傷過於巨大，若是放聲歌哭，抑鬱的情感一旦宣洩出來，將嚴重潰堤而一發不可收拾。又如〈投簡咸華兩縣諸子〉詩云：「君不見空牆日色晚，此老無聲淚垂血。」(卷二)則是深怕飢凍之苦在哭泣的宣洩中被傳遞感染開來。這些都是為了防範情意的擴大而理智地抑制哭聲，然而沒有得到紓解的情意終將更加鬱悶地激盪於心。顯然地，詩人沒有依著情感的原始紓解方式，沒有向外顯露悲情憂慮，是以潛抑作用(repression)㉚直接阻斷焦慮的外現。

另一種情形則是迫於形勢而未出聲，如：

玄猿口噤不能嘯，白鵠翅垂眼流血。(〈後苦寒行〉卷二一)

側身長顧求其曹，翅垂口噤心勞勞。(〈朱鳳行〉卷二三)

戍鼓猶長擊，林鶯遂不歌。（〈暮寒〉卷十三）

脣焦口燥呼不得，歸來倚杖自嘆息。（〈茅屋為秋風所破歌〉卷十）

月明遊子靜，畏虎不得語。（〈宿青溪驛奉懷張員外十五兄之緒〉卷十四）

他們或者苦於寒凍而沒有能力嘯鳴，或者因為有所顧忌而不敢啼叫，或者因為追跑得脣焦口燥而呼喚不出聲音。他們原先都有強烈的意志想發聲，本也應有傳達某種意念的聲音會出現，卻同樣都因為形勢所迫而口噤不得語，不得不屈就於現實，克制壓抑其情感。前三例是這種情感移轉至鳥類身上，比喻作者的抑鬱的處境。在作者暗示與讀者想像的連結下，一種更深沉幽邃且強力的聲音在嘎然懸宕中便以心音的形式呈象。這仍然是杜甫反寫聲音所營造的虛幻聲象，在情意上實具有強化的力量。這種反寫造成了一種無聲的緊張。

第三種類型的聲音反寫，是因期待之情與想像所呈顯的心聽形象，如：

不寢聽金鑰，因風想玉珂。（〈春宿左省〉卷六）

長安秋雨十日泥，我曹備馬聽晨雞。（〈狂歌行贈四兄〉卷十四）

只須伐竹開荒徑，倚杖穿花聽馬嘶。（〈中丞嚴公雨中垂寄見憶一絕奉答二絕〉卷十一）

座對賢人酒，門聽長者車。（〈對雨書懷走邀許主簿〉卷一）

拂拭烏皮几，喜聞樵牧音。（〈阻雨不得歸瀼西甘林〉卷十九）

前兩例描寫詩人任職左拾遺時，忠勤為國，及早準備好封事以等待上朝時間的到臨，因而熱切地期待晨雞啼鳴、金鑰聲響。詩人所描寫的是時時提耳傾聽切盼聲音出現的心情，似乎每一秒鐘都有可能出現令人振奮的雞啼打破沉寂，之後金鑰開鎖之聲亦響起。在專心等待的時候，每一刻都充滿了出聲的可能，也充滿了虛寂的可能。因此詩中此處呈現的想像與期待的聲音，聲音就在有與無的臨界點上緊繃著，亦即想像的心音與無聲寂靜同時停留在每一個傾聽的當下。在想像的心音與現實寂靜的辨識兩者不斷交錯進行中，詩境便呈現出閃爍的心音。三四例是詩人邀請好友到家小聚的詩，寫的是側耳傾聽門外車馬之聲，亦即期待朋友跫音的到臨。最後一例則是詩人阻雨不得回家，因而想像天晴回家之後倚坐聽樵牧的情景，這仍然是因期待而想像的心音。不過，此三例與前二例不同的是，前二例所等待的聲音，其發聲的可能性就在短時間內隨時會出現，但後三例則是一種不確定的等待，因此不會產生心聽的緊張與心音的閃爍。因為發聲的可能性在時間的距離上比較遠，所以傾聽的心情比較悠然。

然而不論發聲的可能時間的遠近，這些期待的心音都有把握在某些時候會確實出現，所以雖然都是聲音反寫造成的虛聲，但在情感上都是溫馨且充滿希望的。杜詩中還有一種因期待產生的心音卻充滿了迢遙無期的不可知性，如「應須理舟楫，長嘯下荊門。」（〈春日梓州登樓二首〉其二．卷十一）又如「今朝烏鵲喜，欲報凱歌歸。」（〈西山三首〉其三．卷十二）在熱切期待賊寇之亂能迅速平定㉛，早日歸鄉的時候，詩人想像著烏鵲的啼叫能引帶出奏捷凱歌，能在歸鄉途上暢意長嘯。事實上詩人明白這些期待的心音在短時間內不可能實現，更也許是個遙遙無期的等候，那麼這個心音其實會一直只是在希望與失落的起伏交錯中的一點情感慰藉及虛幻的愉悅而已。

從期待與失落的不確定中，杜詩轉出的第四類型的聲音反寫便是完全失望的心音了：

> 野曠天清無戰聲，四萬義軍同日死。（〈悲陳陶〉卷四）
>
> 上蒼久無雷，無乃號令乖。（〈夏日歎〉卷七）
>
> 路衢唯見哭，城市不聞歌。（〈征夫〉卷十二）
>
> 京兆空柳色，尚書無履聲。（〈贈左僕射鄭國公嚴公武〉卷十六）
>
> 猿鳴秋缺淚，雀噪晚愁空。（〈耳聾〉卷二十）

四萬義軍同日死，應是一場激烈的戰爭，應該鼓聲與殺伐聲震天齊響吧，然而一切卻是在悖謬的寂靜中發生了。顯現出不戰自潰、白白犧牲四萬條良家青年生命的荒唐。詩人表達了本應有戰聲的預期與失落，從無聲的失望中突顯出戰況的反常，同時也表達了對決策者的批判。第二例寫夏天久久無雷不雨，在飽受乾旱之苦時，詩人懷疑是因人治的疏失與乖張引發了天怒所致。夏日天氣應常有雷雨，詩人在長久的聲音期待中一再失望，突顯的是天與人的反常。三四例寫城市路衢人來人往之地，在快樂的生活中本應有歌樂之聲；在太平時期，官員如常上朝，本應有尚書履聲的響起。然而這一切都停息了。顯示的是人民生活不樂，朝政已廢的反常現象。這些詩作同樣都以聲音的反寫來傳達對時局的失望不滿。最後一例則是大曆二年㉜詩人一隻耳聾，無法聽見本應在秋天聽見的猿鳴，也無法聽見本應在傍晚聽見的雀噪。寫出了在習慣季節性聲音變化之後，一旦預期的聲音沒有在聽官中接收到，便會感受到失落與愁悵㉝。這些詩歌描寫的都是因為聽不到某些應該聽到的聲音而生起強烈的失望，因為無聲的情勢十分明顯，所以沒有等待中因有聲與無聲臨界的緊張而產生的張力，詩中所形成的是一種悖謬的安靜。

第五類型的聲音反寫，是純然描寫一種特殊的聲音印象——無聲：

隨風潛入夜，潤物細無聲。（〈春夜喜雨〉卷十）

無聲細下飛碎雪，有骨已剁觜春蔥。（〈閿鄉姜七少府設鱠戲贈長歌〉卷六）

俊鶻無聲過，肌烏下食貪。（〈朝二首〉其一．卷二十）

像這些無聲靜默的形象，本來不會觸動人的聽覺意識，根本不會想到有聲無聲的問題。但詩人強調無聲，便是因聲音意識在作用，其潛在的意念認為應有聲卻無聲，故而這些詩例也是聲音的反寫。春雨潤物無聲，在客觀上顯示雨滴微細，與物接觸時不足以發出聲音，在主觀方面強調春雨趁夜默默行善不加聲張的德行。而廚師切魚時，快刀起落，魚肉便如紛飛細雪。由於廚師技巧純熟俐落，以至於刀子飛動之際一點聲音也沒有。另外俊鶻在清晨的高空飛過，沒有振翅搴翮的激昂宏鳴，也沒有盤旋覓食的促啼，只有靜默而無所沾滯地暢行。這些情境一律以「無聲」加以描寫，其前提表示在詩人意識中認為本該有聲，春雨觸物本該淅淅，飛刀碎魚本該哆哆而響，俊鶻朝飛本該宏鳴。亦即詩人以無聲來強調這些景象時，正與一般的經驗印象相反，這除了每首詩各有其獨特要表達的意涵之外，更塑造出一種反乎一般經驗的聲音呈象，一種因異常靜默而強化了視覺印象感受的特殊氣氛。且因這些無聲的描寫都是處在一種變動的狀態下——細雨不斷落下潤物，快刀不斷起落，俊鶻飛翔而過——因此詩句所形成的視覺畫像就呈現出近乎印象派的繪畫風格。這裡顯示聽覺詩人非常敏銳的知覺反應，在視覺認知的同時，詩人也習慣傾耳細聽外在的聲音，以至於當外界無聲時，反而會造成特殊的強烈的印象反應。

由以上所論可知，杜詩中有很多反寫聲音的形象，它們不但使詩歌情境出現許多特殊的聲音呈象（尤其是心音）與暗示，造成特殊的意境，而且也在內涵上傳達了詩人深刻的情意，使詩歌含蘊著曲折幽深的旨趣。同時我們也看到杜甫對聲音的重視與注意。由他對無聲環境隨時保持著有聲的主觀意向性投射，可以看出杜甫時時保有極為敏銳的聽覺意識。

陸、穿透詩境的聲音呈象

杜詩對於聲音形象的注重，可由聲音在全詩中出現的時間看出。聲音出現的時機不僅表示詩人對聲音的重視，也為詩境營造出特殊的氛圍，並創造出深微的意涵。從杜詩聲音出現的時間來看，最令人印象深刻的便是常在詩首與詩末以聲音起始以聲音結束。細加統計，詩首即現聲音的有四十三首，詩末以聲音結束的有八十七首，其中詩首與詩末皆為聲音者有七首[34]。從這些現象可看出杜甫對於詩歌聲音形象的用心經營及其倚重聲音形象的事實，同時這些聲音也往往能夠穿透整首詩的視覺畫面。

在詩首出現聲音形象最典型者莫過於出現在首句的前兩字，以自然的聲響為例：

淅淅風生砌，團團日隱牆。（〈薄遊〉卷十二）

雷霆空霹靂，雲雨竟虛無。（〈熱三首〉其三・卷十五）

促織甚微細，哀音何動人。（〈促織〉卷七）

百舌來何處，重重祇報春。（〈百舌〉卷十二）

鶯入新年語，花開滿故枝。（〈傷春五首〉其二・卷十三）

第一例最先出現一個擬聲詞，在詩歌的情境畫面還完全沒有拉開之前就出現淅淅的聲音。讀者在沒有任何視覺形象輔助的情況下，集中所有的注意力在這個唯一的感官刺激上，除了對它產生神祕的感受，更會留下深刻強烈的印象，這個風聲因而就會籠罩持續在全詩之中。後四例描寫雷聲和蟲鳥聲，因為詩人使用概念名詞雷霆、促織等，雖然在下面接著圍繞描寫其聲，但因在一般人的經驗中，雷霆的概念出現時，必也隨之出現聲音的印象，所以後四例也是在詩首就先出現聲音。所不同的是聲音與視覺形象一起拉開了詩境畫面。（如雷聲與烏雲密布的天空一起出現，促織的微弱聲與草叢一起出現，百舌黃鶯的鳴啼與鳥形樹木一起出現等。）然而因詩境一開始就出現聲音，所以這些聲音形象仍然會籠罩持續全詩。這些以自然聲音形象起始的詩，由於自然之聲非常突顯，暗示著人文聲音全然消退的前提，故而通常為詩歌營造出安靜的全景全境。

以人文聲音起首的詩作方面如：

戍鼓斷人行，邊秋一雁聲。（〈月夜憶舍弟〉卷七）

鼓角緣邊郡，川原欲夜時。（〈秦州雜詩二十首〉其四・卷七）

戰哭多新鬼，愁吟獨老翁。（〈對雪〉卷四）

吹笛秋山風月清，誰家巧作斷腸聲。（〈吹笛〉卷十七）

清商欲盡奏，奏苦血霑衣。（〈秋笛〉卷八）

一般來說，這種以人文聲響先於視覺畫面之前拉開序幕的詩，幾乎都是像戍鼓、戰哭這類充滿不安不祥與悽苦詭異的聲音，或是令人斷腸泣血的羌笛之音。在亂離事件尚未呈現眼前之時，先以幽暗中的聲音為暗示，先讓讀者在閱讀之初就觸生惶惶愁情。這類聲音描寫法對詩歌情境氣氛具有很強的渲染力。再加上因為尚未拉開視覺畫面，空間沒有出現，聲音的傳送與聽聞就變得沒有空間侷限，沒有邊界，可能傳送到任何地方。所以惶惶驚悚的聲音所籠罩的便是廣遠無際的空間。至於先出現一個名詞概念從而拉開視覺畫面，再出現聲音形象的首句者如：

南國調寒杵，西江浸日車。(〈官亭夕坐戲簡顏十少府〉卷二二)

白帝更聲盡，陽臺曙色分。(〈曉望〉卷二十)

城郭悲笳暮，村墟過翼稀。(〈夜二首〉其二．卷二十)

錦城絲管日紛紛，半入江風半入雲。(〈贈花卿〉卷十)

北城擊柝復欲罷，東方明星亦不遲。(〈曉發公安〉卷二二)

由於聲音形象出現在句中，句首已有空間名詞，故而是由視覺形象先拉開詩歌的情境畫面，有了剎那的靜默。又由於這些最初的空間名詞都是如南國、白帝、錦城、北城、城郭等較大範圍者，所以詩歌最初出現的畫面都是遼闊的遠景，接著出現的人文聲音就迴盪在廣大敻遠的空間中，詩境就顯得悠遠縹緲而蒼茫。同時因人文製造的聲音含融在廣大的時空中，也產生自然與人文互相融攝的深度層次感。

綜上所論可知，杜詩喜歡於詩歌起首處先以聲音形象營造一種令人印象深刻且籠罩全詩的氣氛。由於先於視覺空間出現，也能產生一種聲音的不受拘限的無際感與普及性。

杜詩更多的是在詩末以聲音形象結束。以自然聲音為例，只有一首是作於入蜀前，那就是〈曲江三章章五句〉其一的「哀鴻獨叫求其曹」（卷三）。因為叫聲之後又有求其曹的另一事況的敘寫，加上鴻叫具有象喻意義，故而整首詩並非純然結束於聲音。至於大部分入蜀後以自然聲音結束的詩例如：

江城今夜客，還與舊烏啼。（〈出郭〉卷九）

沙頭暮黃鶴，失侶亦哀號。（〈王閬州筵奉酬十一舅惜別之作〉卷十二）

哀愁那聽此，故作傍人低。（〈子規〉卷十四）

何處啼鶯切，移時獨未休。（〈上牛頭寺〉卷十二）

細雨荷鋤立，江猿吟翠屏。（〈暮春題瀼西新賃草屋五首〉其三・卷十八）

前二例都在最後一字點出烏鶴的啼號，整首詩最後的描寫就是牠們的聲音。三四例雖然聲音的出現較早，但因到最後一句仍然在描寫杜鵑與黃鶯的聲音狀態，尤其是杜鵑的哀切啼叫最終是在傍人低的近處持續著。第五例雖是以翠屏結束，但因翠屏是猿吟的受詞，所以仍是以猿吟的聲音結束。這些詩歌在完成情境的抒寫時，都留下了不休止的自然聲音，使得聲音形象得以穿越詩歌的終線，延續到情境之外，因此造成餘韻迴盪的效果。尤其前二例描寫夕暮夜晚，幾乎所有的空間視覺形象都消泯闔閉，唯獨啼號之聲穿越空間而傳送著，其音就特別突顯醒耳，其哀意也就特別縈繞，令人印象深刻。

杜詩以人文聲響結束的詩作又較自然聲響為多，也都能呈顯悠遠的意境。如：

寒衣處處催刀尺，白帝城高急暮砧。（〈秋興八首〉其一・卷十七）

風起春城暮，高樓鼓角悲。（〈絕句〉卷十）

胡笳在樓上，哀怨不堪聽。（〈獨坐〉卷二十）

山路時吹角，那堪處處聞。（〈留別賈嚴二閣老兩院補闕〉卷五）

傷弓流落羽，行斷不堪聞。（〈歸雁二首〉其二・卷二三）

前二例直到最後才點出砧角聲，後三例則最後一字均以聽聞將詩境凝聚在飄送的聲音之上。因此這些詩歌都在結束的臨界上以聲音為焦點，並作視覺畫面的停格，而聲音則持續地傳送且成為感官唯一接收的訊息，聲音的哀怨悲涼與淒緊的特質就被彰顯放大，留下深刻印象。另外在這些以人文悲聲作結的詩歌中，一律都對應地以遠景作背景：白帝城高，不但距離拉得遠，而且採仰視造成仰之彌高的感覺。這種高遠的背景和二三例的高樓一樣。至於後二例處處聞與歸雁所在的天空也都是遠景。因為詩境遼闊，距離感的加入後，就更添蒼茫悲涼的特質。（其實距離的加入，同時也就是時間要素的加入。）杜甫有一首〈擣衣〉詩，最後就是這類型的典型處理：「用盡閨中力，君聽空外音。」（卷七）閨中人用盡力氣為良人擣衣所發出的砧響，不但在街城上傳送，而且飄揚入天空乃至空外。杜甫用空外音作結束，表示擣衣聲穿透一切空間，傳送無際。而整首詩的畫面也逐漸泯入渺茫的空界，只剩下間續的砧聲彷彿是宇宙最後的存在。由此可感受其音之縹緲悲涼，其詩情之無助空幻。

此外，杜甫也喜歡在詩末出現對聲音的想像。在詩情詩境結束之際藉由一個想像的聲音很自然地將時空轉換到未來他方，因而又推出另一個充滿可能性的新時空情境，詩的韻味就變得綿長不盡[35]。再次，杜詩詩末的聲音形象也頗常經營出熱鬧喜樂的氣氛，由人文的高談雄辯或鶯語的太丁寧、鳥的喧爭作結，留下令人愉悅的喜氣[36]。可見杜甫無論是在日常生活中或是創作詩歌時對聲音的注意與重視，而聲音形象也為杜詩創造了多元化的風貌。

總體看來，杜甫喜歡在詩歌結束處，於視覺情景即將關閉的臨界發出聲音，在一切情景消失之際，留下醒耳突顯的唯一感官刺激——聲音。尤其是喜以遠距遼敻的空間為背景，留下穿越時空的長響，詩歌意境於焉特別悠遠蒼涼，令人對詩境留下深刻的印象。

結合上論以聲音起首及以聲音結束兩種情形於一詩的，亦即同時以聲音起始並結束的作品，在杜甫詩中共有七首，其所呈現的詩境因兩種聲音的相對性與轉換而具有對照效果以及一種變動不安的張力。如：

車轔轔，馬蕭蕭……牽衣頓足攔道哭，哭聲直上干雲霄……新鬼煩冤舊鬼哭，天陰雨濕聲啾啾。（〈兵車行〉卷二）

愁思胡笳夕，淒涼漢苑春……喜心翻倒極，嗚咽淚沾巾。（〈自京竄至鳳翔喜達行在所〉卷五）

群雞正亂叫，客至雞鬥爭。驅雞上樹木，始聞叩柴荊……請為父老歌，艱難愧深情。歌罷仰天歎，四座涕縱橫。（〈羌村三首〉其三．卷五）

秋風淅淅吹巫山，上牢下牢修水關……中巴不得消息好，暝傳戍鼓長雲間。（〈秋風二

首〉其一・卷十七）

汝啼吾手戰，吾笑汝身長……不見江東弟，高歌淚數行。（〈元日示宗武〉卷二一）

很清楚地，這些詩作都以聲音起始，也以聲音結束。也就是如上所論地，在拉開視覺形象的情境畫面之初，詩人先以聽覺意象來展開一種純粹的氣氛；而在詩歌結束情境時也留下穿越時空視象的聲音，把詩境的氛圍作了延伸。如第一例在尚未有其他描寫的時候，也就是在畫面還是幽暗的時候，先聽到一陣陣車行馬鳴的聲音，詩人兩次以疊字摹繪出車行與馬鳴之多之接連不斷，在還沒有任何我們平時倚重的視訊之先，就以聲音營造出一種濃重的不安與混亂感。接著才出現更具體可辨知的行人弓箭，把剛才的混亂不安具體落實在視覺圖像上。而後一連串由不同身分者所發出的哭聲再度集中地流露出人們的惶懼，與前面的聲音意象形成呼應與加強。此後當敘事主軸由前線經由後方再回到前線時，詩歌的聲音已經變成自古至今青海頭白骨所發的各種鬼哭了。因為詩人將鬼哭的主體白骨逆推向古來，因此當詩歌結束時，所留下的鬼哭就無限地延伸向歷史前流，不但穿越詩歌的情境空間，也穿越歷史時間，變得無邊無際。再如第三例先由群雞亂叫的聲音引帶出一片紛亂受驚的猜想，等到驅雞上樹，一切歸於平靜時，又復出現叩門的聲音。至此所有的敘事情節都由聲音作為楔子，有了猜想與預期之後才明確地進入父老相訪相勸的敘事主軸。就在野老的溫情盛意之中轉出了詩人的切身感慨，最後終以歌聲、歎息聲與涕縱橫聲等眾人交錯的無奈。從這些例證我們清楚見到杜詩聲音的豐富與多樣。

此外，從上引詩例也可以看出杜甫善用聲音的對比以製造強烈的情感衝擊，並營構出詩歌的情意張力。第一例由人文製造的車聲與受制於人的馬的鳴叫聲出場，隱約顯現出人文力量的宰制所造成的混亂不安，接著的哭聲是人們面對人為造作的戰爭所引發的生離死別的消極性抗拒與發洩，這是侵犯人民生存底線的無力的抗議。等到戰爭的破壞遍及天下之後就出現淒厲詭異的鬼哭聲，那是完全無奈與屈就事實的悲號。整首詩由人為的聲響轉換成驚惶失措的哭聲，由活人的哭聲又轉換成死人的哭聲，其間的變化不但對照出強烈的幻滅，也拉扯出一種控制、抗拒與屈就的對比張力。第二例由悲涼的胡笳聲轉換成艱苦後的喜極而泣聲，是個人毅力與大時局對抗之後形成的張力與消解。第三例由雞亂叫的忙亂轉換成空谷跫音的叩門聲，再由溫馨叩訪的聲音轉換成同悲愴的歌聲、歎息聲與飲泣聲。這是以鄉村飽足與人情往返的聲音來和歌哭歎息聲相對比，從而突顯時局流離艱難的強力席捲壓罩性。第四例以具有肅殺力的秋風淅淅聲為首，與結處傳送雲間（傳送廣遠）的戍鼓作相互的加強，造成自然與人文無所不在（即無所遁逃）的殺伐暗示。第五例則是起首從詩人兒子的哭聲與詩人的笑聲先作對比，最後再以歌哭之聲結束。這些聲音一致地加強時間流逝與身體漸衰的生命緊張以及家人流離的親情失落。結處的高歌表示詩人曾經試圖用藝術化的聲音來消解這種深沉的緊張與失落，但歌後淚數行則顯現，在歌唱這個詩人喜愛的消解模式中，情緒張力一度得到紓解，但歌詞的內容正是焦慮情感的所在，張力又再度回復。

因此，杜甫詩中的聲音形象不僅單純地營造出深刻的詩境，同時在聲音的變化中還能多層次地營構出聲音的景深，以及聲音轉換中所對比出的情感張力與情境張力。

柒、結論

綜上所論，杜詩聲音意象的特色及其所含寓的意義要點如下：

第一，杜詩中聲音意象繁多豐富，最明顯的傾向是人文聲音較自然聲音多出很多。就中以歌聲、哭聲與鼓角聲最常見，這與其詩作多表現人文關懷、悲憫生民的主題相符，與其他詩人多以自然聲音來烘托寧靜、抒寫情懷正相異其趣。

第二，杜詩常出現的哭聲有幾種情態：

㈠為數極少的杜甫自己的哭聲幾乎都為家國生民之憂與不得歸鄉之苦而發為最原始最直接的宣洩。顯示家國敗亂與飄泊異鄉是杜甫生命中最大也最難化解的傷痛。

㈡家人的哭聲都一致地出現在飢餓凍餒的處境中，由子女的痛苦啼哭，轉為嗔怒叫索聲，再轉為無力的呻吟聲，復轉為餓死時的號咷嗚咽聲。因此個人窮窘困頓帶給杜甫的主要是由親情折射回來的不忍與不安（愧疚）之情。

㈢大部分的哭聲是描寫廣大民眾奔逃流離時的驚惶哭啼，表現在各種不同的場面與人物身上。尤其喜以野哭與道哭的形象圖現聲現生民的渺小無助，並以內化的心音寫戰哭對詩人的烙印。

㈣最特殊的哭聲是戰死沙場的鬼哭，從淒厲詭異的聲音想像中透顯出詩人的同理大悲心。

第三，杜詩出現最多的聲音形象是歌聲，而且有半數是杜甫自己的歌聲，其意涵有：

㈠以歌唱抒情較諸原始的哭泣富於藝術化的特色，且具有美賞與共鳴的功能，是防衛機制中的昇華作用。因此詩中杜甫少有哭泣卻頻頻自歌。

㈡出現杜甫自歌的作品多在入蜀後，其情感主題仍然集中在家國敗亂、飄泊異鄉與困頓失意等悲傷情意上。但歌聲卻多展現為高歌、長歌、狂歌、醉歌等高亢激越與狂恣酣暢的形態。因此在浮誇滑稽的詩境中含寓著詩人拮抗情緒與情感隔離相結合的心理歷程。

㈢晚年寫獨處場面的詩中也出現悲歌哀歌的情形，是詩人較為直接單純的抒情方式。

㈣細觀其自歌的情感，可知歌聲其實是杜甫哭聲的轉化、昇華與逆向表達，故而杜詩中的歌聲較哭聲更曲折回轉地呈現詩人憂傷複雜的拮抗心理。

第四，杜詩中常出現的另一類型聲音形象是充分暗示空間與時間殊異性的戰角、鼓鼙與猿啼，幾乎都是入蜀後的作品。顯示詩人的知覺選擇習慣以及情感內容常是出自內在空間意識的驅動。

第五，杜詩中的聲音常出現反寫的現象，從而呈顯各具特色的心音。其情況又有下列幾種：

㈠以吞聲的方式壓制憂傷焦慮的外顯，是潛抑作用的表現，從而形成擠壓迴盪的心音。

㈡以口噤被迫不能發聲，寫不得不屈就現實的抑鬱處境，從而形成無聲的緊張。

㈢寫期待某種聲音出現，產生一種心聽上的緊張與心音的閃爍。

㈣寫應該出現的聲音卻沒有出現的失望，寓含批判的主題，呈現一種悖謬的安靜。

㈤寫完全寂靜無聲，呈現一種近乎印象派風格的視覺效果。

第六，杜詩出現聲音形象的時間也別具特色，全詩喜以聲音起始以聲音結束，其效果有三：

㈠詩歌視覺畫面出現前就先傳出聲音，且視覺畫面消失後仍有聲音迴盪，致使聲音形象穿透全詩。

㈡以聲音起始之後的視覺畫面以及以聲音結束之前的視覺畫面通常都是遠距（仰視）的廣闊夐遠的空間畫面，對顯聲音的蒼茫與更無際的穿透性。

㈢同時以聲音起始又以聲音結束的全詩，往往有明顯的聲音變化作對比，不但營構出多層次的聲音景深，同時也以聲音的轉換對比出情感張力與情境張力。

---

❶ 本論文所據一律以清仇兆鰲所注《杜詩詳註》文史哲出版者為主，以下引詩內容及標示卷數亦均依此。

❷ 在眼耳鼻舌身等感官對於刺激所產生的視覺、聽覺、嗅覺、味覺與觸覺中，只有視覺是由眼睛向外投射並注意到視覺對象上，其餘均是官覺刺激飄送到耳鼻等感官內。因此當我們倚重視覺的認知功能時，注意力很自然就會向外放射。

❸ 驅力及潛意識歷程為佛洛依德的心理分析理論之一。詳參達利 (J. Darley)、格魯茲堡 (S. Glucksberg)、金吉拉 (R. Kinchla) 原著，楊語芸譯《心理學》，桂冠圖書，一九九四年，頁五七四。

❹ 在陸哥 (J. O.) 與赫胥勒 (G. L.) 原著，符仁方譯的《生活心理學》頁九四—九五中曾論及：「人的環境通常是充滿各種的刺激，這些都經由感覺器官傳入體內。不過許多的刺激是沒有引起反應的，因為人可以對刺激只是選擇性地接收……至於引起注意的因素又是甚麼呢？這是多方面的。例如個人的需要、動機、期望、過去經驗及刺激本身的強度……」五洲出版社，一九八八年。另可參見同❸論注意——知覺選擇性，頁一三二一。

❺ 防衛機制是自我在面臨本我和超我的衝突時，一種自發的，無意識的反應。它們可以用來防止焦慮，並允許本我與超我的妥協。為佛洛依德分析心理學的重要理論之一。詳參見同❸，頁五七七—五七九。

❻ 這裡的五十次僅包括確實敘寫及哭泣者，不含吞聲哭、垂淚等無聲之哭。

❼ 如詩人陶淵明也常有物質困窮的遭遇，在他的〈乞食〉詩與〈飲酒〉詩中均有個人於飢餓痛苦的難捱體會與被迫乞食的反應。

❽ 如〈兵車行〉：「牽衣頓足攔道哭，哭聲直上干雲霄。」（卷二）又如〈垂老別〉：「老妻臥路啼」（卷七）。

❾ 如〈龍門鎮〉：「嗟爾遠戍人，山寒夜中泣。」（卷八）

❿ 如〈白帝〉：「哀哀寡妻誅求盡，慟哭秋原何處村。」（卷十五）又如〈遣遇〉：「丈夫死百役，暮返空村號。」（卷二三）

⓫ 如〈石壕吏〉：「吏呼一何怒，婦啼一何苦。」（卷七）又如〈喜雨〉：「巴人困軍須，慟哭厚土熱。」（卷十二）

⓬ 如〈三絕句〉其二：「二十一家同入蜀，惟殘一人出駱谷。自說二女嚙臂時，迴頭卻向秦雲哭。」（卷十四）

⓭ 如〈刈稻了詠懷〉的「野哭初聞戰」（卷二十），又如〈閣夜〉的「野哭千家聞戰伐」（卷十八）。

⓮ 如〈遣興三首〉其二的「老弱哭道路，願聞甲兵休」（卷七）。又如〈征夫〉的「路衢唯見哭，城市不聞歌」（卷十二）。

⓯ 聲浪取消以後，人還繼續能聽，這現象叫做聽餘覺。也起於神經及耳小骨的慣性。詳參張耀翔《感覺心理》第五章聽覺部分，商務印書館，不著版次，頁八五。

⓰ 「青山猶哭聲」一句雖然有可能僅是出於作者的想像而已，但這種想像也是基於生活經驗的哭聲之上。且杜臆認為：「同行、送行之人一齊俱哭。」所以此處仍是深刻的聽覺印象所遺，應為聽餘覺。

⓱ 「純粹想像的聽覺叫做心聽。」參見同⓯，頁九四。

⓲ 如〈巫山縣汾山唐使君十八弟宴別兼諸公攜酒樂相送率題小詩留於屋壁〉：「接宴身兼杖，聽歌淚滿衣。」（卷二一）

〈季秋蘇五弟纓江樓夜宴崔十三評事韋少府姪三首〉其二：「聽歌驚白鬢，笑舞拓秋窗。」（卷二十）

〈江亭王閬州筵餞蕭遂州〉：「老畏歌聲繼，愁隨舞曲長。」（卷十三）

⓳ 如〈寄李十二白二十韻〉：「醉舞梁園夜，行歌泗水春。」（卷八）

〈壯遊〉：「春歌叢臺上，冬獵青丘旁。」（卷十六）

〈水會渡〉：「篙師暗理楫，歌笑輕波瀾。」（卷九）

〈宴忠州使君姪宅〉：「樂助長歌逸，杯饒旅思寬。」（卷十四）

〈樂遊園歌〉：「拂水低回舞袖翻，緣雲清切歌聲上。」（卷二）

⓴ 如杜詩有〈送樊二十三侍御赴漢中判官〉：「陶唐歌遺民，後漢更列帝。」之句。（卷五）。

㉑ 昇華作用是以積極正面的活動去轉換掉不被接受的感覺或需求。詳參同❸，頁五七九。

㉒ 反向作用是顛倒自己的感覺，並用相反的行為表達出來。詳參同❸，頁五七八。

㉓ 雖然師氏解釋「有鬼神」為「歌聲幽怨也」，但是從焉知餓死的「焉知」二字顯示，高歌的歌聲無法令人感受到悲苦之意，而所謂的有鬼神應是指歌聲具有感染力，似引發周圍的存在者的感動與應和，不必為幽怨之意。

㉔ 拮抗歷程理論詳參同❸，頁四七八—四七九。

㉕ 即前引的〈曲江〉詩的「長歌激越」，〈官定後戲贈〉的「狂歌託聖朝」，〈陪鄭廣遊何將軍山林〉的「醉後歌」，〈醉時歌〉的「高歌有鬼神」，〈羌村〉的「請為父老歌」。

㉖ 雖然杜詩也喜歡以笛聲來抒寫夜晚淒寂的特殊氣氛，但因其無法突顯空間特性，故此不論。夜笛作品如〈十六夜玩月〉：「孤城笛起愁」（卷二十），〈吹笛〉：「吹笛秋山風月清」（卷十七），〈洗兵行〉：「三年笛裡關山月」（卷六），〈遣興五首〉其一：「高樓夜吹笛」（卷七），〈遣悶〉：「鳴笛竟霑裳」（卷二一）。

㉗ 將不被接受的感覺歸因到其他人身上稱為投射，將注意力集中在其他替代物上稱為替代。詳參同❸，頁五七八。

㉘ 如〈杜鵑〉：「杜鵑暮春至，哀哀叫其間。」（卷十四）

〈送高司直尋封閬州〉：「熊羆咆空林，遊子慎馳騖。」（卷二一）

〈前苦寒行二首〉其一：「楚江巫峽冰入懷，虎豹哀號又堪記。」（卷二一）

〈熱三首〉：「雷霆空霹靂，雲雨竟虛無。」（卷十五）

㉙ 「哭泣是無語言的呼籲」。詳見同⓯，頁九六。

㉚ 直接阻斷不愉快的感覺稱潛抑。詳參同❸，頁五七八。

㉛ 依黃鶴注，此三首詩作於廣德元年，松州被圍時。

㉜ 依照黃鶴的注，此詩作於大曆二年秋。見《杜詩詳註》，頁一〇二七。

㉝ 人有聽官的慣性（即耳小骨的慣性），也有聽覺適應的問題。詳見同⓯，頁八四—八六。

㉞ 此處所謂詩首詩末皆以第一句與最後一句為據，若以聯為據，則有更多的作品屬此。

㉟ 如〈中丞嚴公雨中垂寄見憶一絕奉答二絕〉其二：「只須伐竹開荒徑，倚杖穿花聽馬嘶。」（卷十一）

〈春日梓州登樓二首〉其二：「應須理舟楫，長嘯下荊門。」（卷十一）

〈西山三首〉其三：「今朝烏鵲喜，欲報凱歌歸。」（卷十二）

〈喜雨〉：「晚來聲不絕，應得夜深聞。」（卷十四）

36 如〈絕句漫興九首〉其一：「即遣花開深造次，便教鶯語太丁寧。」（卷九）

〈江畔獨步尋花七絕句〉其六：「留連戲蝶時時舞，自在嬌鶯恰恰啼。」（卷十）

〈春水〉：「已添無數鳥，爭浴故相喧。」（卷十）

〈飲中八仙歌〉：「焦遂五斗方卓然，高談雄辯驚四筵。」（卷二）

〈客至〉：「肯與鄰翁相對飲，隔籬呼取盡餘杯。」（卷九）

艱難感對白居易詩樂天思想與樂天形態的影響

壹、「憂患大於山」的白居易

宋方勺謂「白樂天多樂詩，二千八百首❶飲酒者九百首。」❷清趙吉士繼承方氏的說法並加以評論道：「多悲多樂，不免性情之偏。」❸言下之意是贊成方勺的白樂天「多樂詩」的說法，並肯定九百首詩談及飲酒即是多樂詩之表現（證據）的推斷。

但是，細讀白居易詩，會發現方勺的說法有兩個問題待澄清。其一是詩中大量出現飲酒，是否就是快樂的表現？陶潛有〈飲酒〉詩、〈止酒〉詩，李白多夜飲月飲之詩，杜甫入蜀後「尋常絕醉困」（〈高柟〉）一類詩歌屢見不鮮，他們的詩也都呈現歡樂風貌嗎？是否反而有鬱鬱待暢的情懷呢？其二，在白居易的閒適詩中確實多有歡喜悅樂之情的抒發；而其感傷詩則「憂生歎老，去國離家之慘，無處無之」❹。究竟這兩類詩之間有無矛盾之處？白居易既有感傷之作，可知他的生活並非全然歡樂，何以評論者會特別感受到白居易詩「樂」的成分？他的樂詩是否真的全然由悅樂的生活體驗而來？

本文將依著這兩個問題尋找出白居易多樂詩，原來是由感傷面的艱難感和憂患意識所翻轉出來的，因而為他的閒適詩與感傷詩找到內在的連繫；並且從他飲酒作樂的詩中尋覓出飲酒對其樂詩樣態的作用及更深層的負面情懷。

白居易字樂天，可知他確實期許自己能以樂天的態度來面對人生。宋晁迥在《法藏碎金錄・卷九》中論道：

> 白公名居易，蓋取《禮記・中庸》篇云「君子居易以俟命」。字樂天，又取《周易・繫辭》云「樂天知命故不憂」。予觀公之事迹，可謂名行相副矣。

無論「居易」或「樂天」都必須以知命為基礎，而後才能俟命居常而不憂，其內在有著接納客觀限制的無可奈何的意味，暗示著人生不可預知的艱難與不合意的待遇。

白居易的樂天態度也是由知命的基礎而來❺，亦即是經過知識性的理解之後轉化而為人生的追求。「知命」的結果有兩種不同的情形：如果對命的認知能真的貫注生活實踐中而化為和諧的生命表現，即是真正悅樂的人生；假如知命僅止於「知」，而未能貫注生活實踐中成為渾化無跡的悅樂生命，那麼，樂天，便只是一種思想而已，是追求的一個理想。細觀白居易詩，在知命部分是透徹地認知了；而「樂天思想」融注於生活時，在不斷自勉自期下也顯露出悅樂的樣相，但是有時又會掉落回悲傷沉痛的命的感歎中，顯露出強烈的艱難感。

原來，白居易是個煩惱多、思慮繁的人，擁有著偌大的艱難感。但看他自己在詩中的自白：

> 榮華急如水，憂患大於山。見苦方知樂，經忙始愛閒。（〈看嵩洛有歎〉後集卷十三）

憂患大於山，這是白居易深感憂患重重有如山嶺般巨大厚實、無可逃遁的寫照。所以他在〈暮立〉之時會感歎道：「大抵四時心總苦」（卷十四）。四時心苦，憂患如山，白居易已具象地、無諱地告訴眾人，他原來是一位多麼憂患愁苦的人。

然而，在憂患如山、四時心苦的艱難感受中，白居易以其知性的觀察、反省、比較去體會生活，終而得出了「見苦方知樂」的領悟。一句「見苦方知樂」清楚地指陳出白居易由苦轉樂的心路，也告示了他由苦轉樂的關鍵在於「知」。唯其有強烈的憂患感、艱難感，凡事多往最糟的狀況設想，故而略微的佳境或善遇，便足以使他欣喜歡愉良久；唯其體驗如塵的煩惱，故而稍得喜樂便會特別珍惜且感恩不已。白居易的「多樂詩」與樂天態度，即多半來自於憂患艱難的意識和體驗，其歷程大約是：

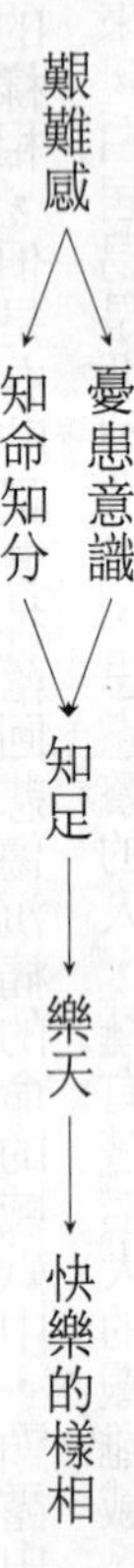

但是在他快樂的形相之下，時而又會露出憂患的原貌，那是知性理解、修養提醒之後不經意的掉落退轉，進而更深一層地顯現出人世的艱難。這尤其在白居易飲酒一類詩歌誇大近狂的歡樂形相中更豐厚地潛藏著，所以多達九百首的飲酒之詩反而告示著白居易多樂詩背後相反的情緒根源。

以下先分由幾方面來看白居易的艱難感對其詩歌樂天思想的影響，再由飲酒的樂詩來檢驗證明其快樂形相確由艱難感引發的憂患意識而來。

貳、從愁老到喜老——生命的艱難意識與樂天思想

對於年華老去，文人通常是敏感悲傷的。自東漢末年古詩十九首以來，時間意識就大量地成為詩文吟詠的酵素，曹操〈短歌行〉及李白〈春夜宴從弟桃花園序〉皆是此類不朽名作，把人類心中那分生命短暫無常的苦楚淋漓地歌詠出來。愁老，已是中國古典文學傳統中重要的主題。

白居易不僅在詩中大量地歎老大、傷白髮，還一次又一次地屈指細數自己的年紀，推算所餘生命；不似一般文人只是概括性地慨歎「譬如朝露，去日苦多」。白居易的時間意識不僅是強烈的，還是精確細密的，此其特殊性之一。到了晚年，卻轉而對老大充滿喜出望外的自足和珍惜，詩歌一改愁歎悲調而呈現「樂詩」的形態。實則其喜老之情是由愁老的悲苦之中轉脫出來的，此其特殊性之二。

少年時期的白居易就對生命充滿了強烈的不安全感：

久為勞生事，不學攝生道。年少已多病，此身豈堪老。（〈病中作〉卷十二）

這是十八歲的作品。少年時期的白居易由於家庭環境的特殊艱難性（詳下文），必須為生活奔走勞碌且多憂惱，造成他纖弱多病的身體。年幼多病使他對於生命的存續與否缺乏信心與安全感，認為自己無法承受歲月與生命的磨礪而活到老年。在這應該朝氣蓬勃、沛然煥發的年紀裡，竟然表現暮氣沉重的悲觀傾向，實是發自內心深刻的艱難感，感受到生命的脆弱、限制，感受到人世的多故無常，進而對能否長壽年老覺得希望渺茫。另外一首〈村居臥病〉之二也同樣感歎道：

朱顏與玄鬢，強健幾時好。況為憂病侵，不得依年老。（卷十）

這是白居易四十歲丁憂渭村時的作品。時值壯年，卻依然是多病纏身，所謂「衰病四十身」（〈念金鑾子〉之一・卷十）。因此這首詩流露出生命的兩層艱難感，第一層艱難是時間流逝使人青春強健之時無多，第二層困艱是自己有憂有病，更減少了原本已短暫的朱顏歲月。在身心交瘁、貧病交迫的情況下，他不僅懷疑「此身豈堪老」，還進一步肯定地認為自己「不得依年老」，是更徹底的失望和悲感。

由此可知，白居易從少年到壯年一直為憂病所侵，一直對自己的生命充滿了不安全感，有著強烈的憂患意識。此類詩句頗多，如：

人生詎幾何，在世猶如寄。雖有七十期，十人無一二。（〈感時〉卷五）

如何過四十，種此數寸枝。得見成陰否，人生七十稀。（〈栽松〉之一．卷十）

況吾北人性，不耐南方熱。強羸壽夭間，安得依時節。（〈桐花〉卷十一）

人生多故，不知明年秋又何許也。（〈曲江感秋二首序〉卷十一）

人生七十古來稀是白居易常強調的。在他看來，年過四十已如殘燭，怎能再期待新種的松樹長大成陰。於是遂對生命的下一步充滿了不安全感。未來有太多的變數，實在茫茫不可知，能否長壽到老已非常理可論，亦非自己所能主掌；何況貶謫天候地氣迥異的南國，壽終既然稀少難得，白居易遂對時間的一點一滴的流逝，有著極其敏銳的反應，表現出哀愁的心緒，以及耿耿於懷的精細：

池上秋又來，荷花半成子。朱顏自銷歇，白日無窮已。人壽不如山，年光急於水。青蕪與紅蓼，歲歲秋相似。去歲此悲秋，今秋復來此。（〈早秋曲江感懷〉卷九）

三年感秋思，併在曲江池……昔人三十二，秋興已云悲。我今欲四十，秋懷亦可知。（〈曲江感秋〉卷九）

元和二年秋，我年三十七。長慶二年秋，我年五十一……消沉昔意氣，改換舊容質。獨有曲江秋，風煙如往日。（〈曲江感秋二首〉之一．卷十一）

我昔三十六，寫貌在丹青。我今四十六，衰顇臥江城。豈止十年老，曾與眾苦并。一照舊圖畫，無復昔儀形。（〈題舊寫真圖〉卷七）

人生百歲，七十稀設。使與汝七十期，今年已四十四，卻後二十六年能幾時。汝不思二十五六年來事，疾速倏忽如一寐。（〈自誨〉別集卷一）

白居易在長安居留的期間，常常到曲江感秋懷時一番（元和二、三、四年、長慶二年並有詩作）。在「風物不改，人事屢變」的常與變的對比中，特別感受到時間的流逝及年華消散，因而悲愁不已。人的悲秋通常只是一年兩年的感興而已，而且，久之也會麻痺無動於衷；然而白居易竟然能夠十幾年之間保持一樣的敏感與愁懷。此外，面對自己的畫像亦能激起時間感，把十年歲月的滄桑一一想起。尤其白居易喜歡在詩中明確記錄年序和自己的年齡，顯現出的是精細具體的時間意識，也告訴我們他是多麼在乎時間——生命，以至於細心地計數推算，使時間之流的痕跡歷歷在目。與此相似的心情，也常表現在歎白髮的詩中。白居易白髮、落髮、二毛生的詩材甚多，同樣是時間悲感的呈現。

事實上，白居易愁老之作多半在少、壯時期寫成，即使傷白髮亦然。三十六歲時〈初見白髮〉即成歌詠：「白髮生一莖，朝來明鏡裡。勿言一莖少，滿頭從此始。」（卷九）攬鏡自照自歎是白詩常見的內容，鏡中初見一根白髮，馬上想到滿頭白髮蒼蒼正由此開始，遂驚駭感傷不已。這是少、壯時期的白居易。然而到了晚年，他卻轉而出現相反的喜老態度，如：

我今幸得見頭白，祿俸不薄官不卑。眼前有酒心無苦，只合歡娛不合悲。（〈對鏡吟〉後集卷一）

生若不足戀，老亦何足悲。生若苟可戀，老即生多時。不老即須夭，不夭即須衰。晚衰勝早夭，此理決不疑。古人亦有言，浮生七十稀。我今欠六歲，多幸或庶幾。儻得

及此限，何羨榮啟期。當喜不當歎，更傾酒一巵。（〈覽鏡喜老〉後集卷四）

況觀親族間，夫妻半存亡。偕老不易得，白頭何足傷。（〈二年三月五日齋畢開素當食偶吟贈妻弘農郡君〉後集卷四）

七十欠四歲，此生那足論。每因悲物故，還且喜身存。（〈六十六〉後集卷十四）

九十不衰真地仙，六旬猶健亦天憐。（〈春夜宴席上戲贈裴淄州〉後集卷十四）

由於少年時起，即不斷地耽心不能長壽，對生命充滿憂患艱難之感，似乎危險夭折乃是人生時常之事，不足為奇。是以一旦能夠活到老年，便是「天憐」，似乎特別幸運，而表現出受寵若驚、喜出望外的歡樂。以前對一莖白髮便傷歎不已，如今卻對滿頭白絲感到欣喜。那是因為他早已認識了生命的脆弱與無常，早就將不可知的未來設想到最差的、最低的境況，那麼，假若真的遭遇夭折、困頓，就變成是理所當然的常態；假若竟然能夠長壽、通達，就變成是老天特別垂憐關愛，自己是太幸運的寵兒。是以，他對自己的老大年邁懷著無限的滿足和珍惜，而在詩中表現出看似誇大膨脹的歡樂來。白居易享年七十五歲，在當時真是長壽福者。他七十四歲時，曾與胡杲（年八十九）、吉皎（年八十八）、劉真（年八十七）、鄭據（年八十五）、盧真（年八十三）、張渾（年七十七）六人共宴於履道園宅，並作〈七老會詩〉，白居易歌云：

七人五百八十四，拖紫紆朱垂白鬚……嵬峨狂歌教婢拍，婆娑醉舞遣孫扶。天年高過二疏傳，人數多於四皓圖。除卻三山五天竺，人間此會更應無。（補遺卷下）

我們看到的竟是狂歌醉舞的老少年。白居易開首又一貫地仔細計算出七人的年歲，將之相加以示其數之大，頗似童兒沾沾自喜展示珍物，一派天真。之後又以人間應無此會而流露其揚揚得意的歡悅，真是喜形於色。

總是，白居易會在詩中喜老，是他早年看透且耿耿在意於生命的卑微脆弱，把自己的生命和生活放到最底層的不堪之地，以一種憂心忡忡的患難意識來生存，時時檢視時間的痕跡和自己的生命與所謂的七十古稀之間尚相差多少，深怕突遭夭折之災恙。如今竟能走到稀有的幸運年齡，當初愁老傷老的情懷很自然就轉出了喜老的快樂心情。

因此，白居易在年歲時間方面所展現出來的「樂詩」形態確是受到憂患意識深刻的影響。

參、從多煩惱到「半醉行歌半坐禪」——學佛治苦與樂天思想

不僅滿懷生命的悲感，白居易的煩惱是普遍的、頻繁的。一句「憂患大於山」（前引）便見出其心之苦。何以白居易的憂患會如山之凝重巨大呢？原因在於，一般人常有的煩惱，他有；一般人慣有的快樂事，他不但少有，反而從中生出許多深長的煩惱來。例如〈金鑾子晬日〉詩：

> 行年欲四十，有女曰金鑾。生來始周歲，學坐未能言。慚非達者懷，未免俗情憐。從此累身外，徒云慰目前。若無夭折患，則有婚嫁牽。使我歸山計，應遲十五年。（卷九）

女兒周歲之慶，本應欣喜歡樂，從中感到甜蜜溫馨。然而白居易歌吟的聲調和情意卻是悲愁

憂惱的，展現出好幾層的煩惱痛苦。第一層苦，乃是女兒的養育之資，增加自己的壓力負擔，加重了身外之累。仔細計算一番，養育成人所有的花費必須使他再付出十五年的官宦生涯，蹉跎了自己歸山養潔的理想。第二層苦，來自於心靈的牽絆。正因白居易深深體會生命的脆弱艱難，眼看著這個新生稚嫩的生命即將面對人生的無數磨礪和考驗、打擊，他深怕女兒無法一一通過，早早地就遭到淘汰而夭折。第三層苦，是遠程的希冀與預想。倘若女兒幸運地通過生命成長的幼弱期而得以論婚嫁，又不知能否覓得適當人家，尋得美滿歸宿。這是為女兒的際遇而煩惱。第四層苦，來自於白居易敏銳的反省與高度的自覺。他馬上在層層的憂愁中觀照自己，發現自己為俗情所困，無法清明豁達，進而慚愧，懊惱不已，偏自己卻又無法超脫出來。本來是一件歡慶的喜事，如今竟然轉出四層深長的苦惱，從一個單純的生命誕生的喜樂之中翻檢出無窮的憂慮和負擔。如此多煩惱的心思，怎麼不會切切深感「憂患大於山」呢？

如山之大的憂患實不是一個微渺普通的生命所能承受，必須有仰賴的力量來轉化或超脫。於此，白居易選擇了佛教信仰以為心靈的皈依。並非多煩惱者必然會走上這一途，白居易具有敏捷誠懇的反省力，觀照到這多煩惱之病，進而想要治療它，這就是契機所在。白居易常在詩中無所避諱地自述煩惱與學佛之緣：

朝哭心所愛，暮哭心所親。親愛零落盡，安用身獨存。幾許平生歡，無限骨肉恩，結為腸間痛，聚作鼻頭辛……我聞浮圖教，中有解脫門，置心為止水，視身如浮雲。斗擻垢穢衣，度脫生死輪。胡為戀此苦，不去猶逡巡。回念發弘願，願此見在身，但受過去報，不結將來因。誓以智慧水，永洗煩惱塵。不將恩愛子，更種悲憂根。（〈自覺二首〉之二．卷十）

舊遊分散人零落，如此傷心事幾條。會逐禪師坐禪去，一時滅盡定中消。（〈恆寂師〉卷十五）

宦途本自安身拙，世累由來向老多。遠謫四年徒已矣，晚生三女擬如何。預愁嫁娶真成患，細思因緣盡是魔。賴學空王治苦法，須拋煩惱入頭陀。（〈自到潯陽生三女子因詮真理用遣妄懷〉卷十七）

人生的煩惱事甚多，生命的短暫無常以及情感的牽絆，大約是最難解的。丁憂渭村時的白居易，從母親的辭世想起許多親友的凋零離散，深感骨肉情親帶來的歡樂恩愛雖然令人愉悅依戀，然而終究都會消散分離、灰飛煙滅，其結果只是徒增悲痛辛酸及無限的蒼涼苦惱。於此，他告訴我們他找尋到了解脫出離之路——浮圖教，決意要抖落如塵的妄念與執著，並發願跳脫因果輪迴諸業報，以得永恆的平靜。

走入佛教，看透生生世世的業緣，遂也勘破了牽繫心緒的骨肉親情，洞徹到自己對女兒嫁娶的預愁只是無限的妄懷，頓悟一切因緣只是宿世業劫轉換而成的魔障罷了。從教義的理解、法門的修行（坐禪），他肯定了學佛是他永洗煩惱塵、滅盡傷心事的妙方。佛教對白居易而言，最切實具體的意義便是「治苦法」。

學佛這門治苦法在白居易的領悟和修行後所展現的功力境地是深厚的，其中尤以前論生命意識引起之悲感以及此節所提情感愛戀引起之心緒愁苦受到最大的化解：

> 坐看老病逼，須得醫王救。唯有不二門，其間無夭壽。（〈不二門〉卷十一）
>
> 壯日苦曾驚歲月，長年都不惜光陰。為學空門平等法，先齊老少死生心。（〈歲暮道情二首〉之一．卷十五）
>
> 唯吟一句偈，無念是無生。（〈晚起〉後集卷十）
>
> 夜淚闇銷明月幌，春腸遙斷牡丹庭，人間此病治無藥，唯有楞伽四卷經。（〈見元九悼亡詩因以此寄〉卷十四）
>
> 有起皆因滅，無睽不暫同。從歡終作慼，轉苦又成空。次第花生眼，須臾燭過風。更

無尋覓處，鳥迹印空中。（〈觀幻〉後集卷九）

在佛家看來，人類一切的煩惱根源，一切的因緣業識都來自於我執。我執便有分別心，以分別心去判辨是非善惡而產生讚毀好惡等相對的待遇，情緒諸業遂由此而起。實則一切的批評判斷都只是從人類或個人的角度、從某一瞬間的根塵遇值而得來的印象。既然過去心不可得，現在心不可得，未來心不可得，那麼，人們將永遠只能見到天地瞬變無常的片段而已。不僅夭壽生死是緣起性空，是一時色相的幻現；色受想行識等種種造作皆然。但看《般若波羅蜜多心經》所云：「舍利子，是諸法空相，不生不滅，不垢不淨，不增不減。是故空中無色，無受想行識，無眼耳鼻舌身意……乃至無老死，亦無老死盡。無苦寂滅道，無智亦無得。以無所得故，菩提薩埵，依般若波羅蜜多故，心無罣礙，無罣礙故，無有恐怖，遠離顛倒夢想，究竟涅槃。」便知，在人世中輪迴，必然會遭受無常的痛苦。唯有修復本然靈覺清明之心，超拔出欲界色界，脫離輪迴，不入生，即無死。於是白居易從學佛坐禪的修行中體悟了無夭壽、齊生死，照見根塵即妄、五蘊皆空，所謂「憂喜皆心火，榮枯是眼塵」（〈感春〉卷十八）。故而一體地，「千愁萬念一時空」（〈晏坐閒吟〉卷十五），歡慼苦樂也都隨之泯化無跡，呈現出來的是一位「世緣俗念消除盡，別是人間清淨翁」（〈老病幽獨偶吟所懷〉後集卷十六）。生命至此，該是深細綿長的淡淡的喜樂與無限的輕鬆。

下面的詩句，是白居易安身立命後以在家居士的面貌所展現的愜意生活：

白衣居士紫芝仙，半醉行歌半坐禪。今日維摩兼飲酒，當時綺季不請錢。等閒池上留賓客，隨事燈前有管絃。但問此身銷得否，分司氣味不論年。（〈自詠〉後集卷十二）

每夜坐禪觀水月，有時行醉翫風花。淨名事理人難解，身不出家心出家。（〈早服雲母散〉後集卷十五）

一條筇杖懸龜榼，雙角吳童控馬銜。晚入東城誰識我，短靴低帽白蕉衫。（〈東城晚歸〉後集卷十五）

白髮生來三十年，而今鬚鬢盡皤然。歌吟終日如狂叟，衰疾多時似瘦仙。八戒夜持香火印，三元朝念蕊珠篇。其餘便被春收拾，不作閒遊即醉眠。（〈白髮〉後集卷十五）

形適外無恙，心恬內無憂。夜來新沐浴，肌髮舒且柔。寬裁夾烏帽，厚絮長白裘。裘溫裹我足，帽暖覆我頭，先進酒一杯，次舉粥一甌，半酣半飽時，四體春悠悠。（〈新沐浴〉後集卷四）

白居易在詩中以白衣居士之形象出現者尚多❻，雖然以禪修為主，但他在學佛達相當境界之後，便以維摩詰居士自比。維摩詰乃在家菩薩，布施錢財，救濟貧苦，故此白居易帶有淨土色彩。他喜愛在家居士之方便，不著於形跡，除了千愁萬念消失外，還能以極其自由的心靈常常狂歌醉吟，時時拄杖閒遊，充分享受生活的情趣，並在齋戒與布施（如開龍門八節石灘、捐修香山寺等）的功德之中得到安心和喜樂。後一首詩顯示穿著白衣的香山居士，沒有悲傷，也沒有乍起乍落的誇張性歡樂；只是形適無恙，心恬無憂的一派煦然醺然的悠哉恬愜。

白居易學佛對他多煩惱多憂患的去除消滅之影響是顯而易見的，對他多樂詩的影響即或如上引之詩似乎並不直接而明顯，實則白居易的多樂詩之中，真正深邃綿長的快樂乃是來自於他真正的安心。找到安身立命之所，看透生命的本質，白居易心靈的自由和平靜，使他的晚年在吟醉遊觀，極閒適逍遙的情況下展現深邃的、真實的快樂喜悅。

綜觀本節，可知，由於多操慮、多煩惱，使白居易屢在常人的歡喜事中預見綿遠不斷的艱苦與災難。在不堪「憂患大於山」的負荷之下，轉而學佛，以佛家的智慧來洗煩惱、超生死，觀幻、悟道；以佛家的慈悲來齋戒、喜捨，得安頓、長喜樂。學佛對他晚年生活的出離煩惱、安然自得、恬愜喜樂確實有著深刻的引導作用；而早年的多煩憂及艱難慼正是他走上佛教修行的重要因由。雖然由濁到清、由苦到樂是相當漫長的奮鬥和修練歷程，沒有必然性與保證性，更充滿許多退轉掉落的危機；但正因白居易是個反省力強、自覺性高的靈動之人，正因他善於多方操慮、翻檢思索，所以煩惱反而促成了他往後之悟道、喜樂。這正印證了佛家所說的「煩惱即菩提」；而白居易還體踐了：煩惱即菩提即喜樂。

肆、從貧窘到知足常樂——衣食的艱難與樂天思想

白居易雖出身書香世家，但早年即已飽嘗貧窮離亂之苦。下面詩句是白居易對少年期生活所作回顧性的簡述：

十年為旅客，常有飢寒愁。（〈適意二首〉之一．卷六）

平生共貧苦，未必日成歡。（〈別舍弟後月夜〉卷九）

客心貧易動，日入愁未息。（〈秋江晚泊〉卷十二）

家貧憂後事，日短念前程。（〈自江陵之徐州路上寄兄弟〉卷十三）

時難年荒世業空，弟兄羈旅各西東。田園寥落干戈後，骨肉流離道路中。（〈自河南經亂關內阻飢兄弟離散各在一處……兼示符離下邽弟妹〉卷十三）

自十一歲開始，遇上兩河藩鎮反叛，遂避艱難中。後又於十五歲遷家徐州符離（時父官徐州），期間戰亂不斷，其著名的「弔影分為千里雁，辭根散作九秋蓬」句即寫於此時。在兵荒馬亂的時節逃難、流離，其窮躓落拓之狀不言可喻。身體疲累，心情惶懼，尚有最基本的衣食短缺之困；飢寒的滋味他嘗過。再回頭看看家族世業又殘破荒落，前路茫茫；為飢寒而愁苦下一餐的心情他體會過。所以在左拾遺任內，能夠為百姓疾苦而熱切多方地諍諫，引起憲宗不悅，實是他親身體驗過貧苦生活，有著切身之感。又少年時的體弱衰病，恐怕亦與他貧苦流離的境遇有密切關係。十八歲時即因生病而憂慮不能活到年老，大約也是貧苦飢寒的現狀帶給他的不安全感吧！

之後，父親在他二十三歲時去世，家庭頓失依靠。當時白居易尚無謀生能力（二十七歲才參加鄉試），家境又陷入貧困窘迫的地步。這段期間，家中的情況最為慘不忍睹。在高彥休的《闕史》中記載白居易的母親「有心疾」：

及婺，家苦貧，公與弟不獲安居，常索米丐衣於鄰郡邑。母晝夜念之，病益甚。公隨計宣州，母因憂憤發狂，以葦刀自剄，人救之，得免。後遍訪醫藥，或發或瘳。常恃二壯婢，厚給衣食，俾扶衛之。一旦稍怠，斃於坎井。

此乃筆記談資之言，未必真實；然而道聽塗說者其最初當有同性質的事實根據以為其誇大加添的基礎。故可信者，白居易於父親去世後，家中一貧如洗，甚至到達索米丐衣的地步。尤其母親精神方面略有異常（白居易父母婚前乃舅甥關係，年紀差距亦大，此事對其母之心理不無負面的影響），帶給家裡莫大的壓力與不堪。為了保護母親，以防其再度尋短，必須高資聘人衛扶，更又加重了經濟負擔。這段日子，白居易不僅衣食物質方面缺乏，飽受飢寒之苦，還在精神方面籠罩著更深的陰霾與酸苦——母親的心疾帶給他難以名狀的窘迫不安。

二十八歲舉進士第。自從得到祕書省校書郎之職，歷經盩厔縣尉、京兆府考官、集賢殿書院校理、翰林學士到左拾遺，皆屬「官卑俸薄」（《舊唐書》本傳憲宗語）之地。在左拾遺任滿改官時，憲宗同情他囿於資歷，不能超等，遂特准「聽其自便」。白居易因「有老母，家貧養薄」而要求資序相類但俸祿稍多的京兆府判司。由此可知，即使及第得官，白居易依然沒有脫離貧薄的生活；尤其母親多病，使他更顯窘困，身心交迫。

到了四十歲，母親辭世，白居易罷官丁憂於下邽渭村，生活的資源全部中斷，又頓入貧病交加的境地：

家貧親愛散，身病交遊罷。眼前無一人，獨掩村齋臥。冷落燈火暗，離披簾幕破。策策窗戶前，又聞新雪下。（〈冬夜〉卷六）

一病經四年，親朋書信斷……彼獨是何人，心如石不轉。憂我貧病身，書來唯勸勉。上言少愁苦，下道加飱飯。憐君為謫吏，窮薄家貧褊。三寄衣食資，數盈二十萬。豈是貪衣食，感君心繾綣。念我口中食，分君身上暖。不因身病久，不因命多蹇。平生親友心，豈得知深淺。（〈寄元九〉卷十）

〈冬夜〉一詩寫出在貧病的雙重困境下，親友皆一一疏遠冷淡，遂使白居易更添一層孤獨落寞的失意感。破簾暗燈以及初下新雪，置身所在盡是淒涼蕭瑟的孤寒世界。唯獨元稹這位至交，在此時慨然伸出援手；即使元稹當時正處於貶謫窮薄的境地，仍然「三寄衣食資，數盈二十萬」。這一方面顯示元稹之深義摯情，實難能可貴；另一方面也可看出白居易之貧困已到了不可復加的田地。

至此，我們知道白居易從懂事起一直到四十二、三歲止，物質生活多半是困乏的，甚至還受過窮極飢寒，以及精神上的創痛悲涼。有過這些最不堪的經歷，白居易便很容易在物質上滿足。初為翰林學士，有了固定收入，他就欣然地歌詠著：「充腸皆美食，容膝即安居」（〈松齋自題〉卷五）。在他看來，只要能夠溫飽，任何食物都是美味可口的。

待到從忠州回朝的往後平坦宦途帶給他較充裕的生活時，他便能充分地享受這分富足，而倍感欣慰滿足：

量能私自省，所得已非少。五品不為賤，五十不為夭。若無知足心，貪求何日了。（〈西掖早秋直夜書意〉卷十一）

不種一隴田，倉中有餘粟；不采一枝桑，箱中有餘服。官散離憂責，身泰無羈束……自問此時心，不足何時足。（〈知足吟〉後集卷二）

伊余信多幸，拖紫垂白髮。身為三品官，年已五十八。筋骸雖早衰，尚未苦羸惙。資產雖不豐，亦不甚貧竭……未必方寸間，得如吾快活。（〈偶作二首〉之一・後集卷二）

漸次充足寬裕、略有資產的生活，以及一點一點上升的官品，都常使他感到欣然快活。他時時自問還有什麼不滿足的呢？不必躬自耕織，沒有勞力之苦，已能有多餘的衣食，比起那些辛苦操作的農民，自己是幸運多了。這是白居易的知足。但也因為他過去的窮窘困頓以及切身的飢寒經驗，使他在易於滿足的心情下，竟而產生了客氣的反應，這又是十分令人驚歎的：

世役不我牽，身心常自若……自慚祿位者，曾不營農作。飽食無所勞，何殊衛人鶴。（〈觀稼〉卷六）

自問一何適，身閒官不輕。料錢隨月用，生計逐日營，食飽慚伯夷，酒足媿淵明，壽倍顏氏子，富百黔婁生。有一即為樂，況吾四者并。所以私自慰，雖老有心情。（〈首夏〉後集卷三）

洛城士與庶，比屋多飢貧。何處爐有火，誰家甑無塵。如我飽煖者，百人無一人。安得不慙媿，放歌聊自陳。（〈歲暮〉後集卷三）

這裡，白居易告訴我們，他的生活是多麼安逸舒適，飽煖豐足，不必為生存的基本資源需求而奔走籌措，該是恬愜自在的。但因他走過貧窮，他體會困乏之苦，所以在富足之時他仍不忘那些陷落在窘迫境況的人，時常想像他們生活的情狀；其實這也是對自己早年的心情感受懷著一分悲憫憐愛和眷念。在相形對比之下，面對那些窮苦之人，面對自己過去的生命歲月遂油然滋生愧疚之情：自己沒有農夫的辛勤勞苦，卻坐享源源不斷的俸祿，一如衛鶴之坐車食糧而無益於民；感覺自己無德無能，竟比伯夷飽食，比陶潛足酒，較顏淵倍壽，較黔婁富裕，比洛陽無數的士庶飽煖，為此而有些怯怯不安。這是多麼謙遜客氣的情懷，好似裝盛不下那麼多的恩賜而滿溢出來，好似得到不該屬於自己的分外之財而惴惴不安，又好似是自己強奪了他人的所有而愧怍不已。他說「有一即為樂」，在食酒壽富四者之中能有一樣充足，就該歡喜了，更何況四樣具全，那分欣樂更是不可言喻了。

因此，由知足而衍生出來的心情自然是快樂的；即或己身已老，仍不減其躍然的心情：

> 而我何所樂，所樂在分司。分司有何樂，樂哉人不知。官優有祿料，職散無羈縻。（〈詠所樂〉後集卷三）
>
> 我獨何者無此弊，複帳重衾暖若春。怕寒放懶不肯動，日高睡足方頻伸。缾中有酒爐有炭，甕中有飯庖有薪。奴溫婢飽身晏起，致茲快活良有因……不知張韋與皇甫，私喚我作何如人。（〈雪中晏起偶詠所懷兼呈張常侍韋庶子皇甫郎中〉後集卷四）
>
> 老慙退馬霑芻秣，高喜歸鴻脫弋羅。官給俸錢天與壽，些些貧病奈吾何。（〈贈諸少年〉

後集卷十七)

壽及七十五,俸霑五十千。夫妻偕老日,甥姪聚居年。粥美嘗新米,袍溫換故綿。家居雖濩落,眷屬幸團圓……分支閒事了,爬背向陽眠。(〈自詠老身示諸家屬〉後集卷十七)

豪華肥壯雖無分,飽暖安閒即有餘。行竈朝香炊早飯,小園春暖掇新蔬。夷齊黃綺誇芝蕨,比我盤餐恐不如。(〈履道西門二首〉之一.後集卷十七)

白居易的快活不但因為官給俸錢有祿料,也因為分司東都的閒職慵散、悠遊自在,更由於致仕退老之後仍有一半的俸祿可以領用,又是闔家團聚,這是多麼愜懷圓滿的事。其快樂之情自是旁人所難於領會的。縱或不是豪華肥壯的享受,甚且在人看來還是貧病之屬,但是飯香、蔬鮮、粥美、袍溫、身懶、睡足,這在白居易,已足夠欣然快慰,已是十足的美事,妙哉幸哉矣。在這些高興奮揚的情緒下,他還頑皮地流露出自信滿滿的態度,以為夷齊黃綺之類的聖之清者的生活枯寂苦索,比不上自己的溫潤雍裕。又自得地問張韋、皇甫之人要為他喚取什麼綽號,這些詩句充分地展現了白居易晚年食飽衣暖所帶給他的愉悅自得之情。再一次我們看到,早年的窮窘困乏,確實帶給白居易晚年樂天情懷的正面深刻的影響。

伍、從出處兩難到吏隱雙兼——仕宦的艱難與樂天思想

學而優則仕，是大部分中國讀書人所共循的道路。每個青年人在接觸典籍之時，便時常會興發起讀聖賢書所為何事的慷慨襟懷與壯闊氣魄，立志要修己、治人、成己、成人，從內聖的修養工夫開展出治國平天下的外王事業。通常，滿懷的理想抱負，在涉世未深的純理世界內雖有任重道遠的大悲懷，卻仍不知行道之艱。一旦宇內千千萬萬的莘莘學子齊向仕途邁進而各展所長時，少數的得志得寵者以及大多數的失路沉落者便被截然分劃開來。落拓失意者於一再的挫敗後只好退回修己潔身的守道世界裡，而以隱的形態生活。至於進入仕宦階級的士人，或者因受到傾軋排斥或者因為貶謫抑鬱而倍感仕途多艱，坎坷崎嶇，深切體會到進退不得、坐愁窮城的不堪，遂在悲苦之中羨慕無官者的自由，嚮往隱逸悠閒的適愜，欲棄官而去卻又不捨，便在出與處、仕與隱的兩端之間掙扎糾纏。而那些飛黃騰達的高官貴人，為蒼生而奔走忙碌，雖是向著既定的理想之路前進，卻也會常常觸動他眷愛大自然的孺慕情懷，

企慕著山林野澤的生活，而抱著一分慊慊然的失落。

或者說，從六朝開始盛行隱逸，蔚為風尚。隱逸已然是潔身守道的高尚典型。到了唐代，士人們無不在文學歌詠上流露出企隱的想望，既希望在政治上發展抱負，又希望保有清高的形象及逍遙的生活。實則得意者的企隱多半是附庸風雅的宣言，而失路者的不得不隱或宦途多舛者的嚮隱多半是無可奈何的退而求其次的自慰。平心細究之，每個人都會希望樹立一番功業，立德立功立言以恢宏生命的價值；但是每個人也都喜愛悠閒自由、逍遙愜意的生活，以輕鬆自在來舒適其生命。偏偏兩種志向總是背道的，不相並存的，一般士人們卻多只是在詩文中表現統一齊平的心向，亦即為官者企慕隱逸，失路者羨慕政治事業，很少把內心在仕與隱之間的取捨掙扎形諸文字。

白居易不然，他的誠摯純真常常把內心的艱難和掙扎痛苦毫不隱瞞地陳述出來。出與處、仕與隱的兩難，便是他在詩中常有的吟哦：

> 大隱住朝市，小隱入丘樊。丘樊太冷落，朝市太囂諠……人生處一世，其道難兩全。賤即苦凍餒，貴則多憂患。（〈中隱〉後集卷二）
>
> 丈夫一生有二志，兼濟獨善難得并。不能救療生民病，即須先濯塵土纓。（〈秋日與張

賓客舒著作同遊龍門醉中狂歌凡二百三十八字〉後集卷三）

高人樂丘園，中人慕官職。一事尚難成，兩途安可得。（〈詠懷〉後集卷三）

仕者拘職役，農者勞田疇。（〈老熱〉後集卷三）

病難施郡政，老未答君恩……不緣衣食繫，尋合返丘園。（〈晚歲〉卷二十）

白居易很明白地指出，大丈夫應有獨善其身及兼濟天下兩個方面的志向。然而無奈的是，兼濟與獨善二者猶如魚與熊掌之不可並得。如果只能擇其一而捨另一的話，那麼他將選取救療生民病的兼濟；萬一此志不得伸，那麼他才退而求其次地接受濯足滄纓的獨善。很明顯地，白居易的第一志願是兼濟天下，但是，這是被迫必須做選擇時（難得并）他的不得已的選擇。因為既有選擇，必有割捨；而他真心最最期盼的應是既能救療蒼生又能享有個人清淨善養的閒適生活。然而這詩句本身已存在著一個前提：兼濟與獨善的兩難，故有前後的差序。表面上看來，這似乎與孟子的由兼善天下之不得退而獨善其身的理論相符，實則適反。孟子的意思以為「兼善」天下是最理想完美的境界，它包含了獨善其身及救療生民。亦即由獨善修身向外推擴而達兼善天下。嚴格地說，若做不到獨善，便沒有所謂的「兼」「善」了；萬一不能兼善，只好放棄外王事業而保有獨善。因此，孟子的獨善與兼善不具相斥性，便無兩難。而白居易此詩之意則以兼濟與獨善不能兩全，兼濟本身不包含獨善，似乎看出了兼濟天下之戚戚促促，奔走僕僕，有的盡是風塵和複雜糾纏的人際網絡，必然污濁穢暗，失其獨善。故此，白居易顯露出強烈的潔身與外王的兩難感，亦即在仕與隱的選擇上的艱難感。

除了仕與隱在本質上的絕然對立之外，白居易在兩者的選擇上所以萌生艱難感，尚有一個原因，那就是兩者各具有的不便性。所以他以為大隱（仕）與小隱（隱）各有太囂諠及太冷落的缺憾存在：仕者太惶惶奔走，從而不自由，羈限在錯雜糾結的人事中；隱者則必須為生存的基本資源勞動，既辛勞又貧苦。能夠承受其缺憾而堅持地實踐已非易事，且莫說兩者兼具了；所謂「一事尚難成，兩途安可得」。所以他任杭州刺史時，本想因病辭官返丘園，以度其逍遙的山林生活，卻又因為衣食所繫和報答君恩而繼續郡政。這是白居易在詩中對仕隱出處兩難的感歎。

既是兩難，當然無法兼得，然而聰明靈動的白居易卻仍然在其中找到兩兼其利、兩去其弊的折衷點：

不如作中隱，隱在留司官。似出復似處，非忙亦非閒。不勞心與力，又免飢與寒。終歲無公事，隨月有俸錢……唯此中隱士，致身吉且安。窮通與豐約，正在四者間。（〈中

隱〉後集卷二）

我今幸雙遂，祿仕兼游息。未嘗羨榮華，不省勞心力。（〈詠懷〉後集卷三）

誰知不離簪纓內，長得逍遙自在心。（〈菩提寺上方晚眺〉後集卷十二）

歌酒優游聊卒歲，園林瀟灑可終身。留侯爵秩誠虛貴，疏受生涯未苦貧。月俸百千官二品，朝廷雇我作閒人。（〈從同州刺史改授太子少傅分司〉後集卷十三）

遠處塵埃少，閒中日月長。青山為外屏，綠野是前堂……巢許終身隱，蕭曹到老忙。千年落公便，進退處中央。（〈奉和裴令公新成午橋莊綠野堂即事〉後集卷十四）

在仕與隱之間，白居易取得了折衷點，那就是「中隱」——其實在唐代更普遍的名詞是「吏隱」❼。其內涵是指任職清閒之官：既為官，則能收受固定的俸祿，解決了民生問題，沒有貧窮飢寒之苦，亦不須勞力耕種、靠天吃飯；既然為清閒之官，則沒有太多的職責公事壓身，更不會招惹來嫉妒中傷的禍害，可以悠閒遊息。處在窮通豐約四者之間，真是致身吉且安。就這樣，不離簪纓卻又長得逍遙自在，白居易把仕與隱的兩難化掉，兼得其利而又並去其弊地融和兩端於一身。就在這「誰知」的深得三昧的自我成全之中，白居易顯出無限的滿意與自信，自然擁有深邃神祕而自得的快樂。

閒官是白居易能夠成就吏隱的身分資源，而園林則是他成就吏隱的空間資源。像裴度這樣功績彪炳且身為宰相的大官，只因他在洛陽城外南郊建造了綠野堂（午橋莊），白居易便認為這園林能使裴度享有閒暇清寧的山林生活，即是隱逸生活的具體實現。並且詩讚裴度擁有巢父許由之清高而無其終身隱遁的寂苦；擁有蕭何曹參之地位而無其奔走勞碌的塵庸。言下之意，即裴度的綠野堂幫助他體踐了吏隱的兼善理想。而白居易自己亦然。身為太子少傅並分司東都，卻又因為洛陽履道園林而使他得以歌酒悠遊卒歲，園林瀟灑終身，竟而自豪地誇稱朝廷雇他作閒人，以此頗為自得。白居易這一類因為園林而得以為官悠遊如隱士高人的詩句甚多：

身閒當貴真天爵，官散無憂即地仙。林下水邊無厭日，便堪終老豈論年。（〈池上即事〉後集卷九）

雖在簪裾從俗累，半尋山水是閒遊。……爭似如今作賓客，都無一念到心頭。（〈思往喜今〉後集卷十）

不因車馬時時到，豈覺林園日日蕪。猶喜春深公事少，每來花下得踟躕。（〈履道池上作〉後集卷十）

臨風朗詠後人聽，看雪閒行任馬遲。應被眾疑公事慢，承前府尹不吟詩。（〈醉吟〉後集卷十）

貧窮心苦多無興，富貴身忙不自由。唯有分司官恰好，閒遊雖老未能休。（〈勉閒遊〉後集卷十一）

白居易自從由忠州回朝，官途均在順利、德高望重的情形下發展著，可是他並沒有達官貴人的雍容富貴之態，反而時時在詩文之中展現出閒散自由的老頑童面貌。不是林下水邊、花下踟躕，便是看雪閒行、尋山覓水的閒遊歲月，真正名副其實的吏隱。他不但充分地享受吏隱的吉且安，也無所避諱地大聲宣揚此理念——勉閒遊。自己的園林遊遍了，還要出門去尋遊各家的園林：「聞健朝朝出，乘春處處尋。天供閒日月，人借好園林。漸以狂為態，都無悶到心。平生身得所，未省似而今。」（〈尋春題諸家園林〉後集卷十四）可以說，白居易的晚年時光是在吏隱的舒適閒逸中，度著山水為伴的散仙般的生涯，自是快活逍遙、情趣盎然的至樂。

仕與隱、出與處的兩難是中國士人千年的課題，吏隱的折衷理論又是唐代士人尋覓出來的兩全之道。但從來沒有一個士人在詩文中那麼大張旗鼓地將兩難的困擾掙扎的心理明明白白地寫盡，也從來沒有一個士人那麼快樂得意標榜自己的吏隱，他們提及吏隱多半是不得志的自慰，而非白居易在高官通達時的看透與保身。因此，在出與處的兩難認知之下，白居易是通過他靈動的人生抉擇和明哲保身的智慧而得到了吏隱的安定快樂，並以童真誠摯的真心把這分安恬快樂全部吐露出來。

陸、從超越到陷落——心靈修養與逍遙快樂

上文論及白居易的多樂詩和樂天知命的人生態度，是由反面的多憂難多煩惱所超拔翻轉出來的。這正顯示白居易生命的成長變化及心靈的發展軌跡，而這變化發展的歷程，其最大的意義和讚歎應該就是，一個生命臻至圓熟通透的關鍵在於經過不斷地自我反省觀照進而不斷地修練涵養和實踐。白居易提供的啟示即此。他努力修養自己以達到心靈自由的境界，以超越現實世界及人為環境的種種限制和牽絆，故而主宰一己憂喜。可以說他印證了後天的努力修為確實可以克服本性濁質的困難，他展示了憂喜由己、存乎一心的生命自主性。

在很多詩文中，白居易一再強調心靈的超越與自由才是生命悅樂的重要源頭：

所貴未死間，少憂多歡喜。窮通諒在天，憂喜即由己。是故達道人，去彼而取此。（〈把酒〉後集卷二）

苦樂心由我，窮通命任他。（〈問皇甫十〉後集卷十五）

窮通不由己，歡戚不由天。命即無奈何，心可使泰然。且務由己者，省躬諒非難。勿問由天者，天高難與言。（〈詠懷〉卷七）

寓心身體中，寓性方寸內。此身是外物，何足苦憂愛……自得此道來，身窮心甚泰。（〈遣懷〉卷五）

不須憂老病，心是自醫王。（〈齋居偶作〉後集卷十七）

白居易時常點出客觀境緣（命）之不可主宰。人事的錯綜複雜，人心的隱微奧妙，都會影響自己的窮通際遇，卻非一己所能宰制，只好歸之為天為命，對之無可如何。唯有己心可以操之在我，亦即一切的憂喜悲歡皆由己。是以達道之人去彼而取此，貞定自如。這就告示了心靈的超越性，它不受境緣際遇的牽制，它自由地遨遊於現實以外的世界，絕對而超然。一旦心靈掉落，隨著現實生活的遇值而浮沉而患得患失，那就苦樂由人（天、命），那就苦樂與窮通恆長俱在；表面看來似乎有樂有苦，實則沒有保障不能自主的浮沉其本身便恆長是一種痛苦。所以「苦樂心由我」即已標示出恆長喜樂的可能性。這裡，白居易不僅公諸世人，更是反覆地提醒叮嚀著自己：心靈的超越與自由才是真快樂的泉源，要洞徹命緣，清明己心。

是以，白居易因後天的修持而得到的快樂，帶著濃厚的唯心色彩，這與他從卑微謙遜的早年進入滿足感恩的晚年之自然渾成是不同的，但又相互促進，相輔相成。因後天修持而得快樂，比較多是道理的了解領受，是心靈的涵養；而因早年多煩憂而晚年知足易樂，則比較多是生命自然的融會貫通，是無形的蛻變。因此，在唯心修養的傾向裡，白居易很自然地會有身心分論的見解出現：

身雖世間住，心與虛無遊。朝飢有蔬食，夜寒有布裘。（〈永崇里觀居〉卷五）

形骸委順動，方寸付空虛。持此將過日，自然多晏如。（〈松齋自題〉卷五）

形委有事牽，心與無事期。中臆一以曠，外累都若遺。（〈夏日獨值寄蕭侍御〉卷五）

已將心出浮雲外，猶寄形於逆旅中。（〈老病幽獨偶吟所懷〉後集卷十六）

外順世間法，內脫區中緣。進不厭朝市，退不戀人寰。（〈贈杓直〉卷六）

很明顯地，白居易的處世原則是以身心分層為基礎的。他認為身軀形骸是一個人存活的最基本形質，有著頗大的限制，卻因其為一切的基礎而必須正視它的限制，因此舉凡飲食衣臥之需皆當因應滿足之。這是委順自然，置身世間法。至於心靈方寸則可脫越人世的緣繫牽絆，只一意於虛空的浩莽無涯世界中悠遊歡適，自由逍遙。一切的塵累得失都不沾染，胸臆曠朗，無所罣礙，深邃的、流暢的快樂便油然盈懷。因此，雖然在生存的關係上，身是基石，需先安固；但是在生命的境界和情態上，則心是主宰，首重清虛。故白居易又曾詩喻：「心是身王身是宮」（〈自戲三絕句・身報心〉後集卷十六）、「心為身君父，身為心臣子。不得身自由，皆為心所役」（〈風雪中作〉後集卷四），說明身是提供心運作的場所，有如臣子之服事君父；而心是身的領導者，有如君父之教麾臣子。那麼，得道的心靈應當絕對自主，超然物外，以真自由得到真快樂。

以心靈的超越得到喜樂是高拔的境界，必須經過一段漫長的修養學習。前已論及白居易在生命悲感上面的艱難憂患是經由學佛來化解的。佛法乃心法，主張萬法唯心、境由心造、相由心生，故而亦帶有濃厚的唯心色彩。白居易提及佛法時頗有這方面的強調：

人人避暑走如狂，獨有禪師不出房。可是禪房無熱到，但能心靜即身涼。（〈苦熱題恆

寂師禪室〉卷十五）

朝餐唯藥菜，夜半只紗燈。除卻青衫在，其餘便是僧。（〈山居〉卷十六）

聞吟四句偈，靜對一爐香。身老同丘井，心空是道場。（〈郡齋暇日憶廬山草堂兼寄二林僧社三十韻皆敘貶官以來出處之意〉卷十八）

八關淨戒齋銷日，一曲狂歌送醉春。酒肆法堂方丈室，其間豈是兩般身。（〈拜表回閒遊〉後集卷十二）

君於覺路深留意，我亦禪門薄致功……誰道三年千里別，兩心同在道場中。（〈送李滁州〉後集卷十四）

暑熱的氣候受到自然界日、雲、風等要素作用的條件所影響，有其事實存在的客觀性，與個人的想願及意志無關。而每個人以感覺器官去觸收外界環境時，其膚觸之感卻可因個人心境之不同而對環境產生不同的感受和反應。心浮動者恆覺外界燥熱煩悶，令人不適；心恬靜者，恆覺清涼朗暢，這是心境的指標。是以，白居易以心靜即身涼來稱歎恆寂禪師的修道成果。又，以此心即佛的理想來看，習佛者之要在修心，斷除塵妄，直指本心，而明心見性。因此，白居易認為道場不必然是遠離塵囂的深山大寺，心空便是修道的最佳場地場合。置身於酒肆、法堂或方丈室實無多大差別，只要定靜明慧，即或酒肆喧地亦能修道如如；倘若心地不淨，縱入深山，亦是死寂濁穢。那麼他與李滁州即使三年千里別，卻能透過禪覺的修道而使兩心契合貼近。在這萬法唯心的充滿無限希望又簡易的修練理念中，白居易遂得以自信滿滿地宣稱他自己除卻削髮及僧衣之外在形貌，他整個心境和生活都已達比丘清淨之地了。這是佛家所重的心法，其唯心的超越特性非常明顯，白居易之學佛皈依必然為他心靈境界之修養提升而得到自由悅樂提供了強力貞定之助力。

然而唯其心靈之超越特性是透過修養學習而得（雖曰本心，然有宿劫習染業障），是以，在整個生命的活動過程中，必須時刻分秒地恆長保有清明靈覺而持續不墜，才能永遠超越與自由。然而置身的環境有著百千樣的緣遇，在窮通得失及情感慾念等種種的牽扯繫絆下，是否此心能以其堅毅貞定的清明去接處而永遠超越，實是至大考驗。智性之理解和修養工夫對於下一秒鐘的心靈行止實無法保證，每一步都有掉落的可能，因此君子會如臨深淵，如履薄冰。白居易皈依佛教，坐禪修定以及晚年齋戒布施都是他修行的具體實踐。對於靈活鬆動的他，學佛在理念和心境上確實帶給他甚多的超越契機，使他在塵世的生死情執諸煩惱上得到超拔化解，能夠洞見因緣、觀幻識業終而得以在定慧的安頓中得到法喜悅樂。然而正如前說，他也在修行的過程中掉落退轉過，如：

別來老大苦修道，鍊得離心成死灰。平生憶念消磨盡，昨夜因何入夢來。（〈夢舊〉卷十五）

新年三五東林夕，星漢迢迢鍾梵遲。花縣當君行樂夜，松房是我坐禪時。忽看月滿還相憶，始歎春來自不知。不覺定中微念起，明朝更問鴈禪師。（〈正月十五日夜東林寺學禪偶懷藍田楊主簿因呈智禪師〉卷十六）

宦途堪笑不勝悲，昨日榮華今日衰。轉似秋蓬無定處，長於春夢幾多時。半頭白髮慚蕭相，滿面紅塵問遠師。應是世間緣未盡，欲拋官去尚遲疑。（〈蕭相公宅遇自遠禪師有感而贈〉卷十九）

這是白居易的真誠，在學佛坐禪的過程中，他不避諱地表述自己散亂塵濁的真況。雖然他時常經由佛理的紓解而化去人世煩惱，進入清淨明覺的慧境，且在詩文中展示給朋友和讀者；但是一旦他自己在修習之時頓失清明，掉陷在如塵的妄念中，甚或修行工夫錯歧，他也毫不避諱地詠寫出來。起始，他將修道之破妄離念誤為離心，誤入歧途。心乃生命本體主宰，既然此心即佛，當持此心不墜，永保清明；而意念則是腦力思維、慾望燃動之所生，當破除之。而白居易卻在離心的歧途上「苦」修，而至枯槁死灰，素然無生氣。「苦」字一方面道出其由歧途而欲得道的力不從心，一方面則流露他濁鈍本性之轉化甚難，致使他在修行上必須加倍使力磨鍊。正因他離心而得以一時間收到意念消磨盡的功效，這是逃避性地遮去塵污，一旦在不設防的夢中，潛意識浮現，所有被強壓下去的念頭又如潮水般湧現夢裡。由此，白居易警覺到自己苦修道之不徹底而開始檢尋問題之癥結。第二首詩則是正月十五夜坐禪時，忽然因見月而思念起老友，並且感歎時節遷移。繼而他發現自己意念之微動而為之警覺，欲將此事就教禪師。坐禪的修行主要在由意念之沉澱滌除而得心之平靜，由靜而入定，定中觀照得慧。是故意念思緒之流動不僅是坐禪最基本須去除的，且它隨時都會破壞定靜工夫。然而修行者雖然明知念之不可起、心之不可動，奈何起心動念之隱微，難於察覺而易於竄生。故而白居易「不覺」二字甚為真實，它告示著修道之艱難與易陷落。

是以，學佛習禪雖然將白居易從多煩惱多牽掛的憂患感帶入智慧、超越的悅樂之境，但是這分悅樂卻不是持續恆長地盈滿於白居易心中。在剎時的陷落退轉裡，塵俗的煩憂牽絆依然會如絲地繫懸滿懷。

另外，由於唯心的信念和傾向，使白居易在日常生活的知足上面得到甚大的助益，在最困頓時，他常常說服自己靠著一心的超越來得到平靜安頓。如：

但作城中想，何異曲江池。（〈湓浦早冬〉卷六）

但知莫作江西意，風景何曾異帝鄉。（〈代春贈〉卷十六）

外累由心起，心寧累自息。尚欲忘家鄉，誰能算官職。宜懷齊遠近，委順隨南北。歸去誠可憐，天涯住亦得。（〈委順〉卷十一）

勿言城東陌，便是江南路……我生本無鄉，心安是歸處。（〈初出城留別〉卷八）

小宅里閭接，疏籬雞犬通。渠分南巷水，窗借北家風。庾信園殊小，陶潛屋不豐。何勞問寬窄，寬窄在心中。（〈小宅〉後集卷十三）

出貶為江州司馬是白居易宦途中最大的打擊，來到嘔啞嘲哳的低溼地區，政治的挫折及蠻荒的疏陌猶如被抛擲在黯而不見天日的無底洞，不知復出何日，其苦悶茫然難以言表。然而白居易卻勉勵自己將潯陽湓池當作長安曲江，用想像來彌縫空間的差距，希望以自由靈動之心在湓池神遊，在蓼花蒲草之間吟賞，從而享受到曲江遊宴行春的樂趣。調職忠州雖是升遷，但置身蜀地依然帝鄉迢遙，白居易也同樣安慰說「山吐晴嵐水放光，辛夷花白柳梢黃」的風光與帝京無異，要把這兒當作帝鄉，不要時時強調地域之異，把遠和近、家鄉和異地的差別泯化齊一，恁是天涯海角也是安身之地。即使後來出守杭州是自請之遂，但也有洞見朝政傾軋的無奈和失望因素，所以他也鼓勵自己，只要心安就是溫暖故鄉。這些都是白居易藉由一心的提振奮揚來挽拔困頓處境的例子。〈小宅〉一詩也是因心靈的超越使自己能充分安享小宅之樂，進而在分水借風的空間布局下，開拓出一番寬敞通暢的生活天地。

「莫作」一詞最能突顯白居易這種存乎一心的超拔，其目的在於安撫受挫餒頹的心。因為有「作」，故要制止自己「莫作」，則一切唯心所生之恬然安適、超拔自由皆是出於困頓落魄之掙脫。白居易樂詩中似這類「莫作」之詞頗多，如：

莫訝家居窄，無嫌活計貧。只緣無長物，始得作閒人。（〈無長物〉後集卷十四）

勿嫌曲坊遠，近即多牽役。勿嫌祿俸薄，厚即多憂責。平生尚恬曠，老大宜安適。何以養吾真，官閒居處僻。（〈昭國閒居〉卷六）

歲暮皤然一老夫，十分流輩九分無。莫嫌身病人扶侍，猶勝無身可遣扶。（〈歲暮呈思黯相公皇甫朗之及夢得尚書〉後集卷十六）

須知流輩年年失，莫歎衰容日日非。舊語相傳聊自慰，世間七十老人稀。（〈感秋詠意〉後集卷十六）

年雖老，猶少於韋長史；命雖薄，猶勝於鄭長水；眼雖病，猶明於徐郎中；家雖貧，

> 猶富於郭庶子。省躬審分何僥倖，值酒逢歌且歡喜。忘榮知足委天和，亦應得盡生生理。（〈吟四雖〉後集卷三）

「莫訝」「無嫌」「勿嫌」「莫嫌」「莫歎」等禁止字詞的使用暗示著某個前提，那就是曾經訝、嫌、歎。而「雖」字則表示某種情況不如理想，然而尚有可以忍受或欣然處之的所在。大約在潛意識裡或隱微意念發動處，白居易確曾不自覺地對現狀有過嫌惡、委屈或頹沮的情緒，故要時常提醒自己。但在提醒勸慰時，並非以一禁止詞便真能說服自己，真正說服自己的是那在莫嫌之後緊跟而來的道理。白居易之聰穎靈動每於此處可見。他習於翻檢事態，將其長短利弊各各羅列比較於心，故每遇一境況時，便取其利以慰樂己心。家居窄、活計貧本為沮喪、不便之事，然而他卻見到清風兩袖的悠閒飄逸，將心緒導向這方而怡然悅樂。他的「富貴亦有苦，苦在心危憂；貧賤亦有樂，樂在身自由」（〈詠意〉卷七）便是這種取利去弊以慰樂其心的一個典型詩例。

前論白居易吏隱之樂，這也是以他唯心信念作為基礎而成立的，如云「偶得幽閒境，遂忘塵俗心。始知真隱者，不必在山林」（〈翫新庭樹因詠所懷〉後集卷一）、「若論塵事何由了，但問雲心自在無。進退是非俱是夢，丘中闕下亦何殊」（〈楊六尚書頻寄新詩詩中多有思閑相就之志因書彼意報而諭之〉後集卷十六），便主張真正的隱逸乃是心靈的清高超逸，那麼，無論身處何方皆能不受塵染，於是丘中闕下並無差別。因此，不必山林也可真隱。這樣的理論早在陶潛歌詠「結廬在人境，而無車馬喧。問君何能爾，心遠地自偏」（〈飲酒〉其五）時便已出現了。只不過陶潛不像唐人那樣刻意地把兩個相對的境況放置在一起而後大聲地宣說；在陶潛，他只是很自然地歌詠愜意的生活，在渾然無跡的同時把心靈境界之超拔也自然地呈現了出來；而唐人則進一步有意識地將吏與隱結合統一起來，並且不斷地強調，有意藉以彰顯心靈境界之高。無論如何，它已成為理論，而這些理論都是以心靈的超越為努力修練的目標，並將形跡擺落不論，甚至以置身相反境地的形跡來印證。而白居易則特別於其中表現他怡然悅樂的情緒。

如前所論，由修養或理念之知而提升心靈境界，很難分秒持續不墜，在不自覺的縫隙或不夠清明的時刻也會掉落於情緒的糾纏中。學佛的歷程如此，生活亦然。學佛之例已舉證如前，生活之例則如：

> 我病臥渭北，君老謫巴東。相悲一長歎，薄命與君同。既歎還自哂，哂歎兩未終。後心誚前意，所見何迷蒙。人生大塊間，如鴻毛在風……外物不可必，中懷須自空。無

令怏怏氣，留滯在心胸。（〈聞庾七左降因詠所懷〉卷六）

自奉雖不厚，亦不至飢劬。若有人及此，傍觀為何如。雖賢亦為幸，況我鄙且愚……

平生榮利心，破滅無遺餘。猶恐塵妄起，題此於座隅。（〈題座隅〉卷七）

誠知樂世聲聲樂，老病人聽未免愁。（〈聽歌六絕句・樂世〉後集卷十六）

病銷談笑興，老足歎嗟聲……腳瘡春斷酒，那得有心情。（〈病瘡〉後集卷十七）

誰知臨老相逢日，悲歎聲多語笑稀。（〈初見劉二十八郎中有感〉補遺卷上）

從早年開始，白居易在思理上就知曉外物不可必，中懷須自空的人生態度，只是由於各方因素未臻齊備（如前幾節所論，如生命成長、體驗的未臻圓熟等）而還沒有貫注於生命中，遂而有相悲長歎，胸滯怏氣的情緒陷溺，然而自覺性機敏的白居易很快就察覺而自哂此心無明。這是早年在義理雖知但踐行尚淺且境遇困頓的大縫中時常掉落。所以即使在他自感平生榮利心已破滅無餘的當下，他還要把這番領悟和境界的體驗記錄下來，題於座隅，以便隨時得到提醒指點；這表示白居易平日亦自知此心之清明超越不能持續太久，故須憑藉文字提點。漸向晚年，其樂越多而憂患煩惱越少，然而仍然會在身病、逢舊之時失去談笑興而不勝歎嗟悲慨；甚至聽到樂世（六么）這樣聲聲樂的歌曲，也會觸發感慨而悲從衷來。

總之，白居易由早年多憂患多煩惱的悲感性情走入晚年的樂天知命，漸行漸老也漸樂。這豁朗通達的變化有著白居易人生哲理的領悟，以及在此基礎上心靈的修養工夫。經由學佛習禪及道理真義的不斷提振，心靈得以超越現實生活和形質的束縛牽累，而獲得洞燭人世的智慧，在浮沉多變的世事間安住與自在，進而展現出怡然恬愜的悅樂。然而因為並非生性樂觀豁達，其經由理知及修養而得到的快樂，會在心靈無法持續恆長清明的情況下，時而陷落塵俗的牽絆懸掛中，而頓現悲愁嗟歎的情緒。這是生活的真實，也是白居易詩的誠摯真實。

柒、從「酒狂」到「酒悲」——多煩惱對其樂詩形態的影響

白居易的多樂詩，雖有著從年少多憂愁到年老樂天知命的成長變化，是智性反省與哲理思考領悟後的超拔提升；可是全窺細究之下，會發現他尚有許多樂詩卻是藉著酣醉酒興而來的，那是一種外放的、亢奮的快樂形態，至於其內心及繼之而起的可能仍然是不可自抑的悲懷。

飲酒是白居易詩中出現最為頻繁的題材之一。有酒的詩表面看似歡樂，其實那歡樂正是白居易飲酒所欲追尋的目的。因為無法擁有本然純質的快樂正因多憂，所以藉酒之助以銷愁：

> 不獨別君須強飲，窮愁自要醉如泥。（〈北樓送客歸上都〉卷十六）
>
> 無如飲此銷愁物，一餉愁銷直萬金。（〈對酒〉卷十七）
>
> 莫辭數數醉東樓，除醉無因破得愁。（〈東樓招客夜飲〉卷十八）
>
> 我有心中愁，知君剪不得……我有腸中結，知君解不得……不如飲此神聖杯，萬念千憂一時歇。（〈啄木曲〉後集卷一）
>
> 世上貪忙不覺苦，人間除醉即須愁。（〈嘗酒聽歌招客〉後集卷十四）

稱呼酒為「銷愁物」，可知白居易許多喝酒的時候是因為內心有愁，愁到無法以道理來說服自己，來消解愁緒，愁到已無法承受的地步，故須借助於酒。除了酒，再無他物可破愁；恁是千金寶剪刀也剪不得心中愁，恁是大力解結椎也解不得腸中結。唯有酒能一餉消愁，輕而易舉地萬念千憂一時歇。可見白居易飲酒的背後，有著大如山、不可解的「窮愁」，乃至於他感歎著人間除醉即須愁。好似活在人世，愁惱是無所不在、難以遁逃的天刑，唯一的藏匿天地是酒，而且要到達醉如泥的地步。在如泥的「醉則兼忘身」（〈書紳〉後集卷二）的世界裡才能忘愁，才有快樂的可能性。故道：「唯餘耽酒狂歌客，只有樂時無苦時。」（〈履道居三首〉之三・後集卷十）

有時候，白居易還會檢驗飲酒的功效而云「驅愁知酒力，破睡見茶功」（〈贈東鄰王十三〉後集卷八）。似乎飲酒在他心中，享受、品味的成分少些，而驅愁破憂才是主要目的。那麼，喝酒本身應不是一件樂事。但是酒後的忘與鬆使得緊箍人心的愁緒暫時得以鬆脫浮游，並且因為身體的輕飄難控而展現一種平時難得見到的誇張性的豪放率真，無所拘束地言談歌笑，似乎是極其歡樂的模樣。所以白居易說只有酒後狂歌客，只有樂時無苦時。

既然，作為藝術創作的重要發酵劑，酒與詩歌的吟詠有著密切的關係。尤其白居易自稱「醉吟先生」，並以詩酒琴為北窗三友，時時醉後走筆。那麼白居易詩中所多的樂詩，其所展現的快樂形貌究竟有多少是發自內心本然真質的悅樂，有多少是藉酒興發的歡樂樣相，是必須謹慎辨別的。

凡是詩中有酒而樂者，其快樂多屬浮面的樣相。比如前論白居易有濃烈的時間意識而滋生沉重的生命悲感，到了老時遂能夠深得喜樂，為自己的老大得壽而欣幸不已。故其喜老是真實而深刻的心情。但是在早年的憂老怕夭的階段，他常有一種及時行樂的把握現今、沒有明天的悲涼情懷，而其展現出來的卻也是歡樂的樣貌，這及時所行之樂便是飄浮在現象面的形狀而已：

勸君酒滿杯，聽我狂歌詞。五十以後衰，二十以前痴。晝夜又分半，其間幾何時。生前不歡樂，死後有餘貲。焉用黃壚下，珠衾玉匣為。（〈狂歌詞〉卷八）

人壽七十稀，七十新過半。且當對酒笑，勿起臨風歎。（〈曲江早秋〉卷九）

薤葉有朝露，槿枝無宿花。君今亦如此，促促生有涯……百年夜分半，一歲春無多。何不飲美酒，胡然自悲嗟。（〈勸酒寄元九〉卷九）

人無根蔕時不駐，朱顏白日相隳頽。勸君且強笑一面，勸君復強飲一杯。人生不得長歡樂，年少須臾老到來。（〈短歌行〉卷十二）

年年老去歡情少，處處春來感事深。時到仇家非愛酒，醉時心勝醒時心。（〈仇家酒〉卷十五）

人生的苦短在白居易算來是比一般人更驟然飄忽的：二十歲以前幼稚愚痴，不諳世事；五十歲以後年老衰邁，無力與世。唯獨中間三十年才是精華且自在的歲月，偏又被夜晚分割掉一半，僅餘十五年。如此促促有涯的生命怎不令人悚然驚悸。倘若又把這短暫倏忽的時光花費在感歎悲嗟的愁苦中，人生就真的毫無歡樂愉悅可言了。因此必須充分地讓每一寸光陰都是歡樂快活的，縱使生命在長度方面有缺憾，卻已被長樂的高密度所彌補了。更何況每個人皆不知下一刻鐘是否還能安然無恙地存在人間，因而及時行樂遂成了時間敏感者掌握自我生命的重要生活形式。古來及時行樂的典型便是飲酒，是以，白居易在生命悲感油生之際要勸人飲美酒、酒滿杯、且當對酒笑，因為醉時心懷之鬆動勝過醒時之清警。對酒笑及狂歌詞似乎是快樂歡愉的，然而「強笑一面」「強飲一杯」已明白告訴眾人，這藉酒行樂的場面是勉強充扮出來的，美酒狂歌熱鬧喧騰的奮揚表象下，其實是深沉的亙古難逃遁的悲愁。

這是早年白居易因生命悲感而藉酒行樂所呈現出來的膨脹飄浮的歡樂。晚年，白居易雖對自己的老大得壽感到幸運滿足而歡躍，但另一方面卻也同時延續著早年的情緒：

前歲花前五十二，今年花前五十五……幾人得老莫自嫌，樊李吳韋盡成土……且喜年年作花主。花前置酒誰相勸，容坐唱歌滿起舞。欲散重拈花細看，爭知明日無風雨。

（〈花前歎〉後集卷一）

迎春日日添詩意，送老時時放酒狂。（〈閑出覓春戲贈諸郎君〉後集卷六）

若無清酒兩三甕，爭向白鬚千萬莖。麴蘖消愁真得力，光陰催老苦無情。（〈題酒甕呈夢得〉後集卷十四）

一歲中分春日少，百年通計老時多……賴有銷憂治悶藥，君家醲酎我狂歌。（〈春晚詠懷贈皇甫郎之〉後集卷十六）

頭白醉昏昏，狂歌秋復春……煩君問生計，憂醒不憂貧。（〈醉中得上都親友書以予停俸多時憂問貧乏偶乘酒興詠而報之〉後集卷十七）

第一首詩說得很明白，五十五歲已算得老，朋友們已經一個一個零落為土，自己卻仍「自笑靈光巋然在」（〈會昌二年春題池西小樓〉後集卷十七），再沒有什麼好怨艾的了。何況年年及春賞花，良辰美景未曾辜負，實為福祐，值得且喜。至此，詩歌完全是且喜的欣悅情調。但是下面花前勸酒、聽歌觀舞卻是為了爭知明日無風雨的不確定、無保障而引發的及時行樂。所以雖然良辰當下、美景當前，有酒資飲、歌舞助興，看似歡騰光燦的景象，卻只是白居易花前「歎」的不堪所翻轉出來的短暫慰藉罷了。

這麼說，白居易許多喜老之作都是假象的歡悅嗎？卻也不然。正如此詩，前半的且喜得老是出自事實真相發展比較下所發出的真情，是理知而得的喜，是截至目前自己幸運健在的滿足；後半則是對往後未知的茫然不定而感到不可主宰的緊張。一為回首反顧，一為引領前望，兩般心情並非矛盾。因為人心是活動的、多面的，可以對生命既喜悅又悲愁；猶如喜春傷春、愛春怕春等相對的心情可以具在同一人身上。後面四首詩亦然，從六十四歲到七十一歲，白居易不斷地在白鬚千萬莖、在面對秋復春、春日少老時多的情況下，藉著麴蘗消愁，而自稱為酒狂、耽酒客，或者「甘從妻喚作劉伶」（〈橋亭卯飲〉後集卷十）。晚年，詩中酒的出現更頻繁，而且閒遊的題材亦多，這都仍是及時行樂心態的反映。可見喜老惜老的欣樂並非綿綿不絕地長存其心，而是與時間悲感交錯浮現。這與前論喜老是由時間憂患生命悲感所翻轉出來的事實不相矛盾。

此外，白居易晚年縱酒另有一個值得悲憫的天真原因：

促膝繞飛白，酡顏已渥丹……醉後歌尤異，狂來舞可難。拋杯語同坐，莫作老人看。（〈與諸客空腹飲〉卷二十）

何必東風來，一杯春上面。（〈冬日早起閒詠〉後集卷三）

貌偷花色老暫去，歌蹋柳枝春暗來。不為劉家賢聖物，愁翁笑口大難開。（〈藍田劉明

府攜酌相過與皇甫郎中卯時同飲醉後贈之〉後集卷十二）

病心湯沃寒灰活，老面生花朽木春。（〈長齋日滿攜酒先與夢得對酌醉中同赴令公之宴戲贈夢得〉後集卷十四）

賴有杯中綠，能為面上紅。少年心不遠，只在半酣中。（〈燒藥不成命酒獨醉〉後集卷十四）

白居易雖然早年在諷諭詩中指責過求仙煉丹之事[8]，但是較晚時節，他還是沒有拒絕過這股風氣，向道士求丹且自己燒藥服藥（如〈早服雲母散〉後集卷十二）。六十六歲時燒藥不成，在懊喪不已的情況下命酒獨醉。因為酒精發散能使面容紅潤，看來健朗英挺，遂在半酣之中感覺自己彷彿就是紅顏少年，其功效似乎與服藥行散一般，所以他會在燒藥失敗後代之以飲酒（到七十歲左右，他以一首〈戒藥〉宣告他對煉丹服藥的追求之否定與結束）。因此白居易嗜酒的另一個心理是酡顏渥丹，有如青春綻放的花朵，春風上面，使他重溫了青春年少的氣味，進而大聲地要求同坐友伴莫將他視為老人。可知，酒酣確實帶給他短暫的生氣盎然的年少歡樂。

酒之所以成為忘憂的重要媒介，乃是因為酒使人放鬆，輕然飄然，平時拘謹嚴肅的態度都在酒酣之後被打破，在無法完全自我克制的情況下，展現出誇張亢奮的歡樂面貌，「小酌酒巡銷永夜，大開口笑送殘年」（〈雪夜小飲贈夢得〉後集卷十七）便是譁然喧鬧的景象。是故一路讀白居易的酒詩，會發現「狂」字出現很多：「唯餘耽酒狂歌客」、「聽我狂歌詞」、「狂歌秋復春」、「君家釀酎我狂歌」、「送老時時放酒狂」、「狂來舞可難」……其中歌舞又是狂放的典型表現，那是完全忘我的鬆動流利，足以使人拋卻煩惱憂慮，打破抑鬱沉悶，得到宣洩抒發的快然通暢，把快樂的樣貌裝扮得很繽紛精采。所以白居易要自勉「慰老資歌笑，銷愁仰酒漿。**眼看狂不得，狂得且須狂**」（〈酬思黯戲贈〉後集卷十五）。

然而，狂放既是外射的，姿采燦發的，便是大量的燃燒，容易透支，便不能持久。彩燦之後的晦暗，火花之後的灰燼，總是精疲力竭的黯然和癱瘓，所以白居易也不得不承認酒後的悲戚：

> 少壯難重得，歡娛且強為。興來池上酌，醉出袖中詩……莫說傷心事，春翁易酒悲。（〈殘春詠懷贈楊慕巢侍郎〉後集卷十四）
>
> 莫怪近來都不飲，幾回因醉卻沾巾。誰料平生狂酒客，如今變作酒悲人。（〈答勸酒〉卷十五）

詩思閒仍在，鄉愁醉暫無。狂來欲起舞，慚見白髭鬚。（〈偶宴有懷〉卷十七）

命酒樹下飲，停杯拾餘葩。因桃忽自感，悲吒成狂歌。（〈種桃歌〉後集卷四）

酒狂又引詩魔發，日午悲吟到日西。（〈醉吟二首〉之二・卷十七）

原來醉後的狂歡是勉強造作出來的「強為」，所謂「勸君且強笑一面」（前引），所謂「杯前笑歌徒勉強」（〈蘇州李中丞以元日郡齋感懷詩寄微之及予輒依來篇七言八韻走筆奉答兼呈微之〉後集卷二）。然而傷心事一旦忽然浮現觸動，便要無法自拔地陷入「酒悲」的泥淖之中，不僅要悲老，還要對白髭鬚卻狂而起舞的無自知之明、不協調而增添一層慚愧的情緒。因此，醉後狂歌歡舞也只是短暫的奮揚形貌，經不起一些些突來的驚怵和本心的一瞥，便又陷入悲戚的心緒，徒增愧情。是以有時其狂歌本身竟是一種悲吟。他另有一首〈悲歌〉：「獨有衰顏留不得，醉來無計但悲歌」（後集卷五），也是不得不承認無計，連狂歌歡舞都無法遮蓋悲情，便只好直接悲歌起來。有時是突起的悲吒成狂歌，有時則是持續的日午悲吟到日西。在幾回因醉卻沾巾的難堪及發現自許為狂酒客的豪情已變作酒悲人的意外之後，遂也會有一段時間不願也不敢飲酒。這是藉酒作狂所生的乍然彩燦的歡樂形貌。因其外發奮揚而無法持久，只能快速地從歡騰的外貌又乍然萎頹掉落。待得酒醒之後，更徒增滿懷寂寞寥落而坐恨良久：

闌珊花落後，寂寞酒醒時。坐恨低眉久，行慵舉足遲。（〈偶作〉後集卷七）

若為寥落境，仍值酒初醒。（〈池上〉後集卷八）

損心詩思裡，伐性酒狂中。（〈新秋病起〉後集卷五）

猶覺醉吟多放逸，不如禪坐更清虛。（〈改業〉後集卷十六）

像這樣大起大落乍綻乍凋的狂歡形態，只有硬撐出來的快樂，終究過於造作而傷勞心力。所以白居易最後只有在病中漸悟酒狂伐性，只有在改業的懺悔中了然醉吟放逸，唯有禪坐清虛養性。這是精疲力竭後的真語。

因此，在白居易的憂患意識和多愁惱的性情推促下，雖有知足樂天和超脫昇華的快樂本衷，卻也往往不經意地掉落，而須藉酒形歡。這些酒狂歌笑的樂詩其形態只是乍起乍落倏忽彩燦的外貌而已。是以，多煩惱憂愁的濁性對白居易樂詩的形態有著莫大的影響。

捌、結　論

綜觀本文所論，簡言之，由於年少多病及敏感的時間意識，使白居易早年對生命充滿艱難憂患的悲感；由於多思慮重情感，使他對人生的無常及牽累感到承受不勝且憂心忡忡；由於家庭特殊困境及貧窘，使他在衣食的基本需求上奔走張羅、在精神上倍感窘迫不安。在這些多重的憂患經驗後，漸入充足舒適的晚年便使白居易驚喜、滿足、珍惜不已；加以哲理的領悟、修養境界的提升，故而能夠在詩中時時展現出樂天知命的歡愉。

然而在不經意觸動前事或失去清明之心時，他還是會時而掉落悲情糾纏中。所以白居易也藉由中國文人傳統的飲酒消愁方式來暫忘難解的情緒，進而藉酒後之飄逸酣狂展現出燦然喧騰的歡樂形貌，卻又在驚觸或酒醒之際悲愁頹餒不已。

經由本文的探討，可知白居易詩作中所多的樂詩，並非純然的一派快樂，它有著極為曲折翻轉的來歷；它也非持續綿長且同質的快樂，有著乍起乍落、奮揚誇大卻飄浮脆弱的特質。至此可知宋朱熹批評白居易：「人多說其清高，其實愛官職，詩中凡及富貴處，皆說得口津津地涎出。」❾是過於尖刻的評論，並不中允，也未觸及白居易自勉自修的心路。而宋胡仔說「樂天既退閒，放浪物外，若真能脫屣軒冕者，然榮辱得失之際，銖銖校量，而自矜其達，每詩未嘗不著此意。是豈真能忘之者哉？亦力勝之耳。」❿雖合事相，似乎也忽略了白居易多艱難感的濁性以及人心修持之難於恆長清明的事實。他和宋吳處厚一樣，認為白居易本應賦性清靈沖淡，故而曠達似乎是對樂天理所當然的要求了⓫。殊不知白居易稟性本多憂慮，充滿了生命的不安全感，屬於濁性之人。因此二人的批評對白居易而言就顯得過於嚴苛。

相較之下，宋樓鑰與清趙翼的評論就更切於白居易的生活與詩歌事實了：

香山居士之詩……履憂患，嬰疾苦，而其詞意，愈益平澹曠達。有古人所未到，後來不可及者。（《攻媿集・自跋樂天集目錄》）

香山出身貧寒，故易於知足。（《甌北詩話》）

無論如何，白居易的由憂患悲感轉而恬適喜樂，所展示的個人生命之具自我主宰性，以及他用功修養踐行所得的超越與自由，都啟示了生命的無限希望。而他不經意的情緒陷落和快樂的乍起乍落，則展現了個人性情之堅牢難以徹底換質，也展現了生活的多元與生命的真實。

❶ 明會稽商氏稗海本卷上「首」字作「言」字。
❷ 見方勺《泊宅編・卷第一》。
❸ 見趙吉士《寄園寄所寄・卷四撚鬚寄・詩話》。

❹ 語見宋長白《柳亭詩話・悲樂》。

❺ 白居易詩中屢次出現隨「分」知「命」的觀點，如：

杯酒與管絃，貧中隨分足。（〈遊平泉宴浥澗宿香山石樓贈座客〉後集卷四）

隨分自安心自斷，是非何用問閑人。（〈自詠〉後集卷十一）

如今老病須知分，不負春來二十年。（〈老病〉後集卷十一）

命迍分已定，日久心彌安。（〈歲晚〉卷十一）

鵬鷃高低分皆定，莫勞心力遠相思。（〈宿西林寺早赴東林滿上人之會因寄崔二十二員外〉卷十六）

詩稱國手徒為爾，命壓人頭不奈何。（〈醉贈劉二十八使君〉後集卷八）

榮銷枯去無非命，壯盡衰來亦是常。（〈遣懷〉卷十七）

自茲唯委命，名利心雙息。（〈遣懷〉卷十一）

功名富貴須待命，命若不來爭奈何。（〈浩歌行〉卷十二）

❻ 如〈郡齋暇日憶廬山草堂兼寄二林僧社三十韻皆敘貶官以來出處之意〉卷十八、〈題天竺南院僧閒元旻清四上人〉後集卷四、〈香山居士寫真詩序〉後集卷四、〈西樓獨立〉後集卷十五、〈三年除夜〉後集卷四等。

❼ 參拙著《詩情與幽境──唐代文人的園林生活》，頁三七～四三、頁四七九～四八六。

❽ 如他的〈夢仙〉卷一、〈海漫漫〉卷三等。

❾ 見朱熹《朱子語類・卷一百四十論文下》。

❿ 見胡仔《苕溪漁隱叢話・前集卷十九》。

⓫ 吳處厚《青箱雜記・卷七》稱樂天「賦性曠達」。

唐代郡齋詩所呈現的文士從政心態與困境轉化

壹、郡齋釋義

「郡齋」一詞，從唐代開始，在詩歌作品中頗為常見。它指的是各州郡刺史及其官員們處理公務的所在地。與此同性質但治轄範圍較小者則為縣齋，本論文一概以郡齋統稱之。所以郡齋相當於是各州縣的治政中心。但是它的特色還不僅在於其政治性質，而是在這些辦理行政事務的地方，也築設了一些官員居家的空間，亦即郡齋內包含了官舍的部分。同時為了滿足百姓洽公與官員應酬交遊的需要，這些郡齋也成為居民大眾平日休閒的公共場所以及宴集遊賞的風景遊憩區。如此一來，郡齋就成為兼具辦公、居家、宴集、遊賞等多功能的場所，兼具嚴肅與輕鬆、私人與公共等相對特色。鎮日生活在此的士大夫們，在描述郡齋生活及其情境時也往往展現多元相對甚或弔詭的複雜心態，因此藉由郡齋詩的討論，可以相當深細地檢視出唐代文士在從政心態上的多重性格與政治困境中的防衛轉化機制。

於此須先說明的是，唐代的郡齋詩中並非都會在標題或詩句中出現郡齋二字。除了下一節仔細舉證的「官舍」之外，有些標舉「郡宅」❶、「郡亭」❷、某州城❸、郡（縣）內❹、某齋❺等等❻，若其所描繪抒寫者包含了郡齋的部分，也都是本論文引證解析的對象，都在郡齋詩的範圍之內。

貳、郡齋的多重功能與性格

一、公堂與森嚴性

在進入文士從政心態的解析之前，必須先說明郡齋的多重功能，從而了解它的多重性格。首先，郡齋設立的首要目的是為了地方官員處理州郡事務，這本應是它最主要的任務。如白居易初任蘇州刺史時有詩題為〈自到郡齋僅經旬日方專公務未及宴遊偷閒走筆題二十四韻兼寄常州賈舍人湖州崔郎中仍呈吳中諸客〉（卷四四七），標題中清楚說明他到達蘇州郡齋的最初十天都專心於「公務」，而所謂的公務，在詩句中提及「削使科條簡，攤令賦役均」等兩件刺史職務中的大事。由白居易這樣的自述中，可以明白治理政務是郡齋中的第一要務，也是最重要的功能。

因此，就其空間性質來看，必有諸多公務性建築，如「公門日兩衙」（白居易〈郡齋旬假始命宴呈座客示郡寮〉卷四四四）、「訟庭侵藥畦」（岑參〈虢州郡齋南池幽興因與閻二侍御道別〉卷一九八），所謂公門、衙、訟庭都是處理地方政務的專用空間，因為其為處理政務的所在，不是一般民眾可以隨意進出的，所以平常就有「兵衛森畫戟」（韋應物〈郡齋雨中與諸文士燕集〉卷一八六）的嚴密管制，因此在這一部分的空間性格就顯得冷峻沉硬、嚴肅森穆。

二、官舍與私密性

由於唐代的地方官員在遷調方面非常頻繁（詳下文），派任某州縣只是暫時的工作，這些士大夫們多半不會在當地購屋置產，因此任職期間的居住多由公家提供。為了便於辦公與居家間不必奔波勞苦，地方官署所提供的居住地點（宿舍）就在郡齋之內。在唐詩中可以常常見到這種現象，如：

雖臥郡齋千里隔，與君同見月初圓。（韓翃〈寄徐州鄭使君〉卷二四五）

郡齋無事好閒眠，秔稻油油綠滿川。（盧綸〈送從叔牧永州〉卷二七六）

古廳眠受魘，老吏語多虛。（王建〈縣丞廳即事〉卷二九九）

獨臥郡齋寥落意，隔簾微雨溼梨花。（呂溫〈道州郡齋臥疾寄東館諸賢〉卷三七一）

衙鼓暮復朝，郡齋臥還起。（白居易〈南賓郡齋即事寄楊萬里〉卷四三四）

這些刺史縣令都在郡齋或縣廳中臥眠，表示郡齋中設有住宿的空間。這並非只是單純午休或值夜的簡便睡眠設備，因為呂溫是臥疾在道州郡齋之內，是長時間的臥眠休養，所以不可能是在辦公堂的值夜室中。另外劉禹錫有一首〈和令狐相公郡齋對紫薇花〉的詩稱這郡齋是「香聞荀令宅，豔入孝王家」（卷三五八），宅與家的稱呼說明在郡齋中有令狐楚的家人與家居設備，是一個完整的家居空間。而且韓翃與盧綸所寫的是寄送詩，是在想像中呈現出臥眠的景象，可見郡齋中設有居家空間的現象在唐代是十分普遍的，以至於他們能想當然爾地如此想像。所以居家的建築在唐代郡齋中應是一項非常基本的設施。

在郡齋中所設置的居家空間當時普遍稱為「官舍」。從白居易〈官舍〉一詩所描述的「起嘗一甌茗，行讀一卷書……穉女弄庭果，嬉戲牽人裾」（卷四三一）情景可以得知，這些官舍提供了官員全家居住的空間，在其中生活的內容和情景與一般家居日常無異，因此可以算是十分私密性的居住空間。但是因為官舍就在郡齋之中，所以在詩歌中往往可以看到官舍與郡齋同指的情形，如于鵠〈夜會李太守宅〉詩中的太守宅即是「郡齋常夜掃」（卷三一〇）的郡齋；姚合〈杭州官舍即事〉詩中的官舍是「臨江府署清」（卷五〇〇）的府署；而李中〈題吉水縣廳前新栽小松〉詩中的小松「影小未遮官舍月」（卷七四九），可見官舍就在郡齋之內。詩人們會因其所指的重點不同而用郡齋或官舍或其他名稱。

既然官舍與郡齋會同所指，所以就會看到在描寫官舍的詩作中出現處理公務的情形，如：

竹裡藏公事，花間隱使車。（張謂〈過從弟制疑官舍竹齋〉卷一九七）

訟堂寂寂對煙霞，五柳門前聚曉鴉。（崔峒〈題桐廬李明府官舍〉卷二九四）

文案把來看未會，雖書一字甚慚顏。（王建〈昭應官舍〉卷三〇〇）

（虢州刺史宅）吏人休報事，公作送春詩。（韓愈〈奉和虢州劉給事使君三堂新題二十一詠・柳巷〉卷三四三）❼

官舍種莎僧對榻……酒醒草檄聞殘漏。（鄭谷〈所知從事近藩偶有懷寄〉卷六七六）

他們在官舍內藏隱著公事使車，把看文案、草檄，並有吏人報事，有訟堂，可見官舍也常同時指涉包括了郡齋內的辦公處。或者有人會認為這只是官員將公事攜回私宅辦理，但從「吏人休報事」、或是許渾〈題官舍〉詩所述「疊鼓吏初散」（卷五三一）、或是白居易〈官舍小亭閒望〉中「日高人吏去」（卷四二八）的記述可知有兩種可能：其一是官舍一詞指涉的範圍包括官員私人住家及辦理政務的公堂，那麼官舍一詞與郡齋是同義的。其二，官舍所指的官員住宅與公堂相鄰近，空間相通，那麼，郡齋可以指括官舍而官舍也可以指括郡齋。兩者的使用並沒有嚴格區分界定，因詩作描寫的重點或詩人的習慣與隨興等因素而取用。

然而不論是郡齋或官舍，從唐代的相關詩作中都明顯展現出地方政府在治政所在的公務機關內同時設有官員居住的私家空間。這些居家的空間與公堂相臨或在相近的同一區內，它們都屬於公家所有，但在空間活動的性質上卻有截然不同的性格。以居家為主的官舍屬於私人活動的空間，進行著家居日常的生活內容，其空間性格就顯得十分休閒、輕鬆、自在且具私密性。

三、宴遊與公共娛樂性

郡齋雖為治政所在地，有其森嚴冷硬的一面，但是因為基於：一、官員對地方士紳具有禮賢、請益與倚待其協調地方事務的關係，彼此便產生了相互應酬的需要。二、官員辦公壓力的紓解與餘暇休閒的需要。三、地方百姓洽公時休息、等候的空間需求。四、提供地方百姓平時遊玩休閒的空間需求。五、官員居家環境美化以及唐代一般住家園林化風氣等因素，唐代郡齋內往往有優美的山水景色與精美的園林造景(詳下節)。這些美麗的景色為地方官吏、士紳、一般百姓與過往的遊子提供了相當便利的宴遊空間。首先，是官員們在辦公餘暇時往往就近賞玩遊覽一番，如：

未辭公府步，知結遠山遊。(皇甫曾〈酬鄭侍御秋夜見寄〉卷二一〇)

後齋草色連高閣，事簡人稀獨行樂。(韓翃〈贈兗州孟都督〉卷二四三)

香麝松陰裡……郡齋多賞事。(韓翃〈送李中丞赴商州〉卷二四五)

醉擁笙歌不礙公……事簡豈妨頻賞玩。(李中〈海上太守新搠東亭〉卷七四八)

有時舟隨風，盡日蓮照水。誰知郡府內，景物閒如此。（白居易〈郡中西園〉卷四四四）

不須辭離公府，就在辦公的所在地便可以如遊遠山，可以獨行樂、頻賞玩、多賞事，可以泛舟隨風。這主要是因當時的郡齋多半園林化，擁有優美深雋的山水景色，所以就有諸多賞心悅目之事可以閒逸官員們的心情。在上引詩例中就有三首是送行時想像對方在官府中辦公生活的情景，可見這種郡齋遊賞的活動在當時各地應是十分普遍常見的。

因為擁有優美風景，因為地方官常在郡齋中遊賞美景，因此在應酬、禮賢、交友等需要上，郡齋也就成為官員們宴集僚友賓客的場所。如：

壺觴招過客，几案無留事。綠樹映層城，蒼苔覆閒地。（劉長卿〈題冤句宋少府廳留別〉卷一五〇）

遣吏山禽在，開樽野客同。古牆抽臘筍，喬木颺春鴻。（戴叔倫〈張評事涉秦居士系見訪郡齋即同賦中字〉卷二七四）

中天白雲散，集客郡齋時。陶性聊飛爵，看山忽罷棋。（馬戴〈同州冬日陪吳常侍閒宴〉卷五五五）

樹翳樓台月，帆飛角鼓風。郡齋多嶽客，鄉戶半漁翁。（周繇〈送江州薛尚書〉卷六三五）

疏散郡丞同野客，幽閒官舍抵山家……小醆吹醅嘗冷酒，深爐敲火炙新茶。（白居易〈北亭招客〉卷四三九）

這些招客宴集的活動或在公堂官舍之中，或在郡齋園林之內（即郡圃）的亭榭裡進行。他們一面宴飲應酬，一面欣賞郡齋內外的景色，或進行弈棋品茗等活動。這就使郡齋在辦公與居家之外，也兼具著交遊應酬的功能，提供了一個遊賞宴集的休閒娛樂的公共空間。而且這些詩歌共同強調著野趣，亦即遊宴交往的對象多非達官貴人，而是充滿著樸野情味的賓客，這使郡齋在公共娛樂性空間的提供上深具鄉野山林的性格。

這些前往郡齋宴遊的賓客，為了悠閒從容地享受郡齋風光與交友樂趣，往往會在郡齋中過夜，這在唐詩中十分常見，如：

祖詠有〈宿陳留李少府揆廳〉詩（卷一三一）

耿湋有〈宿岐山姜明府廳〉詩（卷二六八）

崔峒有〈宿江西竇主簿廳〉詩（卷二九四）

王建有〈宿長安縣後齋〉詩（卷三〇一）

李洞有〈秋宿長安韋主簿廳〉詩（卷七二三）

這裡的廳，應該不是指睡在辦公廳堂之上，而是指在辦公廳內或臨近空間另設的住宿舍館。也就是在郡齋一類的治政所在地或官舍之中也設備有招待賓客住宿的客館。這其中或者包含有地方官員在私家的客戶中招待友人的私人活動，但是也有很多是在郡齋的公共空間裡專設的招待賓客的館舍。例如張說〈夕宴房主簿舍〉詩在序文中說：「旅聽清館」，在詩中說：「旅館月宿永」（卷八六）；而岑參在〈江行夜宿龍吼灘臨眺思峨眉隱者兼寄幕中諸公〉詩中說：「官舍臨江口，灘聲人慣聞」（卷二〇〇）。可見在郡齋內的官舍區也往往設有旅館以供旅人住宿。在《唐會要．卷六十八刺史上》中記載太和四年九月有令，規定各地方政府若有羨餘錢物允許充諸色公用，其中包括「公私使客，兼遇徵拜朝官、送故迎新，舊例合有供應宴餞贈貺者」。可見公私宴集應酬可以由公家的錢帑來供應，只要經費充足，這些迎送應酬及「公廨屋宇……等合建立修理」都由地方政府負責。由此可知，在郡齋中設備有供客住宿的客館是在法令的制定規劃之中的。這些旅館有時招待公務接洽的官員或地方官員本身招邀的私人訪客，有時則是為不相干的羈旅遊子提供短暫的住宿服務。

這些提供旅宿的客館，主要還是因為郡齋中美麗的山水景色也開放給一般廣大民眾參觀遊覽，這就使郡齋也成為公共遊樂的公園，如：

頒條示皇澤，命宴及良辰。冉冉趨府吏，蚩蚩聚州民。（白居易〈郡中春讌因贈諸客〉卷四三四）

長吏多愁罷，遊人詎肯還。（李嘉祐〈送陸士倫宰義興〉卷二〇六）

若無別事為留滯，應便拋家宿看來。（王建〈于主簿廳看花〉卷三〇一）

明年萬葉千枝長，倍發芳菲借客看。（徐夤〈郡庭惜牡丹〉卷七〇八）

臺館翬飛匝郡城……千家羅綺管弦鳴。（詹敦仁〈余遷泉山城留侯招遊郡圃作此〉卷七六一）

在二月春分時白居易會宴請忠州州民同來賞景，以示皇恩。至於平日則是民眾自由遊賞。由「遊人」一詞表示前來郡齋遊賞的人並非是地方官員邀請來的賓客，「詎肯還」表示這些遊人的遊賞活動頗具自由出入的特色。甚至於可以如王建所說住宿過夜以細賞花景。正因為郡齋是開放給郡人們自由出入賞玩的，所以在春景燦爛時有時會有千家前來，穿著綺羅，帶著管弦，盡情宴賞遊玩。所以郡齋中的園林化造設也使其具有公園的性質。不論是官員自己遊賞，或是招待賓客宴集，或是提供民眾遊玩住宿，郡齋都在空間特性上兼具了開放的公共性與玩賞休閒的娛樂性。

根據本節所論可知，唐代郡齋詩中所呈現出來的郡齋，不但是治理政務的公府所在地，而且設有官員們可全家居住的官舍，同時在諸多美景的造設下也成為官員交友待客的應酬之地，更是地方性公共遊賞的公園與客館。因此具有治政、居家、宴集、遊賞與供宿等多項功能。這也使其兼備了森嚴肅穆與輕鬆自在、公共與私密、務公與休閒、公開外放與隱密內斂等多組相對的空間性格。

參、郡齋園林化的特色與意義

在唐代，不只是地方性的治政中心有園林化的風氣，一些中央機關也都造設有園林。如蘇頲〈春晚紫微省直寄內〉詩描寫「花間燕子棲鳷鵲，竹下鵷雛繞鳳皇」（卷七三）、錢起〈和范郎中宿直中書曉玩清池贈南省同僚兩垣遺補〉有春池、林、仙島、蘭等景物（卷二三八）、岑參的〈省中即事〉詩有「竹影遮窗暗，花陰拂簟涼」（卷二〇〇）的描寫，在在顯示出這些朝廷宮禁中的辦公場所園林化的現象。而各州縣的治政所在地也不例外地普遍出現園林化的情形，而且比起中央機關來，其造景更為活潑變化，更具深雋優美的山林氣息。

一、坐擁自然山水之美

在討論郡齋的園林化內容之前，必須先說明並呈顯唐代文士對郡齋自然山水之美的強調這一事實。我們常常可以在題寫郡齋一類的詩作中看到羨人的山水美景，如：

> 白鳥下公府，青山當縣門。（岑參〈題永樂韋少府廳壁〉卷二〇〇）
>
> 角巾高枕向晴山，訟簡庭空不用關。秋風窗下琴書靜，夜景門前人吏閒。（錢起〈題張藍田訟堂〉卷二三九）
>
> 孰知天柱峰，今與郡齋對。隱嶙抱元氣，氤氳含青靄。（獨孤及〈酬皇甫侍御望天灊山見示之作〉卷二四六）

主人能政訟庭閒，帆影雲峰戶牖間。每到夕陽嵐翠近，只言籬障倚前山。（劉商〈裴十六廳即事〉卷三〇四）

況有虛白亭，坐見海門山。潮來一憑檻……終朝對雲水。（白居易〈郡亭〉卷四三一）

在大部分的郡齋相關詩歌中幾乎都可以看到類似如上的描寫。有青山層峰，湖溪帆影，雲水氤氳，居息其內的官員不必踏出公庭門檻就可以高枕臥看這些山水景色，終日浸淫在優美的情境中，猶如置身在幽寂的山野。這主要是因為在強大優越的權勢憑藉下，郡齋多半設在郡城內的精華地帶，而郡城則多半選建在該州的精華地區。所以郡齋坐擁山水佳景是可以在常識的理解中被了解與接受的。

一個值得注意的現象是，在上述的題詠酬贈作品之外，還可以頻繁地看到唐詩送行作品中對於被送者將赴任的郡齋加以美景的頌揚，如：

月明江路聞猿斷，花暗山城見吏稀。惟有郡齋窗裡岫，朝朝空對謝玄暉。（劉長卿〈送柳使君赴袁州〉卷一五一）

山色低官舍，湖光映吏人。（岑參〈送李郎尉武康〉卷二〇〇）

山色垂趨府，潮聲自到門。（李嘉祐〈送越州辛法曹之任〉卷二〇六）

煙波連桂水，官舍映楓林。（郎士元〈送長沙韋明府〉卷二四八）

匡盧千萬峰，影匝郡城中。（周繇〈送江州薛尚書〉卷六三五）

既然是送行的作品，那麼即將遠行上任者所要抵達的地方並非詩人現前眼見的。其中除了少數作者曾經親臨其地而依其經驗記憶來加以讚頌之外，其餘大部分的作品應是基於傳聞、地理常識而加以詩人的想像的。他們以非常近似的筆法來描摹揣想郡齋坐落在當地最好的觀景點，在公府官舍之內隨處都有山水環映，視野遼遠壯闊，景色優美怡人，以至於可以「湖光滿訟堂」（韓翃〈送蘇州姚長史〉卷二四四），可以「聽訟白雲中」（劉長卿〈送齊郎中典括州〉卷一四七）。這種送行時的想像在當時的詩歌作品中幾乎是千篇一律的❽。這種模式化的讚美現象也推擴到州縣所轄的全部區域，如：

詔下忽臨山水郡，不妨從事恣攀登。（權德輿〈李十韶州寄途中絕句……〉卷三二一）

出宰山水縣，讀書松桂林。（韓愈〈縣齋讀書〉卷三三九）

好去煙霞縣，仙人有舊蹤。（李頻〈送薛能少府任盩厔〉卷五八七）

滿縣唯雲水，何曾似近畿。（許棠〈寄盩厔薛能少府〉卷六〇三）

任公郡占好山川，谿水縈迴路屈盤。（徐鉉〈寄歙州呂判官〉卷七五一）

山水郡、山水縣、煙霞縣都表示該州縣以山水聞名，境內盡是好山好水。這雖然較諸上面讚頌郡齋坐擁山水美景更具有一般地理常識的基礎，想像誇張的性質似乎少得多，但是在唐詩作品中卻可見到其模式化的明顯痕跡。所以不管是讚揚郡齋或全州縣的山水美景，這種有趣的現象寓含著下面幾個意義：其一，唐代各地郡齋確實普遍地造設在當地風景優美、地勢最佳的觀景點上，往往能夠飽覽當地的山水，並以高遠之勢收視其地理概況。其二，對派任各地的文士而言，任守在一個山水秀美的州縣，生活工作在一個美景環繞的郡齋中，意味著他工作中可以悠遊涵泳、怡然自得地超越世俗宦情之累。其三，基於以上兩點，這種送行作品模式化的傾向實是詩人對遠行上任者的讚美，也是當時文士們普遍的仕宦心態的展現（詳下文）。

二、園林造景及其意義

就是基於唐代文士對於郡齋存在著上述的山水頌揚與深微的仕宦心態，因此在既有的自然山水景色之外，郡齋內也往往造設優美的人工景觀，而使郡齋成為園林。在唐詩裡便有直接稱郡齋為園者，如：

郡齋有佳月，園林含清泉。（韋應物〈答崔都水〉卷一九〇）

公門且無事，微雨園林清。（韋應物〈縣齋〉卷一九三）

官舍非我廬，官園非我樹。（白居易〈自詠五首〉其五・卷四四四）

園開四季花，公庭飛白鳥。（周繇〈送人尉黔中〉卷六三五）

依上節所論可以得知郡齋既然兼具治政、居家、宴集、遊賞與旅宿等多項功能，其空間範圍必然相當廣大，且依其功能分成許多不同的區域。而其中基於辦公餘暇的放鬆需求、基於居家環境美化與休閒的需求、基於宴集遊賞的觀覽需求，園林化的造設是十分必要的。且其築造完成的園林應會隨其公私性質或功能性質而有不同的景區區隔。加上公家在經費來源較豐足、造設時間因新舊官員喜好而無限持續的情況下，可以想見郡齋的園林，其範圍之大、造景之巧妙優越。

(一)水景特多及其意義

除了泛稱郡齋為園林之外，唐詩資料中更多的郡齋景物的具體描寫也確實展現了其園林實質。而在郡齋眾多的園林景色中，最常被強調的是水景，如：

郡齋北軒卷羅幕，碧池逶迤遶畫閣。池邊綠竹桃李花……。（劉禹錫〈樂天寄憶舊遊因作報白君以答〉卷三五六）

春事日已歇，池塘曠幽尋。殘紅披獨墜，初綠間深淺。（張又新〈郡齋三月下旬作〉卷四七九）

蓮花峰下郡齋前，遠砌穿池貯瀑泉。（姚合〈和王郎中題華州李中丞廳〉卷五〇一）

池邊冰刃暖初落……溪送綠波穿郡宅。（韋莊〈三堂早春〉卷六九五）

竹聲并雪碎，溪色共煙深。（王周〈題廳壁〉卷七六五）

這裡所出現的自然既有的溪水已加上人工的接引，所以可以充分穿越郡宅，透迤繞階砌，使郡齋內的建築物充分與水結合，人走到哪裡都能欣賞到水景。而且水的流動也擔負起園林動線的任務，縮結著各景成為有組織的結構體，並使園林充滿了清涼靈動的氣息。此外到了某些地點，這些水流還加以貯存成為池塘，形成靜態澄明的水景。而且水景的周邊也充分與花木配合，產生掩映隱見的效果。

值得注意的是，在郡齋詩中所見的園林造設比起一般的園林文學所呈現的，有一個有趣的現象是出現大量的水景，但是山石造景卻非常稀少。除了一般詩作有此顯現之外，在郡齋園林組詩中也可明白見出這種現象，如劉禹錫〈海陽十詠〉十景中就有雲英潭、裴溪、飛練瀑、蒙池、棼絲瀑、雙溪等六景是水景，可見其比例之高。除了上述借景所得的大山遠山之外，人工造山在郡齋中難得見到，只有極少數像楊巨源〈秋日韋少府廳池上詠石〉（卷三三三）這一類簡單的立石為峰的造景。這個現象有幾個原因：其一，郡齋在地勢借景上已取得觀覽山景的先天優勢，豐富的山景已使郡齋在造山的需求上減少。其二，比起山景，水景在造園的應用上更為靈活多樣，可以充分地配合園林地勢而產生逶迤起伏的變化趣味，而且與其他園林要素如建築、花木、山石等也能靈活結合。其三，水景所產生的樂趣不只是靜觀，而且可以有多重的賞玩及實用功能，如「水池堪釣魚」（岑參〈虢州臥疾喜劉判官相過水亭〉卷二〇〇），如「蓮披靜沼群香散，鷺點寒煙玉片新」（劉兼〈郡閣閒望書懷〉卷七六六），如「煮茗汲寒池」（李中〈贈朐山楊宰〉卷七四八），以及灌養花木、調節溼度等，都使水在園林中成為十分重要的要素，也使其觀賞玩樂的趣味更多樣也更經濟。

然而這些原因在一般園林中也都存在，但在一般的園林文學中造山（石）的描寫卻非常多，並未出現郡齋這樣明顯的水景特多而造山稀少的現象。因此除上述的造園原因之外，可能還寓含著其他的意義：其一，郡齋是地方治政中心，除了美景的收攝之外，其地理位置的優越還基於另一個重要的政治考量，就是在形勢上對全郡做地理上的統攝與掌握。如宋之問〈郡宅中齋〉所描述的「郡宅枕層嶺，春湖繞芳甸。雲甍出萬家，臥覽皆已遍」（卷五三）。因此在唐代的郡齋詩中對於山景不斷強調其遠觀遼敻、盡收眼底的視野與氣勢。其二，郡齋詩在仕宦心態上不斷強調隱逸情調（詳下文），因此在山水景色的描寫上也特意強化大山的境界。其三，水具有潤澤、灌沐、洗滌的作用，可用以象喻地方官員治政佳績澤及百姓，這在郡齋詩的應酬歌頌目的上十分受用且具深婉效果。

㈡花木動物

在花木方面，郡齋所呈現的景象與一般園林較無大異，如：

公庭半藥闌……窗冷竹聲乾。（岑參〈暮秋會嚴京兆後廳竹齋〉卷二〇〇）

春風北戶千莖竹，晚日東園一樹花。（白居易〈北亭招客〉卷四三九）

夏木已成陰，公門晝恆靜。（韋應物〈立夏日憶京師諸弟〉卷一九一）

古牆抽臘筍，喬木颺春鴻。（戴叔倫〈張評事涉秦居士系見訪郡齋即同賦中字〉卷二七四）

事簡公庭靜……入竹就清風。（李中〈晉陵縣夏日作〉卷七四九）

與一般園林相同的是郡齋中有彩燦的花藥，有沉靜的綠樹，而且兩者都以數量多——公庭半藥欄、千莖竹、夏木成陰為美。另外和一般園林同樣的是，郡齋內也普遍以竹林為常見的植栽❾。同時這些花木除了為郡齋提供陰涼的環境、美麗的視覺享受以及芳香的嗅覺享受❿之外，也提供了一些可觀的經濟產物，如廣大竹林所生的筍以及竹子本身的諸多經濟價值，如「庭樹純栽橘，園畦半種茶」（岑參〈郡齋平望江山〉卷二〇〇），如「樹看十年花（自注：即府中新果園）」（白居易〈自罷河南已換七尹每一入府……〉卷四五七）等。所以總的看來，郡齋在花木的造設方面並未顯現出特殊於一般園林之處。但是除了花木植物之外，郡齋中也充滿動物的足跡，如：

府僚閒不入，山鳥靜偏過。（包何〈和孟虔州閒齋即事〉卷二〇八）

鼓絕門方掩……螢照竹間禽。（姚合〈縣中秋宿〉卷五〇〇）

柴桑官舍近東林……走吏喧來水鴨沉。（司空曙〈寄衛明府常見短靴褐裘……〉卷二九三）

床前沙鳥語，案下錦鱗驚。（方干〈嘉興縣內池閣〉卷六五三）

攀樹玄猿呼郡吏，傍谿白鳥應家禽。（張謂〈西亭子言懷〉卷一九七）

山鳥、飛禽是有林木存在處便會很自然聚集的，牠們的存在使郡齋增添了林野的氣息和快樂活潑的氣氛。而水鴨與錦鱗則是水塘中悠遊自得的生命，也是富於趣味的景觀。至於玄猿的出現則較為特殊，牠是深山幽澗中才有的，所以牠的出現和啼聲使郡齋增添了山林幽僻的荒寂感。這些動物都同樣使郡齋充滿自然山林的氣息。此外，在眾多的禽鳥之中，郡齋詩常強調的是鶴：

聽更池上鶴，伴值岳陽人。（李洞〈宿長安蘇主簿廳〉卷七二一）

高人為縣在南京……藥圃尋花鶴伴行。（楊夔〈寄當陽袁皓明府〉卷七六三）

閒吟山際邀僧上，暮入林中看鶴歸。（姚合〈杭州官舍偶書〉卷五〇〇）

朱慶餘有〈台州鄭員外郡齋雙鶴〉詩。（卷五一五）

李群玉有〈池州封員外郡齋雙鶴丹頂霜翎仙態浮曠罷政之日因呈此章〉詩。（卷五六九）

鶴在園林中不僅以其昂然卓立、清俊瀟灑的姿態以及潔白光潤的毛色、嘹亮清暢的唳鳴為山水景色增添怡目悅耳的優美景象，而且還以牠閒逸脫俗的優雅氣質與輕逸高飛的升天形態引發仙想。所以白鶴的存在為郡齋這個治政中心點染出一分超俗氣氛。而郡齋詩對此的描寫和強調也是對其中官員的讚頌，並間接表達詩人自己對政治世界所懷抱的洗滌意識與清高超越的期望。

㈢建築與樓閣的強調

在建築方面，可以想見，在辦公等多重功能的需求下，郡齋的建築必是眾多且多樣化的。所謂「台榭繞官曹」（白居易〈初領郡政衙退登東樓作〉卷四三一）的景象應是郡齋普見的。但因其腹地廣闊且林木茂密的情況下，這些眾多或莊嚴的建築仍能充分達到園林自然化的效果。而且與唐代一般園林相同的是，郡齋中亭子的形製相當普見，所以也出現了以「官亭」

（見李洞〈寄東蜀幕中友〉卷七二三）、「府亭」（見羅隱〈錢塘府亭〉卷六六一）等來代稱郡齋的用詞。而在眾多的建築形製中也常被提及且對郡齋較具特殊意義的是樓閣，如：

聞君樂林臥，郡閣曠周旋。（武元衡〈旬假南亭寄熊郎中〉卷三一六）

郡城樓閣繞江濱，風物清秋入望頻。（劉兼〈郡樓閒望書懷〉卷七六六）

郢客登樓齊望華……湖山清映越人家。（張繼〈會稽郡樓雪霽〉卷二四二）

樓侵白浪風來遠，城抱丹巖日到遲。（許渾〈郡齋夜坐寄舊鄉二姪〉卷五三五）

高閣收煙霧，池水晚澄清。（韋應物〈郡齋感秋寄諸弟〉卷一八八）

在一般園林文學中樓閣並未特別被強調，但是郡齋詩中卻常常出現。對郡齋而言，樓閣的形製可以登高望遠，收視遼闊的景境，可以幫助官員掌握行政區內大致的狀況。像王建在〈昭應官舍書事〉詩中甚至描述道：「登閣巡溪亦屬忙」（卷三〇〇），便是藉著登上郡閣的高曠視野來完成他巡視的工作。所以郡閣在郡齋中頗見重要的象徵意義。在唐詩中頗可看到文士們登上郡閣遠望的情景，並往往直接以郡閣代稱郡齋。

於此要略為一提的是，既然唐代郡齋充分園林化，那麼在名稱上以郡「齋」稱之，似乎無法傳達出其園林內涵，而是像宋代大量普遍使用的「郡圃」一詞才能精確地表出其義。但是唐詩中確實多以郡齋稱之，而「郡圃」的用法則僅見於詹敦仁〈余遷泉山城留侯招遊郡圃作此〉（卷七六一）一例，且此例已屆唐代晚年。由此可知，郡齋園林化的情形在唐代是新興漸臻成熟的階段，而宋代則是更為繁盛且更擴大其公共遊樂性⑪。

根據本節所論可知，唐代郡齋普遍地都造設成廣大的園林，它們和唐代一般園林基本上大同小異，但更加強調水景的設計與樓閣形製的標誌，其中都隱含有政治意義，是郡齋園林的特色所在。而郡齋園林的造設一方面固然是美化環境，一方面是滿足郡齋的多樣功能，然而在郡齋詩的顯現中更重要的是，這對官員文士們而言還能滿足他們在仕宦上微妙而艱難的心境。（詳下文）

肆、文士的郡齋活動及其意義

從唐代郡齋詩中可以看出文士們所強調的郡齋活動是一派閒逸野趣與優雅的文藝氣息，

反而在治理政務的日常工作方面刻意予以淡化。這其中當然有文學情境本身的取捨因素，但更重要的應是文士們從政心態使然。

一、治政活動的浪漫美化與自由性

首先，郡齋作為治政的場所，官員於此首要的工作當然是處理政務。可以想見，他們花在這方面的時間應該相當多。但是，郡齋詩所呈現出來的這方面的面貌卻很少，而且即使在述及時也都在特意強調其情境美感。如：

晨光起宿露，池上判黎甿。（錢起〈縣內水亭晨興聽訟〉卷二三六）

勸耕滄海畔，聽訟白雲中。（劉長卿〈送齊郎中典括州〉卷一四七）

破竹從軍樂，看花聽訟閒。（劉長卿〈奉陪使君西庭送淮西魏判官〉卷一四八）

竹裡藏公事，花間隱使車。（張謂〈過從弟制疑官舍竹齋〉卷一九七）

杉蘿色裡遊亭榭，瀑布聲中閱簿書。（方干〈贈處州段郎中〉卷六五〇）

在水亭中聽訟是十分優美的環境，通透的空間可以四望建築外的景色，亭旁案下便是清澈盪漾的水景。而且隨時可能因天候的變化而生起白雲，就在白雲瀰漫中聽訟或者一面看花一面悠閒地聽訟。至於靜態的批閱簿書等工作則更可以在竹裡或瀑布聲中悠閒自在地處理。這樣的治政工作所呈現的全是浪漫閒雅的情調。這麼優美浪漫的治政情調確實有其客觀的條件，那就是郡齋本身即為園林，園林環境確實為治政工作提供了一些自然生成且美妙的氣氛。如：

野蕨生公署，閒雲浮印床。（許棠〈送李頻之南陵主簿〉卷六〇三）

公署聞流水，人煙入廢城。（曹松〈贈餘干袁明府〉卷七一七）

軒窗竹翠溼，案牘荷花香。（岑參〈初至西虢官舍南池呈左右省及南宮諸故人〉卷一九八）

小吏趨竹徑，訟庭侵藥畦。（岑參〈虢州郡齋南池幽興因與閻二侍御道別〉卷一九八）

別有心期處，湖光滿訟堂。（韓翃〈送蘇州姚長史〉卷二四四）

平日在公堂之中案牘之上就有閒雲浮溢、流水充耳、荷香撲鼻、花藥在目、湖光浮幻，幾乎是不須刻意去尋覽就有無所不在的視覺的、聽覺的、嗅覺的、觸覺的等多方面的美麗情景圍繞。所以在聽訟辦公之際很自然就會浸淫在浪漫優美而愉悅怡人的境地中。然而雖然我們可以認為這是郡齋園林化之後必然產生的現象，但是治理政務仍然還是有其基本本質上的嚴肅莊重性與緊張度。所以我們可以看出唐代文士在此有將郡齋治政活動加以浪漫美化的明顯意圖。尤其像上引十個詩例中，劉長卿、方干、許棠、曹松與韓翃都是在送行與贈答的詩中做這樣的描繪，則更是出自詩人的浪漫想像與想當然爾的認知，更可以見出其刻意美化郡齋治政活動的心意。

除了治政情境的優美浪漫之外，還有一項令官員們感到自在愉悅的是辦公時間的自由性：

閣吏告無事，歸來解簪纓。（劉禹錫〈早夏郡中書事〉卷三五五）

郡齋得無事，放舟下南湖。（皎然〈奉陪鄭使君諤遊太湖至洞庭山登上真觀卻望湖水〉卷八一七）

理邑想無事，鳴琴不下堂。（錢起〈送武進韋明府〉卷二三七）

今日郡齋閒，思問楞伽字。（韋應物〈寄恆燦〉卷一八八）

訟庭閒寂公事少，留客看山索酒斟。（杜荀鶴〈和友人寄長林孟明府〉卷六九二）

只要是公堂上無事，官員們就可以離去或做自己的事。所以在吏告無事時，劉禹錫就回家換下官服，鄭使君就陪同皎然去遊太湖。甚至於在錢起的詩中認為只要是心裡「想」定無事就可以自在彈琴遊藝。而韋應物與杜荀鶴則認為不一定要無事，只要公事少就可以訪僧或宴客看山。由此看來，唐代的地方官並沒有固定的上班時間，有事就上公堂辦理，無事就可以隨時下班，具有高度的彈性與自由。這主要也是因為郡齋中兼有公堂和官舍，兩者相距甚近，有公事的話，吏衛可以隨時稟報，立即上堂處理；或者靜態事務可以在私宅中批閱辦理。因此辦公與閒居之間可以鬆動而便利地接續。同時郡齋園林化與居家的空間設計也容易促使官員們可以隨處自在地進行休閒遊藝的活動。在《唐會要．卷六十九刺史下》中載有會昌元年正月的制文，其中規定：「**刺史雖非假日，或有賓客須申宴餞者，聽之。**」有了這樣的規定，刺史們在上班辦公方面的時間就變得非常自由，即或不是宴餞賓客，也可以在無事或少事時彈性安排自己的活動了⓬。

這種辦公的浪漫美化與自由性，無論是出自官員自己的抒寫或其他文士餞贈時的想像，都充分顯現唐代文士雖然對仕宦政治抱以相當高的期待，卻又發自內心地抗拒被官務與制度所束縛，而藉此保持文士的尊嚴與自我，同時也顯現他們試圖將被派守外地的失意淡化並轉化成一種超塵自在、怡然自得。

因為上班時間的自由，唐詩中所呈現的文士郡齋活動就遠離政治而一意傾向於宴賞遊藝等休閒活動了。由於其活動的內容和形式相當多樣，於此只能舉其大要來做解析。首先，是在無事時乾脆高枕閒眠或者閒坐閒行，如：

一、宴賞遊藝

敦煌太守才且賢，郡中無事高枕眠。（岑參〈敦煌太守後庭歌〉卷一九九）

郡齋無事好閒眠，秔稻油油綠滿川。（盧綸〈送從叔牧永州〉卷二七六）

臨江府署清，閒臥復閒行。（姚合〈杭州官舍即事〉卷五〇〇）

不知獨坐閒多少，看得蜘蛛結網成。（來鵠〈新安官舍閒坐〉卷二七六）

日高人吏去，閒坐在茅茨。（白居易〈官舍小亭閒望〉卷四二八）

為什麼盧綸在送別其從叔去牧守永州時，竟然敢大膽地勸讚這位才將上任的刺史在郡齋無事時「好」閒眠呢？高枕閒眠似乎是一副不在乎的懶散情狀，但是其目的是要展現自在閒逸的心情，不為宦轠塵鎖所拘束，所以其實是出自一種稱揚讚美的動機。至於閒坐在形態上沒有閒眠那麼慵懶，但是可以隨興賞景、看書、想事，也是十分自在的。至於閒行則是可以充分細賞景物，可以「竹籠拾山果，瓦瓶擔石泉」（賈島〈題皇甫荀藍田廳〉卷五七二）。這些都是相當悠閒而賞心悅性的生活，是放下人事直接與自然共處的幾近於山林漁樵的生活。這當然也是郡齋園林化之後所得到的便利。此外，其他的郡齋活動就充滿了深厚的人文氣息，如宴集：

謝公為楚郡，坐客是瑤林……壺觴邀薄醉，笙磬發高音。（耿湋〈陪燕湖州公堂〉卷二六八）

旭霽開郡閣，寵餞集文人。洞庭摘朱實，松江獻白鱗。（韋應物〈送劉評事〉卷一八九）

景遍歸簷燕，歌喧已醉身。（項斯〈聞友人會裴明府縣樓〉卷五五四）

侑食樂懸動，佐懽妓席陳……歌節點隨袂，舞香遺在茵。（白居易〈郡齋旬假始命宴呈座客示郡僚〉卷四四四）

郡齋北軒卷羅幕……花下舞筵鋪彩霞。吳娃足情言語黠，越客有酒巾冠斜。（劉禹錫〈樂天寄憶舊遊因作報白君以答〉卷三五六）

從第二節引白居易詩感歎其初到蘇州十日尚無暇宴集及註⑫來看可知，宴集活動在郡齋中是相當普遍而頻繁的。這裡的宴集與一般園林中的無異，有豐盛的菜餚美酒，有音樂歌舞表演助興，有言談黠笑，非常盡興喧鬧。略有不同的是「眾樂雜軍鞞」（韋應物〈郡樓春燕〉卷一八六）的特殊音樂情調，是「兵衛森畫戟」（韋應物〈郡齋雨中與諸文士燕集〉卷一八六）的特殊氣氛。此外宴集的同時還常伴以談議⑬、弈棋⑭、煮茶品茗⑮、彈琴聽琴⑯等一般園林中及文士常行的清雅遊藝活動，這些遊藝活動與園林山水景色之間無多大關係，也與郡齋的特殊空間場所無關，而是文士生活中習不可缺的內容。

雖然這些宴集活動與遊藝內容所完成的是交遊應酬的任務，表面上看起來與治政工作無關，也與居家生活的私密自在特性有違。但是對個人而言，它達到了交友與建立良好人際關係的目的；對政務而言，也完成了禮賢請益、了解民情、改善官民關係的任務，這也是地方官員的一種成績。所以較諸一般園林內的宴遊，郡齋中這一類活動實亦包含有政治意義。

三、詩歌創作及其意義

文士在郡齋中所從事的且一再被郡齋詩強調的另一項活動是詩歌創作，如：

數篇對竹吟，一杯望雲醉。（白居易〈郡中即事〉卷四三一）

得詩書落葉，煮茗汲寒池。（李中〈贈朐山楊宰〉卷七四八）

縣庭事簡得餘功，詩興秋來不可窮。（李中〈安福縣秋吟寄陳銳祕書〉卷七四九）

醉筆語狂揮粉壁，歌梁塵亂拂花鈿。（劉兼〈郡齋寓興〉卷七六六）

閒吟鈴閣巴歌裡，回首神皋瑞氣中。（羊士諤〈郡齋感物寄長安親友〉卷三三二）

郡齋內有豐富的園林景色，有依四季而明顯變化的物色，有遠離故鄉京闕的空間異感，在在都是觸發感興、引生創作的媒介。加以這些官員本就是知識豐博、文才傑出的文士，寫詩賦詠本就是他們習慣性的抒發表情的方式，所以郡齋生活中便自然有許多的文學創作。這種創作詩歌的普遍性在諸多送行赴任的詩作已頻頻成為頌揚行者的想像：

知尉黔中後，高吟採物華。（周繇〈送人尉黔中〉卷六三五）

謝家章句出，江月少輝光。（王建〈秋日送杜虔州〉卷二九九）

郡閣清吟夜，寒星識望郎。（鄭谷〈送祠部曹郎中鄴出守洋州〉卷六七四）

想得吟詩處，唯應對酒杯。（姚合〈萬年縣中雨夜會宿皇甫甸〉卷四九七）

新詩寒玉韻，曠思孤雲秋。（權德輿〈寄臨海郡崔稚璋〉卷三二二）

在他人尚不可知的未來任職生活中已可預見其郡齋中吟創詩歌的景象，並預估其創作成績之輝煌。雖然我們可以解釋這是一種基於應酬所需而產生的客套浮面的美化讚揚，但是會有這麼多的描述與想像，應是當時有此事實基礎。但看「官壁題詩盡」（項斯〈贈金州姚合使君〉卷五五四）、「虛白堂神傳好語，二年長伴獨吟時……為報何人償酒債，引看牆上使君詩」（元稹〈代郡齋神答樂天〉卷四一七）的記述，可以知道地方官員在郡齋中吟創時間之長、創作的詩歌之多了。

之所以如此普遍而頻繁地在郡齋中創作詩歌，除了上述的園林條件、空間時間要素與文人本身習慣之外，尚有應酬交遊上的原因。因為郡齋提供了宴集的空間，所以以詩歌代替書信來招邀客人或在宴集上面唱和共賦以資娛樂的情形也很多。但是這些都和一般園林活動及原因沒有什麼差別。比較值得注意的是在郡齋中創作詩歌也有其政治上的意涵存在：

其一，文學創作從感興、構思到寫定完成，其間所需的時間、所耗的心力精神甚多。對於忙碌於俗務的人而言，有其相當程度的困難性與珍貴性。所以這些官員能在郡齋中大量創作正表示他們的閒暇——客觀事況的閒暇與主觀心境的閒逸超越。所以白居易〈官舍小亭閒望〉詩說道：「亭上獨吟罷，眼前無事時」（卷四二八），而曹松〈贈衡山廩明府〉詩則說：「晚吟公籍少」（卷七一六）。因為是無事時、是公籍少時，所以可以從容吟創而不受干擾。這樣閒逸的仕宦步調，這樣自在的仕宦生活，難怪曹松最後要幸喜地說：「任官當此境，更莫夢天台」。所以這樣的歌詠表達不外是在強調為官的悠閒；而為官的悠閒若非是盡職政成、太平民安的結果，便是官員本身心靈境界超越政治壓力束縛的投射。

其二，在唐代被派任到地方去任官職往往是失意貶謫的結果。《唐會要・卷六十八刺史上》載有李嶠的奏言，評論當時的觀念：「竊見朝廷物議莫不重內官、輕外職，每除牧伯，皆再三披訴。比來所遣外任多是貶累之人……」可見在朝廷中央和士大夫心中，確實大多存有這種任職地方為失意挫敗的觀念。所以到了地方，鬱卒挫敗的心境不能直接明說，便藉吟詠創作聊抒其情。李中〈贈永真杜翺少府〉詩中說得很明白：「愛靜不嫌官況冷，苦吟從聽鬢毛蒼」（卷七四七），而羊士諤也是在「無功慚歲晚，唯念故山歸」的落寞心情下「閑吟懶閉閣，旦夕郡樓中」（〈郡樓晴望二首〉卷三三二）的。所以我們可以看出郡齋中進行詩歌創作有時是為了抒發鬱悶的心情，安慰失落的情志，是十分委婉間接的政治不滿與慰藉的表現。

其三，不論是失意貶謫的官員或真正超越政治得失的自在者，詩歌創作也是他們在政治之外另一個重要的成就。所以我們可以看到他們在郡齋中創作的努力與勤奮，如「郡齋吟久不成眠」（劉兼〈寄滑州文秀大師〉卷七六六），如「遠江吟得出，方下郡齋東」（李咸用〈登樓值雨二首〉其二，卷六四五），好似非得吟出滿意的作品不肯罷休。所以他們會有「為詁門人吟太苦」（李洞〈寄東蜀幕中友〉卷七二三）的感歎。但是這樣苦心思索的目的，仍是為了創出好作品。因為對他們而言，派駐某地都是暫時的，能夠留下一點值得百姓或後人稱道的，除了政績之外便是他們任職期間因「官壁題詩盡」（項斯〈贈金州姚合使君〉卷五五四）所留下的作品。這些作品會讓後來的人「引看牆上使君詩」（元稹〈代郡齋神答樂天〉卷四一七）。而當白居易謙虛解嘲地說「太守三年嘲不盡，郡齋空作百篇詩」（〈重題別東樓〉卷四四六）時，其實也是他杭州太守三年內的輝煌成績。同時他也自得地認為「更無一事移風俗，唯化州民解詠詩」（〈留題郡齋〉卷四四六），這些詩歌作品在民間傳誦解讀也可以達到教育化民的作用，亦是政治上的成就。

其四，韓愈在〈奉和虢州劉給事使君三堂新題二十一詠〉的序文中提及：「虢州刺史宅連水池竹林往往為亭臺島渚……在任逾歲，職修人治，州中稱無事，頗復增飾。從子弟而遊其間，又作二十一詩以詠其事，流行京師，文士爭和之。」（卷三〇三）可見郡齋作品可以流傳廣遠，超越時空限制而傳誦京師，讓遠在中央的人得知其「職修人治」所以有暇造園並遊賞創詠，將其聲名遠播。這也是一種光輝且突破政治際遇的成就。

其五，不論是適意或失意地外放任守，吟詩所耗費的時間精力能讓他們感到日子的快速，誠如白居易所說：「吟山歌水嘲風月，便是三年官滿時。」（〈留題郡齋〉卷四四六）好像在吟詠賞玩之際很快就任滿了。任滿則可能意味著可離去、可歸京或遷調較近京師的地方，外放的生涯便在減少之中了。

值得一提的是，在韋應物的〈酬劉侍郎使君〉詩中出現了「繼作郡齋什，遠贈荊山珍」（卷一九〇）的句子。「郡齋什」的用詞似乎意謂著韋應物自覺地將在郡齋中創詠的文學作品均命名為郡齋篇什，亦即所謂的郡齋文學或郡齋詩。既然稱為郡齋什，則表示它與一般的篇什不同，其意涵的特殊處實即本文所論的。這裡似乎透露出唐代已有文士對於郡齋文學及其意涵萌生了一些概略的意識。

四、造園活動及其意義

雖然郡齋園林是公家的園林，是公共遊樂的園林；雖然地方官員也只是暫時的過客而已，但是他們仍然有興趣致力於造園的工作，而且其造園工作還顧及到園林內各個要素而無所偏廢。例如在山景方面有姚合的「移山入縣宅，種竹上城牆」（〈武功縣中作三十首〉其一．卷四九八）；在石景方面有韓琮的〈興平縣野中得落星石移置縣齋〉（卷五六五）；在水景方面有白居易〈官舍內新鑿小池〉（卷四三〇）；在建築方面有徐鉉詩中看到的〈和王子庶寄題兄長建州廉使新亭〉（卷七五二）；在花木方面有鄭谷「洗竹澆莎足公事」（〈小北廳閒題〉卷六七七）；在動物養護方面有李中的「買將病鶴勞心養」（〈贈朐山孫明府〉卷七四八）；在經濟作物的栽植方面有韋應物〈喜園中茶生〉的「聊因理郡餘，率爾植荒園」（卷一九三）。幾乎園林中所有的要素都是他們造設的對象，而且連藝術化的重要程序：空間布局設計也都有精要的認識與堅持。如孟郊在郡齋內監造的〈崢嶸嶺〉就強調「疏鑿順高下，結構橫煙霞」（卷三八〇）。這不僅是造園相地與因順原則的體現，而且也提前實踐了宋代山水畫論的高遠情境。而張說在為岳州郡齋架籬的時候就了解到「版築恐土疏，襄城嫌役重。藩柵聊可固，筠篁近易奉。差池截浦沙，繚繞綠隈壟。轟似長雲亙，森如高戟聳」（〈岳州行郡竹籬〉卷八六）的自然原則以及材質與造境之間的關係。這些都可以看出唐代文士在郡齋造園方面的深切識見與用心經營。

既然郡齋不是他們個人擁有的財產或家園，他們只是暫時居此，誠如白居易〈移山櫻花〉詩所說：「亦知官舍非吾宅，且斸山櫻滿院栽。」（卷四三九）而為什麼他們仍願意花心思去經營造設呢？可見的原因有：

其一，造園工作為他們提供了一種近似鄉野農耕的經驗。不論是洗竹澆莎或開園種茶乃至上文引述的竹籬拾山果等，都能滿足文士們對另一種生活形態的孺慕與渴求。

其二，純是一種環境的改造與喜愛。如李中所述的〈海上太守新刱東亭〉「選勝開亭景莫窮，高敞軒窗迎海月，預栽花木待春風」（卷七四八），如鄭谷〈題汝州從事廳〉的「自說小池栽葦後，雨涼頻見鷺鷥飛」（卷六七六）。他們把造景本身當作一種樂趣，同時也為造景的改變與美化產生極大的歡愉，並在任內充分享受其成果。因此當韋應物看到郡齋中草木無行次便加以芟除，他所得的成果是：「始見庭宇曠，頓令煩抱舒。茲焉即可愛，何必是吾廬。」（〈新理西齋〉卷一九三）這是他自身得到的襟懷的舒暢，即使不是他的家園，也是眼前立享的喜樂愉悅。這展現的是文士們在繁瑣政務之中也能清淨其心，與自然保持良好而積極的互動。

其三，以上兩點其實也都在表明文士們潛心自然、與世無爭的超然態度，所以李頻〈題少府監李丞山池〉詩說：「能向府亭內，置茲山與林。他人驌驦馬，而我薜蘿心。」（卷一三四）

其四，造設優美的園景也能即刻為其詩歌創作產生良好助益，所以曹松在詠寫〈顧少府池上〉的蘆葦時說「池上分行種……無時不動詠」（卷七一七），而上引鄭谷在洗竹（即芟除密雜的竹林）澆莎之後也得到「一來贏寫一聯詩」的具體成果。而這些詩歌吟創又富有如上所論多面的政治意義。

其五，雖然地方官員都是暫時派任居住，但是造園工作的成果卻可能是永久的。因為這些園景物色「明年秩滿難將去」（方干〈鹽官王長官新創瑞隱亭〉卷六五一），將會長久留在郡齋之中。所以哪怕是一棵簡單的樹也可能成為甘棠美名，何況是更能持久的建築。所以當白居易重遊河南府的水堂時可以帶著得意的心情說「昔予為尹日創造之」（〈宴後題府中水堂贈盧尹中丞〉卷四五九）。而當郡齋中的亭子命名為「化洽」以紀念某任官員「化洽而成」（沈顏〈題縣令范傳真化洽亭〉卷七一五）時，范傳真的善政美名就隨之而留傳下來了。

伍、郡齋詩主題所呈現的從政心態與困境轉化

在唐代眾多的郡齋詩中可以看出唐代文士從政心態上的一些有趣的現象，這從以下的詩歌主題討論中可以清晰地被說明顯現出來。

一、閒暇主題與從政心態

郡齋既是治政中心，那麼郡齋詩所歌詠的內容主題本該是對於政治佳績的頌揚或努力治政的稱美。但有趣的是很少看到這類主題⑰。為什麼會如此呢？除了文學情境本身的設想之外，唐代文士的仕宦觀念是很重要的主導因素。兩種因素加在一起就使唐代郡齋詩在主題上呈現有趣的現象。首先，他們喜歡反寫郡齋中的治政活動，而描摹強調其閒暇無事的面貌。如：

西府軍城暮，南庭吏事稀。（耿湋〈會鳳翔張少尹南亭〉卷二六八）

閒齋無獄訟，隱几向泉聲。（李頻〈贈同官蘇明府〉卷五八八）

可憐江縣閒無事，手板支頤獨詠貧。（司空曙〈春送郭大之官〉卷二九三）

訟庭閒寂公事少，留客看山索酒斟。（杜荀鶴〈和友人寄長林孟明府〉卷六九二）

巴城鎖印六聯靜，盡日閒謠廨署中。（權德輿〈春送十四叔赴任渝州錄事絕句〉卷三二三）

事少、無事、以至於鎖印終日、閒謠廨署的現象，其背後可以有很多意涵：

其一，可能是地方偏遠、民風淳厚樸實，自然就少有獄訟，而使政務趨於單純簡化。韋應物〈種藥〉詩所說：「州民自寡訟，養閒非政成。」（卷一九三）姚合〈杭州官舍偶書〉詩所說：「無術理人人自理，朝朝漸覺簿書稀。」（卷五〇〇）就是以樸民自化來解釋其閒暇少事。

其二，更推進一層來看，閒暇無事也可能是治政成功、太平盛世的結果。如：

良牧閒無事，層臺思渺然。（權德輿〈酬馮絳州早秋絳臺感懷見寄〉卷三二一）

主人能政訟庭閒，帆影雲峰戶牖間。（劉商〈裴十六廳即事〉卷三〇四）

事簡豈妨頻賞玩，況當為政有餘功。（李中〈海上太守新刱東亭〉卷七四八）

公府有高政，新齋池上開。（劉禹錫〈白侍郎大尹自河南寄示池北新葺水齋即事招賓十四韻兼命同作〉卷三六二）

郡齋無事好閒眠，秔稻油油綠滿川。（盧綸〈送從叔牧永州〉卷二七六）

因為是良牧，是能政者，所以分內職務都處理妥當，民生都各得其所，群僚都各安其位，所以能夠閒無事，所以有餘力從事造園遊宴活動，所以在閒眠中能眺見秔稻綠油油的豐盛安樂景象。這就是郡齋詩的反寫，不從勤政黽勉、憂心忡忡著筆，而從閒暇無事、悠遊自在來反寫其政治佳績。

其三，可能是在強調官員本身的性情。他們或者像姚合「自知狂僻性，吏事固相疏」（〈武功縣中作三十首〉其二・卷四九八），或者像白居易「太守臥其下，閒慵兩有餘」（〈官舍〉卷四三一），或者像王建「痴頑終日羨人閒，卻喜因官得近山」（〈昭應官舍〉卷三〇〇）。而狂僻、閒慵或痴頑都意在表現文士不奔競、不諳世故俗情的潔淨性情。

其四，與第一點相關的是，這也是仕途失意的一種極委婉的表達。曾任職偏遠地區，民風淳厚無染，是貶謫的結果。而即或非偏遠地區，只要官員們心中不滿意，便可能有這樣的反應。前者如白居易貶江州司馬時在〈官舍閒題〉中所說的：「職散優閒地，身慵老大時。」（卷四三九）後者如徐鉉〈寄江都路員外〉詩所說的：「吾兄失意在東都……已縱乖慵為傲吏。」（卷七五二）而不論是自嘲官低職散，或近於叛逆式地展現慵傲態度，都是政途失路的結果。

在悠閒主題的強調下，郡齋詩便出現了一些奇怪的形象，如官府常關：

郡閣晝常掩，庭蕪日復茲。（張九齡〈郡內閒齋〉卷四九）

單棲守遠郡，永日掩重門。（韋應物〈對雜花〉卷一九三）

知君日清淨，無事掩重關。（李嘉祐〈送陸士倫宰義興〉卷二〇六）

遠宦一辭鄉……公門閉清晝。（李益〈送諸暨王主簿之任〉卷二八三）

縣齋曉閉多移病，南畝秋荒憶遂初。（徐鉉〈寄江都路員外〉卷七五二）

郡齋本是辦理地方政務的地方，是民眾洽公所到之處，至少應該在上班時間開放著。但是這裡卻一再強調白晝時掩關公門，其意並非拒絕民眾洽公（百姓有事仍可鳴鼓開堂），而是在強化無事政閒。其背後所寓含的意義與上論閒暇無事是相同的（具有上論四種可能性）。

第二個奇怪的形象是郡齋臥病：

郡中臥病久，池上一來賒。（韋應物〈池上〉卷一九三）

久養病形骸，深諳閒氣味。（白居易〈郡中即事〉卷四三一）

眇身多病唯親藥，空院無錢不要關。（王建〈昭應官舍〉卷三〇〇）

獨臥郡齋寥落意，隔簾微雨溼梨花。（呂溫〈道州郡齋臥疾寄東館諸賢〉卷三七一）

縣齋曉閉多移病，南畝秋荒憶遂初。（徐鉉〈寄江都路員外〉卷七五二）

這裡的臥疾郡齋容或有其客觀事實，但在詩中加以強調也是有意表達其為政的閒暇氣息。但是它所寓含的意義就不是「良牧能政」創下政治佳績，而是上論第四點，在仕途失意中所反應出來的落寞或乖慵疏散。所以呂溫臥疾在道州郡齋時所感受的是寥落意，而韋應物〈郡齋臥疾絕句〉也感慨「秋齋獨臥病，誰與覆寒衣」（卷一九三）。所以這種臥疾的形象除了是身軀形骸患病之外，其實也暗指心境上「拙病宦情少，羈閒秋氣悲」（張九齡〈郡內閒齋〉卷四九）的政治心病。

第三個有趣的形象是因閒暇無事、公門晝閉而產生特殊氣氛的比喻：

官閒勝道院，宅遠類荒村。（戴叔倫〈獨坐〉卷二七三）

疏散郡丞同野客，幽閒官舍抵山家。（白居易〈北亭招客〉卷四三九）

縣庭無事似山齋，滿砌青青旋長苔。（李中〈贈朐山孫明府〉卷七四八）

詩人公署如山舍，祇向階前便採薇。（鄭谷〈題汝州從事廳〉卷六七六）

片石叢花畫不如，庇身三逕豈吾廬。（權德輿〈寄李衡州——時所居即衡州宅〉卷三二

(三)

用道院、山家、山齋、山舍、三逕來比喻郡齋是個有趣的現象。因為這些修道隱逸、與世無爭的空間與郡齋這個具政治性、公共性、遊樂性的空間在性質上恰是背道而馳、互不相容的，可是如今卻在郡齋詩中大量出現這種看似矛盾的比喻。詩人們的用意除了要描摹出郡齋因為閒暇主題所衍生的「公門晝恆靜」（韋應物〈立夏日憶京師諸弟〉卷一九一）的寂靜氣氛外，更重要的是要強化郡齋生活的隱逸性。因此李中竟以想像描寫縣庭的階砌長滿青苔，而鄭谷也描述公署階前可採薇。同樣的描寫在唐代郡齋詩中十分常見，如：「身在薜蘿中，頭刺文案邊」（顧況〈寄上兵部韓侍郎奉呈李戶部盧刑部杜三侍郎〉卷二六四），「野蕨生公署，閒雲浮印床」（許棠〈送李頻之南陵主簿〉卷六〇三），「縣幽公事稀，庭草是山薇」（鄭谷〈潯陽姚宰廳作〉卷六七四）。這些荒野才有的景象竟然常常出現在郡齋公堂，不管是事實或誇張甚或是想像，其發為文學的強調其實是來自唐代文士的仕宦觀念中一種與隱逸超俗的追求糾纏難解的從政心態。

二、隱逸主題與從政心態

唐代郡齋詩中另一個常見的主題是隱逸。這也是一個有趣的現象。首先，他們常在郡齋詩作中表達歸隱的傾羨與願望：

久別丹陽浦，時時夢釣船。（賈島〈題皇甫荀藍田廳〉卷五七二）
至論招禪客，忘機憶釣翁。（李中〈晉陵縣夏日作〉卷七四九）
無時不動詠，滄島思方頻。（曹松〈顧少府池上〉卷七一七）
用拙懷歸去，沉痾畏借留。（羊士諤〈晚夏郡中臥疾〉卷三三二）
不待秋風便歸去，紫陽山下是吾廬。（許渾〈姑熟官舍〉卷五三三）

在任官的同時卻時時憶念著漁釣生涯，或頻頻思念滄州，懷想著辭官歸去。但是事實上他們並沒有付諸行動，這表示仕宦仍是諸多考量後的第一選擇，而歸隱的想望在現實的考量上仍然缺乏支持力。所以元稹在〈酬復言長慶四年元日郡齋感懷見寄〉詩中便滿懷抑鬱地說：「悵望平生舊採薇……東海西頭意獨違。」（卷四一七）但是有很多人雖懷歸隱之情，卻仍能在郡齋中以仕宦身分快樂地享其隱逸的志趣。如韋應物〈郡中西齋〉詩說：「豈將符守戀，幸已棲心幽。」（卷一九三）岑參〈初至西虢官舍南池呈左右省及南宮諸故人〉詩也說：「素多江湖意，偶佐山水鄉。」（卷一九八）他們強調之所以仍留在宦途上並非是戀棧職位，而是郡齋的山水內容、園林造設與上論閒暇如山舍的氣息實際上已如同隱居，實際上已滿足他們的幽棲心、江湖意了。於是他們就此將仕宦與隱逸兩種截然相反的人生選擇都統合兼攝在郡齋之中了。

這種統合兼融仕宦與隱逸的郡齋功能，在郡齋詩中也頗為明白直接地表達出來：

大隱能兼濟，軒窗逐勝開。（儲嗣宗〈題雲陽高少府衙齋〉卷五九四）

故人為吏隱，高臥簿書間。（姚合〈寄永樂長官殷堯藩〉卷四九七）

永日無他念，孤清吏隱心。（王周〈題廳壁〉卷七六五）

須教吏隱合為心。（白居易〈郡西亭偶詠〉卷四四七）

隱市同梅福……羨君多水宿。（權德輿〈送信安劉少府〉卷三二四）

大隱、吏隱、市隱等弔詭性名詞本身就是在吏與隱兩難的情形下，以唯心主義為根據所發展出來的消泯矛盾且加以兼融統合的觀念。但是因郡齋中有園林造設的優美山水景色，有山林般的氣息，所以吏隱的說法實有幾分事實基礎。誠如白居易〈郡亭〉詩的分析：「山林太寂寘，朝闕空喧煩。唯茲郡閣內，囂靜得中間。」（卷四三二）捨去了吏與隱各自的缺點，兼擇了兩者各自的優點，郡齋似乎就化解了文士對吏與隱兩不捨的困境，成全了兩相兼得的期待。

所以接著出現的另一個有趣的現象就是將郡齋比喻為陶潛五柳宅，而將官員們比喻為陶潛：

> 千枝白露陶潛柳，百尺黃金郭隗臺。（羅隱〈縣齋秋晚酬友人朱瓚見寄〉卷六六四）
>
> 五柳門前聚曉鴉……可惜陶潛無限酒。（崔峒〈題桐廬李明府官舍〉卷二九四）
>
> 陶公為政卓潘齊，入縣看花柳滿堤。（翁洮〈上子男壽昌宰〉卷六六七）
>
> 崔令學陶令，北窗常晝眠。（李白〈贈崔秋浦三首〉其二·卷一六九）
>
> 閒閣雨吹塵，陶家揖上賓。（項斯〈聞友人會裴明府縣樓〉卷五五四）

陶潛是中國隱逸詩人之宗，五柳宅是他隱逸安身的標誌。他是在辭官之後才成就了他歷史的名望。但這些在郡齋中的地方官還繼續為著某些原因守著官位，而郡齋也還是地方的治政中心，他們卻可以被比為陶公或五柳宅。這主要就是基於上論他們所賦予郡齋的隱逸特性而來的。而這樣的比喻也是吏隱的另一種表達方式，主要的目的還是要強調郡齋隱逸特性的超塵潔淨與崇高尊嚴。所以不論這些文士在仕宦路途上是發自內心深處真實的慕戀隱逸，或只是概念上的欣羨而已，吏隱的強調都滿足了他們在心志節操上高潔超俗的期許與清高美名的嚮往。

三、仙道主題及其意義

另一個與隱逸相近的主題是仙道。仙道所追求的境界在形態上與隱逸逍遙相近，所以由上論隱逸的主題很容易理解郡齋詩這種現象。首先，他們在郡齋中實踐著道家形態的生活內容：

官舍悄無事……不開莊老卷，欲與何人言。（白居易〈早春〉卷四三〇）

銷得人間無限事，江亭月白誦南華。（李洞〈春日隱居官舍感懷〉卷七二三）

漸除身外事，暗作道家名。更喜仙山近，庭前藥自生。（姚合〈杭州官舍即事〉卷五〇〇）

公庭飛白鳥，官俸請丹砂。（周繇〈送人尉黔中〉卷六三五）

青靄近當行藥處，綠陰深到臥帷前。（令狐楚〈郡齋左偏栽竹百餘竿……〉卷三三四）

平常閒來無事時喜歡讀誦老莊道籍，而且在生活行動上也具體地實踐道家道教的義理：不但漸除身外事，還煉請丹砂，服食行藥。所以姚合乾脆明說他的官舍生活是暗作道家名。然而為什麼是「暗作」呢？他們不是一再藉著郡齋詩光明磊落且不遺餘力地宣揚展現他們的隱逸與道家內容嗎？此一暗字是與他們正式的官銜身分相對的。表面上看來，儒與道是兩條不同的路向，但是卻也跟吏隱一樣可以兼融在郡齋的空間中。這當然也是因為儒道合流的歷史既已久遠，而且兩者在本質上並不相矛盾排斥。因為道家的修養著重的是心靈境界，而此處的文士正也是要強調他們在仕宦塵網中的超然自在：

無事由來貴，方知物外心。（張九齡〈晨出郡舍林下〉卷四八）

何事能為累，寵辱豈要辭。（韋應物〈郡內閒居〉卷一九三）

勿復問榮枯，冥心無不可。（白居易〈郡齋暇日辱常州陳郎中使君……〉卷四三一）

以茲得高臥，任物化自淳。（皎然〈奉酬于中丞使君郡齋臥病見示一首〉卷八一五）

坐嘯應無欲，寧辜濟物情。（崔頌〈和張荊州九齡晨出郡舍林下〉卷一一三）

超然物外、無累、冥心、任物化、無欲等境界都是道家心靈修養的要點，那是心靈的狀態與境界，可以和外在形骸的活動與作為無關，不受干擾。所以仕宦身分與治政工作仍然可以悠遊於道家忘化的境界之中。所以崔頌認為即使張九齡在郡舍中坐嘯練氣達無欲之境，也不會辜負他濟物外王的情志。而李白也在〈題雍丘崔明府丹灶〉詩中明白地認定「美人為政本忘機，服藥求仙事不違」（卷一八三）。這是郡齋詩中儒道兼濟的觀念，也是唐代文士在從政路上圓通的選擇。

由於注重郡齋生活的道家內涵，所以郡齋詩中也常出現仙化的比附：

高人莫歸去，此處勝蓬瀛。（方干〈嘉興縣內池閣〉卷六五三）

直廬辭玉陛，上馬向仙山。（許棠〈送裴拾遺宰下邽〉卷六〇四）

賀上人回得報書，大誇州宅似仙居。（白居易〈答微之誇越州州宅〉卷四四六）

好是神仙尉，前賢亦未過。（李嘉祐〈春日長安送從弟尉吳縣〉卷二〇六）

仙郎白首未歸朝，應為蒼生領六條。（張籍〈贈李杭州〉卷三八五）

不只稱郡齋為仙山，認為比蓬瀛更勝，而且也將縣尉太守稱為神仙、仙郎、仙吏[18]，這有幾個原因：其一，如第三節所論，郡齋往往以其優勢卜造在郡縣內山水精華的地方，其山水美景加上園林造設，便使郡齋的情景有如仙境般。其二，郡齋中養有白鶴，仙態浮曠（見第三節），也會助長郡齋的仙境仙感。其三，在郡齋中的官員既然注重道家的修養與追求超然物外的境界，自然也會以如仙的境地為欣羨與努力的目標。其四，官員們在郡齋中進行丹藥的燒煉，如上所引詩以官俸請丹砂，泥造丹灶以服藥求仙的情況也會使郡齋成為「金庭養真地」（羅隱〈寄剡縣主簿〉卷六六五）。與前論相同的是，郡齋被描繪成淨地仙鄉也是在一連串的仕宦觀念與從政心態的綜合結構下自然的產物。

當然，文士們在郡齋中活動也有佛教的內容，有佛化的修行與佛理的體驗。但較諸道教化的情況，郡齋詩中所呈現的是少了很多。其中較為常見的描寫是與釋僧的交往：

僧來茶灶動，吏去印床閒。（朱慶餘〈夏日題武功姚主簿〉卷五一四）

縣庭無事似山齋……自烹新茗海僧來。（李中〈贈朐山孫明府〉卷七四八）

雖居世網常清淨，夜對高僧無一言。（韋應物〈縣內閒居贈溫公〉卷一八七）

官舍種莎僧對榻……雲霞仙氅挂吟身。（鄭谷〈所知從事近藩偶有懷寄〉卷六七六）

閒吟山際邀僧上，暮入林中看鶴歸。（姚合〈杭州官舍書事〉卷五〇〇）

他們時常迎請僧師到郡齋中，烹茶品茗，可以不發一言地參悟禪理，也可以「共話無生理，聊用契心期。」（于頔〈郡齋臥疾贈晝上人〉卷四七三）這就使他們的郡齋生活也帶有另一路向的出離意味，達到雖居世網常清淨的無染境地。而在佛理的討論上，詩歌的唱和往來是常見的一種方式。雖然官員在郡齋中與釋僧交往的情形以及以佛法思維方式來表情的詩作在數量上比起仙道主題少得多，但是這類描寫的目的與仙道一樣，都是旨在標榜文士從政心境的超然。至此，我們了解到唐詩中將郡齋強化為仙隱出世的鉅大傾向，而其最主要的治政內容卻被淡化漠視，這與整個唐代士人文化與社會風氣相同。可見即使是郡齋這種以政治目的為首的特殊空間，依然無法超越在整個時代風尚與歷史文化的影響之外。

而文士們在從政的郡齋中強調隱逸仙道，所透露的是中國文士在仕與隱、在濟世兼善的責任理想與悠遊逍遙的孺慕嚮往之間，存在著兩難棄捨的困境，而他們也試圖在客觀現實環境與主觀心靈涵養上面去化解這種困境，以達到兼容並蓄的圓滿狀況。其最終是要求得自心的安頓。

四、仕途失意的悲歎與文士的轉化機制

雖然截至上論所看到的，郡齋在空間景觀的造設是優美的，文士在郡齋中從政是超然自

得的，好似一切都非常美好，好似郡齋的多元化功能與設計已經滿足了文士們的需求，好似文士們在自我修養實踐中已能超越政治得失與塵瑣而一切圓滿了。但事實上，人的心靈尤其文士的心靈是複雜多面的，是可以超然卻又常常在境緣生起時掉陷在世俗現實的考量中而煩惱不已的。所以在郡齋詩中我們仍可看到文士們十分世俗的失意感歎。首先是貶謫邊地的傷愁：

邊郡荒涼悲且歌，故園迢遞隔煙波。琴聲背俗終如是，劍氣衝星又若何。（劉兼〈登郡樓書懷〉卷七六六）

徒緣滯退郡，常是惜流年。越俗鄙章甫，捫心空自憐。（宋之問〈玩郡齋海榴〉卷五一）

紛吾自窮海，薄宦此中州。取路無高足……胡然久滯留。（張九齡〈高齋閒望言懷〉卷四九）

憶昨京華子，傷今邊地囚。（沈佺期〈從驩州廨宅移住山間水亭贈蘇使君〉卷九七）

子規夜夜啼櫧葉……遠道逢春半是愁。（李嘉祐〈暮春宜陽郡齋愁坐忽枉劉七侍御新詩因以酬答〉卷二〇七）

貶謫到邊荒遐遠之地對士大夫而言是莫大的挫敗。想到因為孤高背俗而得罪受辱，想到縱使劍氣衝星、奮勇獻力仍難免招來帝王貶棄的命運，劉兼也難掩憤慨激怒之情。加上眼前荒涼的情景、鄙異的風俗，在在都會提醒他們飄泊異地不諧不容的不安感。在分秒難捱的心情下，總覺得已滯留長久，自己就像個囚犯般動彈不得，而強烈地沉陷在悲愁傷憤的情緒中。雖然韓愈較為平和謙遜地說：「謫譴甘自守，滯留愧難任。」（〈縣齋讀書〉卷三三九）但「滯留」感仍然表達出難捱的心情。郡齋的山水美景、道隱的生活形態及超然物外的心靈修養仍然無法全然持恆地化解他們仕宦意識中的差別對待。

而事實上除了貶謫邊地之外，其他郡齋中的詩作也難免政途失落的悲歎。在《唐會要・卷六十八刺史上》可以看到許多刺史縣令的相關資料，其中有上引的李嶠批評朝廷重內官輕外職、遣外任者多是貶累之人，以至於「每除牧伯皆再三披訴」。又如貞觀十一年八月馬周的疏文也提到朝廷「獨重內官，刺史縣令頗輕其選」的事實。由此可知，不論被派任到遠或近的州縣，基本上都是被朝廷所「輕」的結果，仍是仕途失意的象徵。所以在李洞〈長安縣廳〉的詩中可以看到他為縣令抱屈的景象：「主人寂寞客屯邅，愁絕終南滿案前。乞取中庭藤五尺，為君高斸扣青天。」（卷七二三）連派任在長安縣中也會有委屈寂寞之感，可見這種派任外職的失落情感在諸多地方官的心中是普遍存有的。加上因地方官職的派任遷調頗為頻繁，如《唐會要・卷六十八刺史上》載有天授二年劉知幾所論的：「今之牧伯有異於是：倏來忽往，蓬轉萍流，近則累月仍遷，遠則踰年必徙。將廳事為逆旅，以下車為傳舍……臣望自今已後，刺史非三年已上不可遷官。」即使真如劉知幾所建議，且在寶慶元年正月七日的敕文中也如此規定，但是這樣的遷徙制度本身就足以讓這些士大夫產生強烈的飄泊不安感。所以劉長卿〈海鹽官舍早春〉詩感傷地吟詠出：「一官如遠客，萬事極飄蓬……羈心早已亂，何事更春風。」（卷一四八）這種遷徙飄蓬的感受因制度的關係，是堅固地存在於地方官職的本質中的。所以文士在郡齋中再如何愜意地享受其仙境般自在的生活，終究不是長久的，終不似歸隱的真正安頓。因此可以看出，在唐代郡齋詩中不論如何強調其逍遙自在、悠遊如隱的生活情趣，文士們的內心其實仍然擺盪在政治的不安本質中，無法長久持恆地兼容兩難。

在地方官職的遷徙特質中，一方面雖帶給文士們不安的恐懼，另方面卻也同時帶給他們一種不確定的期待與希望：

何時玼閶闔，上訴高高天。（令狐楚〈夏至日衡陽郡齋書懷〉卷三三四）

誰為傾國媒，自許連城價。（韓愈〈縣齋有懷〉卷三三七）

生還北闕誰相引……長沙未有定歸期。（劉長卿〈謫官後臥病官舍簡賀蘭侍郎〉卷一五

一)

北山更有移文者，白首無塵歸去麼。（劉兼〈登郡樓書懷〉卷七六六）

自愧朝衣猶在篋，歸來應是白頭翁。（羊士諤〈郡齋感物寄長安親友〉卷三三二）

他們在怨歎中尋求生活的安慰與樂趣，同時也在遷徙的不定因素中等待機會可以上訴，期待薦拔擢引的良媒，只要一有移文，便是一個可能。雖然沒有確定的歸期，雖然也許歸來已是白頭翁，但是可以確定的是遷調制度不至於讓他們一直老死某地。他們就是懷抱著這個不確定的希望，而時時在郡齋的優美環境與看似愉悅逍遙的道隱形態中懷想著京闕，牽繫著君王。所以即使有「山光圍一郡，江月照千家」的美景，岑參仍然「夢魂知憶處，無夜不京華。」（〈郡齋平望江山〉卷二〇〇）所以當韋應物看到「晨起滿闈雪」時就會「憶朝閶闔時」（〈滁城對雪〉卷一九三）。這種思念是一種在期待希望與現實失落之間浮沉的悲苦。其他在郡齋詩中所看到的思人、思親、思鄉的情感，以及傷歎老邁的悲愁，也大都是政治失落的反應。而這類情緒都將文士們的心從郡齋悠遊的樂趣中牽引開，飛向一個不可知的政治期待；也將文士們藉由郡齋景色努力修養提升的超然境界拉墜到一個無底的政治深淵中。

但是有趣的是，文士們既然了解釋道的義理，既然也努力修行實踐其境地，那麼就在他

歸隱念頭，幾乎看不出有什麼喜悅之情，更感受不到對其中悠遊逍遙的嚮往心態。這只是在歷經政治挫折之後「頓使世情闌」（張說〈相州冬日早衙〉卷八八）的消沉退縮，是不可奈何的選擇。然而這樣的選擇也是需要相當勇氣的：必須解決經濟問題，必須平衡謾讀圖書三十車卻遭冷落寂寞的落差，必須按捺得住眼見他人衰龍騰達的不平。所以李洞想像知己感受「郡清官舍冷」時，雖然生起「擲笏南歸去」的意念，卻仍要顧念歸去時「波濤路幾千」（〈送知己〉卷七二三）。可見失意時真正將歸隱念頭付諸實際行動的人並不多。在此情況下，他們便轉而以郡齋中的情境來安慰自己。所以宋之問貶謫嶺南「萬里違鄉縣」時，便以「風土足慰心」、「郡宅枕層嶺，春湖繞芳甸」（〈郡宅中齋〉卷五三）來安頓己心，設法由郡齋環境來引生快樂的心情。而岑參在感傷「故人盡榮寵，誰念此幽獨」時，便在〈郡齋閒坐〉中以「雲山欣滿目」（卷一九八）來慰解其心。連旁觀者也會以「任公郡占好山川」來勸勉其「風光適意須留戀」、「莫憶班行重迴首，是非多處是長安」（徐鉉〈寄歙州呂判官〉卷七五二）。甚至於從鄭谷〈小北廳閒題〉「冷曹孤宦本相宜……一來贏寫一聯詩」（卷六七七）也可以看出連郡齋中優雅的詩歌創作活動，也是文士們防衛機轉的一種方式。

析論至此，再與上面幾節郡齋的園林化、閒暇悠遊的郡齋活動、誇示吏隱兼得等重點相對照，我們就會了解到那些看似逍遙悠閒、怡然自樂、超然物外的形象，其實也是失意落寞的產物。在從政的路上，在仕宦的身分中，文士們真正的內心深處仍是在吏隱儒道兩難困境中擺盪著，時而傾向此，時而傾向彼。但在發為歌詠創作時，他們的防衛機轉便很巧妙地將此困窘藉由平日的修為、識見與郡齋的特性轉化為逍遙自得的形象了。

陸、結論

綜觀本文對唐代郡齋詩所作的解析與檢視，可以得知唐代郡齋概況及其寓含的文化心理要點如下：

其一，郡齋是地方政府的治政中心。它不但是官員辦理公務的所在，也提供官員居家、宴集、民眾遊賞、旅宿等多重功能，使郡齋的空間兼具了森嚴肅穆與輕鬆自在、公共與私密、務公與休閒、公開外放與向內隱斂等多種相對的性格。

其二，文士們不斷在詩作中強調郡齋周圍明秀廣遠的山水美景，可以坐擁一郡的山水精華。顯示唐代的文士在從政的同時對山水野趣、性情涵泳、悠遊物外的強烈追求與刻意強調。

這種現象在當時已蔚然成風。

其三，在郡齋山水觀的主導之下，唐代郡齋普遍造設成廣大優美的園林。它們與當時一般園林基本上大同小異，但更加注重水景的造設與樓閣形製的標誌，兩者均寓含有政治意義，是郡齋園林的特色所在。而郡齋園林化的主要目的是在安頓地方官員從政途上微妙且複雜的心境。

其四，唐代郡齋詩中常常刻意將治政活動予以浪漫美化，強調辦公環境的野趣與深美情境。同時因為辦公時間具有極大彈性，所以可以在上班時間自由進行宴賞遊藝活動。這些形象一方面呈現文士從政時的悠閒逍遙，化解仕宦傭碌塵濁的印象，另方面也顯示文士抗拒被公務與制度束縛以及世俗化以展現尊嚴與自我的從政心態與困窘。

其五，唐代文士在十分自覺的情況下從事著郡齋詩歌的創作，並稱之為「郡齋什」。他們不時描述在郡齋中創詠詩歌的投入狀態，這其中有許多不同的心態：一是表現從政生活的悠閒從容。二是抒發宦途的失意落寞。三是為自己在充滿不確定的政途上建立一個可以把握的成績，並留下值得百姓後人稱道的成就與痕跡。四是穿越空間的限制，將自己的情志傳布到京城等各地，彌補外放的缺憾。

其六，因為頻繁的遷調制度，官員在郡齋中居處都是暫時的，但他們仍努力地造設其內的園林。一方面藉此享受農樵生活野趣，顯示好隱樂拙的生命情調，另方面則藉此留下一點值得紀念、供人稱頌的痕跡。

其七，郡齋詩常見的主題之一是閒暇無事，由此出發而出現一些有趣的形象：公門晝掩、臥疾多病、野蕨山薇遍生與官員乖慵疏散。這些形象的強調來自兩個截然的心態：其一是唐代文士在仕宦觀念上一種與清淨無為、超俗不染的嚮往糾纏難解的從政心態。其二是對政途失意所產生的委婉美化的抗拒。

其八，郡齋詩常見的主題之二是隱逸仙道的嚮往。文士們不斷強調郡齋園林化所產生的山林仙隱氣息，並在其內從事仙道的修行，進而標榜郡齋就是吏隱雙兼的文士樂土。這透露出唐代文士在仕與隱、濟世兼善與超然物外之間存在著不易兼得卻又兩難棄捨的困境，而他們也試圖經由郡齋等客觀環境與主觀心靈涵養的配合來化解這種困境。

其九，郡齋詩常見的主題之三是仕途失意的悲歎與郡齋山水的安慰。在唐朝重內官輕外職的態度下，派任地方的文士常在郡齋中感傷政治挫敗、思念京闕並期待不可預知的政治轉機。但他們又能迅速藉由義理的了解與自我修為，以及從郡齋的山林情境、遊藝悠然的活動中找到慰藉，暫時安頓其心。顯示出唐代文士的從政心理已普遍在歷史文化的長期積澱中學習到極為強力的防衛與轉化機制。

❶ 如宋之問〈郡宅中齋〉詩有「廨邑明若練」(《全唐詩》卷五三)的句子，即是指郡齋。以下引詩後所標卷數均為《全唐詩》卷數，不復一一說明。

❷ 如白居易〈郡亭〉詩有「除親簿領外」(卷四三一)之句。

❸ 如張洎〈奉和岳州山城〉詩有「郡館臨清賞」(卷九十)之句。

❹ 如錢起有〈縣內水亭晨興聽訟〉詩(卷二三六)。

❺ 如韋應物〈曉坐西齋〉詩有「公門自常事」(卷一九三)之句。

❻ 其餘尚有郡閣、花徑、某官衙或送某人赴任等標題，其內容均有可能涉及郡齋的描寫，也都是本論文可引用的資料。

❼ 本詩在前面有序文說明其為虢州刺史宅。

❽ 如岑參一連串送行作品中就出現如下類似的句子：

山色低官舍，湖光映吏人。(〈送李郎中尉武康〉卷二〇〇)

青山入官舍，黃鳥度宮牆。(〈送鄭少府赴滏陽〉卷數同上)

虞扳臨官舍，條山映吏人。(〈送祕省虞校書赴虞鄉丞〉卷數同上)

新橘香官舍，征帆拂縣樓。(〈送江陵黎少府〉卷數同上)

海樹青官舍，江雲黑郡樓。(〈送揚州王司馬〉卷數同上)

江樹連官舍，山雲到臥林。(〈送柳錄事赴梁州〉卷數同上)

江聲官舍裡，山色郡城頭。(〈送襄州任別駕〉卷數同上)

這裡可以清楚地看出其千篇一律模式化的想像筆法。

❾ 除上引兩例之外，尚如：

幾處閒花映竹林，攀樹玄猿呼郡吏。（張謂〈西亭子言懷〉卷一九七）

寒聲竹共來（姚合〈萬年縣中雨夜會宿皇甫甸〉卷四九七）

螢照竹間禽（姚合〈縣中秋宿〉卷五〇〇）

雨水澆荒竹（姚合〈書縣丞舊廳〉卷五〇〇）

庭間斑竹長（無可〈送姚宰任吉州安福縣〉卷八一三）

❿ 如白居易〈官宅〉詩所描述的「花香院院聞」（卷四四七）。

⓫ 宋代郡圃的詳細內容可參見拙著《宋代園林及其生活文化》一書，東大圖書一九九五年。

⓬ 但在同年三月的制文中卻對縣令發出如下的禁制：「其縣令每月非假日不得輒會賓客游宴。」朝廷似乎對刺史與縣令有不同的待遇。但正也可以由此見出縣令在上班時間游宴情形必是相當普遍，以至於需要下令限制。

⓭ 如：

清言盡至公（戴叔倫〈張評事涉秦居士系見訪郡齋即同賦中字〉卷二七四）

公府從容談婉婉（權德輿〈奉和張監閣老過八陵院題贈杜卿崔員外〉卷三二五）

苔方毳客論三學（李洞〈春日隱居官舍感懷〉卷七二三）

⓮ 如：

足得招棋侶（鄭谷〈潯陽姚宰廳作〉卷六七四）

銷日不過棋（白居易〈官舍閒題〉卷四三九）

棋罷嫌無月（姚合〈縣中秋宿〉卷五〇〇）

留僧覆舊棋（李中〈贈朐山楊宰〉卷七四八）

賓來閑覆局（權德輿〈送信安劉少府〉卷三二四）

看山忽罷棋（馬戴〈同州冬日陪吳常侍閒宴〉卷五五五）

⑮如：

擎茶岳影來（曹松〈贈衡山廩明府〉卷七一六）

依經煎綠茗（李中〈晉陵縣夏日作〉卷七四九）

甌香茶色嫩（岑參〈暮秋會嚴京兆後廳竹齋〉卷二〇〇）

煮茗汲寒池（李中〈贈朐山楊宰〉卷七四八）

茶對石泉清（羊士諤〈南池晨望〉卷三三二）

⑯如：

窗下調琴鳴遠水（鄭谷〈獻制誥楊舍人〉卷六七六）

吏散時泛弦（權德輿〈送信安劉少府〉卷三二四）

抱琴時弄月（李白〈贈崔秋浦三首〉其二．卷一六九）

胡床理事餘，玉琴承露濕。（韋應物〈花徑〉卷一九三）

孟郊有〈夜集汝州郡齋聽陸僧辯彈琴〉詩（卷三七六）

⑰偶而可以見到像「均賦鄉原肅，詳刑郡邑康」（王周〈和程刑部三首．公會亭〉卷七六五）、「遙知訟堂裡，佳政在鳴琴」（郎士元〈送長沙韋明府〉卷二四八）、「言下辯曲直，筆端破交爭」（劉禹錫〈早夏郡中書事〉卷三五五）這一類描寫，但是整體上來看是非常稀少的。

⑱如錢起〈送崑山孫少府〉：「誰知仙吏去，宛與世塵遙……懸知訟庭靜，窗竹日蕭蕭。」（卷二三七）

唐代懷古詩的結構模式與生命開解

壹、現象與本質——詠史與懷古詩吟詠對象的比較

在古典詩的分類上，詠史詩與懷古詩之間一直存在著許多糾葛和混淆。有將懷古詩視為詠史詩的一類者❶，有將詠史視為懷古的一類者❷，有將懷古等同於詠史者❸。但是誠如廖振富《唐代詠史詩之發展與特質》所說：「詠史與懷古兩種類型的含蓋對象固然有所重疊，難以作壁壘分明的界定，但二者的內容特質仍各有不同偏向，彼此均不能含蓋對方、取消對方。」❹可見懷古與詠史的確存在著許多不同。而其不同點，目前學者一般認為：詠史是因

讀史而詠，與古蹟或實地景物無涉；懷古則因實際登覽古蹟或特定地點，由眼前所見景物觸發而詠❺。這樣的區別雖然已大致將懷古與詠史確分為兩大類，但其分類卻只以創作緣起和題材作為標準，很容易掉入另一個混淆糾葛的泥淖中。因為在詩題上標寫登覽某古蹟的作品，在內容上往往可見到詠史的實質（如陸龜蒙〈吳宮懷古〉有「吳王事事須亡國，未必西施勝六宮」之句）；而題為詠某人某事的詩歌，其內容也不乏懷古實質的（如劉希夷〈代悲白頭翁〉有「古人無復洛城東，今人還對落花風」之句）。故而只從題目或創作緣起，並不能評斷其究為何屬。

劉若愚的《中國詩學》則以作品的情志作為判準：詠史詩一般指示一種教訓，或者以某個史實為藉口以評論當時的政治事件；懷古詩則以朝代的興亡與自然的永恆相對照而產生幻滅感❻。廖振富在此基礎上為詠史詩作了一個較為切當的界定：「凡是作品內容以歷史人物事件為主要題材，加以詠贊、敘述、評論，以寄托個人主觀的情志理想，或論斷歷史人事之是非以表現見解者，都是屬於詠史詩。即使它是由實際景物、古跡觸發而作，甚至以懷古為題，只要具備上述內容，便是詠史，不宜歸入懷古；因為懷古詩是以消極性的歷史幻滅感為主題。」❼

所以截至目前，學者已從創作緣起、題材和內容情志等因素來討論懷古與詠史的區別。

筆者也同意以內容作為區分標準的確較為允妥。但是這樣的標準容易使人只看到兩類詩表相上的樣貌，不易掌握其內在精神，故而會有如廖氏對懷古詩「消極性」的印象。

我們如果細讀作品，會發現詠史與懷古在面對歷史人事的題材時，兩者所專注的層面完全不同。以劉禹錫標為〈金陵五題〉的兩首詩為例：

臺城六代競豪華，結綺臨春事最奢。萬戶千門成野草，只緣一曲後庭花。（臺城卷三六五）

山圍故國周遭在，潮打空城寂寞回。淮水東邊舊時月，夜深還過女牆來。（石頭城卷三六五）❽

兩首詩同樣是由金陵的古蹟這樣的特殊空間為觸媒而興發起感懷。然而前一首詩的情意主題在於對六代帝王豪奢生活的批評，雖然箭頭並未指向歷史人物，只含蓄地側寫玉樹後庭花舞曲足讓萬戶千家成野花，然而對於陳後主荒淫縱樂行徑的貶意已很清楚。整首詩的意旨仍在評論人事的是非，應算是詠史詩。但後一首詩自始至終都未對過去的人事是非有任何評價，甚至一點也不關心，而只書寫眼前景物中所隱含的真相：國會成故國，城會變空城。人為造作的種種終將變幻，而山仍在，潮水繼續漲退來回，月亮依舊靜默地東升西落。生命的運作始終如此。所以我們可以說，詠史詩不論是詠贊、敘述或評論，其所關注的完全停留在人物與事件的作為因果、是非成敗等事實上。也不論他提出的歷史見解多麼高明精到，終究都只是環繞在現象面。然而懷古詩則截然不同，在面對複雜曲折的歷史人事時，完全擺落人的種種作為和是非成敗等評斷，而直接從歷史長河的廣遠視野來看，看到在恆長的時空背景底下生命與歷史的真實本質——變，而種種人事因果都只是一時的色相而已。所以從詩歌精神來看詠史與懷古，我們可以說，詩人情意投射的對象層次完全不同，一個是歷史的現象，一個是生命的本質[9]。

本論文即以這樣的標準來分判懷古詩，所以除了大量的登覽古蹟之作外，也有少數標為詠史卻表現懷古精神者也在本論文的詩論之列。至於以唐代為探討時期，主要是因為唐代為懷古詩創作的重要時期，誠如季明華《南宋詠史詩研究》所說：「懷古之名雖起自陳子昂，但在六朝即有類似作品出現，如謝朓〈和伏武昌登孫權故城〉一首即是；到了唐代，這類作品才大量的出現。」[10]本論文即以唐代的懷古詩為研究對象，除分析其與詠史的重要差別之外，將再探討其情意主題、意象結構與文字結構特色，並進一步反省其生命觀點對詩歌產生的特殊影響。

貳、生命本質的省思——懷古詩的情意主題

懷古詩對於古人古事等歷史，所感懷的重點往往不在人物或事件現象的本身，因為他們已在事件的千百年後清楚洞徹那些現象如今已不復可見，都不過是一時的相態而已。由於時過境遷，詩人們反而能夠剝除紛紜駁雜的現象迷霧，直接碰觸到生命的本然風貌。在這樣的經驗中，詩人對生命本身有了真實的觀察與體認：

人事有代謝，往來成古今。江山留勝跡，我輩復登臨。水落魚梁淺，天寒夢澤深。羊公碑尚在，讀罷淚沾襟。（孟浩然〈與諸子登峴山作〉卷一六〇）

細推今古事堪愁，貴賤同歸土一丘。漢武玉堂人豈在，石家金谷水空流。光陰自旦還將暮，草木從春又到秋。閒事與時俱不了，且將身暫醉鄉遊。（薛逢〈悼古〉卷五四八）

長空澹澹孤鳥沒，萬古銷沉向此中。看取漢家何事業，五陵無樹起秋風。（杜牧〈登樂

遊原〉卷五二一）

纍纍墟墓葬西原，六代同歸蔓草根。唯是歲華流盡處，石頭城下水千痕。（張祜〈過石頭城〉卷五一一）

人生代代無窮已，江月年年只相似。不知江月待何人，但見長江送流水。白雲一片去悠悠，青楓浦上不勝愁。（張若虛〈春江花月夜〉卷一一七）⑪

代謝、往來、銷沉、同歸土丘蔓草、一去不返，都是人生處境的簡要寫照。雖然人生歷程中蘊藏著無數的可能性與未知，成敗苦樂的境遇有數不盡的不同，但是可以確知的是，每一個人的共同終點站將是死亡。也就是當死亡的事實發生時，一切人生遇值過的種種事相通通「銷沉」盡淨。

事實上這個事實是每個人平時就了解的，如莊子的「時無止」（〈秋水〉）、「日夜相代乎前，而知不能規乎其始也」、「日夜無郤」（〈德充符〉）等，都明確指出時間的綿延無限，也就對比出人生的短暫瞬息。這是一般常識。然而平時在生活的境遇中，人們所關心的幾乎都是人事物所交織成的各種現象，視界所及的也是這些紛陳的現象，很少有機會從這些現象中超脫出來，站在長遠的時流之上看待自己的生命處境。正如海德格的本體現象詮釋學所論的，由於人很容易執迷於個別或局部的種種和它們的實用性，以及慣於傾向存有的易見凸現的部分，亦即由於我們易於沾滯於某一特定時刻中的在世存有的習慣性，使我們無法捕捉到深植於基源的蒙蔽中的整體存有⓬。而這些懷古詩之所以會有這樣的觀照，是因為詩人正立足在古蹟上。古蹟不但有古人活動過，更有古人遺留下的種種文物。當詩人置身在古蹟、觸及古物時，古人古事就不再只是歷史記載中的抽象概念，而是真真實實活生生存在過的生命。所以經由古蹟的觸引與對照，詩人清楚地意識到過去的人事已消逝，而且所有的生命也終將如此。這樣的認知本來是一種智性的思維結果，但是我們發現這些詩歌不只是知性地陳述一些歷史人事而已，它們更發抒一種感性的懷抱，而有淚沾襟等愁緒。因為這樣的感懷不單單是對過去人事消逝的歎惋，更是自我生命處境的反省與關切。經由歸納之後的類推，詩人們清楚知道未來自己的遭遇也逃不出這樣的生命法則，走上消逝的命運。所以詩人在此感懷的不再只是古人古事，實則是人類共同命運的關懷，更是詩人自我命運的關懷。美學家馬禮頓（Jacques Maritain）說：「東方藝術家運用他那令人敬慕的無關心（disinterestedness）的功夫，在努力揭露事物的純然客體存在的背後，他的個別靈魂，他的個人情操與特殊品質，甚至主體的奧祕，都不期然地向我們呈現。」⓭同樣地，詩人雖然像是置身其外地在感懷古人古事的消逝，卻也不期然地向我們呈現了他感懷中潛蘊的自我亦將消亡的感懷意識⓮。這其實也是每個人內

繁華事散逐香塵，流水無情草自春。日暮東風怨啼鳥，落花猶似墜樓人。（杜牧〈金谷園〉卷五二五）

這裡我們看到的金陵、京口、秣陵、鄴都都是風雲時代英雄際會的地方，曾經留下轟轟烈烈的霸業；而金谷園則是富傾全國的石崇園林，曾經過著侈僭豪奢的生活。不論是帝王、將相或富豪，他們都有超越凡人的生活經驗，也都曾經活出最成功圓滿的生命，但是這些看似人定勝天的人終究逃不出死亡的命運。這就是典型的懷古構思歷程。王立在〈中國古代文學中的懷古主題〉一文中也提及，懷古對象以地點而論，多為古代帝王建都的所在⑮。其實這也是容易解釋的。因為這些地方的古人幾乎都是豪傑名人，常常是我們心中的爆發強勁生命的人，容易讓人誤以為他們的生命是完全自我操控的。然而眼前的古蹟卻鮮明地告示詩人：再快樂的人生終將成為過往，再能幹的人終將成為墳塚底下的枯骨。這是個千古無人能改變的事實。就因為一些曾繁華鼎盛的古蹟，一些曾叱吒風雲的人物最能夠與事過境遷後的落寞產生強烈對比和落差，所以就成為懷古詩最典型常見的題材。至於那些高風亮節、才華超逸的古人古事，則比較多被仰慕讚頌，進而引發詩人自況或諷惕意識，詩歌仍停留在現象層次的關懷，故而詠史的形態居多。

就在懷古詩的人事感懷與生命本質的省思中，詩人往往接近了哲理範疇而有空幻的人生體認：

城荒猶築怨，碣毀尚銘功。古戍煙塵滿，邊庭人事空。（駱賓王〈邊夜有懷〉卷七九）

梁日東陽守，為樓望越中。緑窗明月在，青史古人空。（崔顥〈題沈隱侯八詠樓〉卷一三〇）

七百數還窮，城池一旦空。夕陽唯照草，危堞不勝風。（許棠〈過故洛城〉卷六〇四）

鳳凰臺上鳳凰遊，鳳去臺空江自流。吳宮花草埋幽徑，晉代衣冠成古丘。（李白〈登金陵鳳凰臺〉卷一八〇）

淒涼遺跡洛川東，浮世榮枯萬古同。桃李香消金谷在，綺羅魂斷玉樓空。（杜牧〈金谷懷古〉卷五二六）

在歷史的演變、時光的流動中，並不是所有的事物都消逝無蹤，那些曾經作為諸多事件發生的舞臺，不管是古城、石碣、樓臺或名園，都通過時流的沖汰而遺留下來。但這些存留並不能給人任何的安慰，詩人依然喟歎「空」。顯見在他們心中真正關心的是在其上活動的人事，那才是生命意義的所在。「人事空」的感懷已然碰觸到生命的無常本質，詩人的「空」的意義絕非「沒有」，正如柏格森哲學中的時間觀：「某種事件在轉回向過去的時候，並不停止存在，而僅僅是停止活動而已」，它仍在「它的位置上」，在它的「日期上，直到永遠。」⑯但在古蹟具體鮮明的物證下，顯示這個「空」仍然是「有」，只是它是「曾經」有過的而已，在眼前當下，所有的人事，確實已然消逝無蹤了。從佛理系統來看「空」是因為「緣起」沒有自性，一切的人事物都在眾多因緣的變動中成、住、壞、空，可以說剎那生滅。但是懷古詩人所感歎的「空」，卻是從人事的結局來看的，並非就生命還存在或事件正發生的當下而說，所以並未契入空性的領悟。我們可以說，這樣的空幻體會只是接近了哲理洞悉的邊緣。然而僅就結局而理解一切人事終將成空，畢竟已經反省了生命的重要處境，較之一般詩歌僅關注生命現象，是有明顯差異的。

從空幻的領會，懷古詩自然多有如夢的比喻：

闔閭興霸日，繁盛復風流。歌舞一場夢，煙波千古愁。（李中〈姑蘇懷古〉卷七四七）

南朝三十六英雄，角逐興亡盡此中。有國有家皆是夢，為龍為虎亦成空。（韋莊〈上元縣〉卷六九七）

三山飛鳥江天暮，六代離宮草樹殘。始信人生如一夢，壯懷莫使酒杯乾。（殷堯藩〈登鳳凰臺〉卷四九二）

江雨霏霏江草齊，六朝如夢鳥空啼。無情最是臺城柳，依舊煙籠十里堤。（韋莊〈臺城〉卷六九七）

葦聲騷屑水天秋，吟對金陵古渡頭。千古是非輸蝶夢，一輪風雨屬漁舟。（崔塗〈金陵晚眺〉卷六七九）

空幻，是直接的說明；夢，是文學性的譬況。兩者意涵是相近的。在佛經中有很多故事都有夢境的結構，其喻旨也多在表現人生空幻的實相。站在我們如常的生活層面來看，睡眠狀態所現的夢境都是虛幻的，而且醒來了無痕跡，重尋無處。站在長遠的歷史時流來看人的一生也是如此：化為烏有，了無蹤影，重尋無處。所以，如夢的比況正也在表達人生的空幻屬性。從歌舞聲色的容易空幻，加大到有國有家、為龍為虎的榮耀成就皆是夢，再放大為人生如一夢，六朝如夢，最後是千古是非，不管數量多麼龐大，生命的本質始終沒有改變過。殷堯藩「始信人生如一夢」一句中的「始信」值得玩味。人生如夢的概念其實非常平常，這樣的表述也頗為頻繁，但這些都僅只是頭腦思維中的理解而已，是一個平面的概念。可是身臨古蹟，真實見到並碰觸到古人遺留下的物件時，過往人事真實存在過也真實消逝了的事就變得具體而強烈，這時詩人才願意也才能夠相信：人生如夢。但是，較之說人事空、古人空的只從結局看生命，如夢比較有肯定人事存在過的意味。而且如夢的體會也意味著意識者已然覺醒的前提。

無論說空或說夢，較諸許多其他主題的詩歌只圍繞著事相，懷古詩對於生命本身有比較超越性的領會：它們穿透人事現象的紛紜表層，而從更長遠更高廣的視界見到生命的本質，生命的意義與價值從此有更深沉的反省。雖然詩歌的情調仍帶著些微一般詩作慣有的落寞悲愁與沉重，但卻也翻轉出一分洞徹後的通達與沉著。

綜觀懷古詩的主題，會發現詩人們對於歷史人事的種種現象顯出漠不關心的傾向。對於人們歌頌的豪傑英雄或賢智之士等人物沒有興趣，對於繁華享受與輝煌事業也沒有欣慕之情。甚至於可以說，人世間一切美好的事物在詩人眼中已然失去價值，似乎人世間沒有什麼值得追求，沒有什麼具有永恆的價值。所以在懷古詩中最令人注意的，應該是詩人所呈現出的價值觀與世俗不同，而帶著濃厚的虛無色彩。因此才會有如廖振富所說的「消極性」，或如季明華所說的「悲劇意識」⑰。而劉若愚則在論懷古詩所強調的虛幻時，與西方文學略作比較。認為「西洋的詩人可能將人類功業的脆弱與神的永恆力量對比以表現道德教訓；而中國詩人通常滿足於哀悼前者，而且止於如此而已。」[18]這些評論都是立足世間，以世俗的眼光和價值標準來評斷。其實，道德教訓、積極或喜劇，也容易迷失在現象層面，就中國懷古詩直指生命本質的洞見來看，這些世俗看似良好的特質（道德、積極、樂觀等）在長遠的時流宏觀中終究還是會消逝幻化的。如果我們能暫時跳離世俗的眼界，會發現懷古詩的洞見，其實正是超越世間法與得到心靈解脫的契機。由這個高度來看懷古詩，空幻或悲劇意識也正是它們可貴的智慧所在。

另外，就詩人的情感特質來看，他們對於帝王達官、豪傑英雄或得寵美人等，沒有景仰尊敬之意，也沒有羨慕愛戀之情，任何的人事在詩人的情意之眼看來，都是可悲憐的。所以我們可以說悲憫與無奈是懷古詩常見的情意傾向。當上述的意義取向和這樣的情意結合之後，詩人投射向自身的人生態度往往呈現出淡泊與曠達的特色[19]。因為既然成與敗、興與衰等等分別，都只是一時的現象，終將同歸於空無，人與人的平等於此展現無遺，猶似莊子的「齊物」思想也自然油生。那麼現時自身的際遇處境也就不再那麼令人困陷執著了。所以那些對懷古詩的評論諸如「懷古型態的作品，體現了一種試圖復活逝去價值，或借鏡既往以求得現實有所變革的不斷努力」或「激發了創作主體關注現實的敏感度，絕大多數黍離主題的創作，是基於主體深厚的愛國情懷及強烈的民族意識。」[20]就顯得背離了懷古詩人的情意，這是詠史詩與懷古詩混淆之後的結果。我們可以說懷古詩的悲慨是緣自對所有人類必將消亡的事實所生的大悲，詩人個人的際遇處境與一國一家的興衰於此時流宏觀中已被消融了[21]。

參、常與變的對比——懷古詩的意象結構模式

懷古詩的意象特色，在於對比手法的大量使用，而且其對比手法形成了一種穩態化的結構模式，其中的典型莫過於是「自然——人文」的意象對比結構。人事意象不外是歷史上著名的人事名物，幾乎都是一些成功、快樂、美好的形象；而自然意象則都是些平常易見的景物。例如劉禹錫著名的〈金陵五題‧烏衣巷〉：「朱雀橋邊野草花，烏衣巷口夕陽斜。舊時王謝堂前燕，飛入尋常百姓家。」（卷三六五）就以曾經足步雜沓、往來匆匆的朱雀大橋和荒蕪的野草花對比；以曾經僕役興茂、繁忙熱鬧的烏衣巷與夕陽向晚的暗淡落寞對比；又以曾經富麗恢宏的王謝廳堂與燕子回巢如舊對比。一再地對顯出今非昔比的人事變遷，自然而含蓄地表現出懷古的主題。然而這種意象對比手法，除了今非昔比的意涵之外，還有一個更深

沉的作用。我們以詩中最常見的自然意象——月亮為例：

城郭為虛人代改，但有西園明月在。鄴傍高冢多貴臣，娥眉曼睩共灰塵。（張說〈鄴都引〉卷八六）

舊苑荒臺楊柳新，菱歌清唱不勝春。只今惟有西江月，曾照吳王宮裡人。（李白〈蘇臺覽古〉卷一八一）

山圍故國周遭在，潮打空城寂寞回。淮水東邊舊時月，夜深還過女牆來。（劉禹錫〈金陵五題·石頭城〉卷三六五）

野燒長空盡荻灰，吳王此地有樓臺。千年事往人何在，半夜月明潮自來。（劉滄〈長洲懷古〉卷五八六）

相如琴臺古，人去臺亦空……荒臺漢時月，色與舊時同。（岑參〈司馬相如琴臺〉卷一九八）

從這些詩例可以清楚看出，月亮意象的出現，並沒有今古之別，反而因為它亙古長在、恆常不變的存在而成為詩境中一個重要的時空指標——當君王、貴臣、娥眉或文人雅士正叱吒風雲、品享快樂人生之時，明月當空、無言懸照；而今不變的，明月依然當空，但是人已亡，城已空。明月的自古存留至今，對於人事的存續沒有一點助益，並不能改變人事消亡的事實。詩人一面感歎月「空」明㉒，一面更進一步用「但有」、「惟有」等字表示，明月這個不變的空間背景是惟一通過悠悠時流而存留下來者，因而對顯出在其照射下演出的美好人事之變異不斷。如此比照之下，人的生命就顯得異常短暫與脆弱，種種人事的爭戰與計較就顯得無謂，而一切的營謀也顯得困窘徒然了。所以明月意象在懷古詩中最重要的造境任務是提供一個亙古不變的對比背景，來反襯人事的變異空幻。

值得注意的是，與月亮同為亙古長存者，且更為光輝的還有太陽。但是有趣的是，在懷古詩中，日陽卻很少用來與人事的短暫幻滅作對比，而較常以夕陽、殘日的形象來增強詩境的蕭條荒敗氣氛，在情意上強化了歷史人事消亡的悲涼愁緒㉓。甚至於如王貞白〈金陵〉詩「寒日隨潮落，歸帆與鳥孤。興亡多少事，回首一長吁」（卷七〇一），強調的是太陽的沉落，似乎其處境與人事的消亡是相同的。如此一來，它不但不是一個對比形象，反而是一個與人事同質同情的意象了㉔。

除了明月之外，作為恆長與短暫對比的意象，唐代懷古詩也時常出現山川的形象：

人世幾回傷往事，山形依舊枕寒流。今逢四海為家日，故壘蕭蕭蘆荻秋。（劉禹錫〈西塞山懷古〉卷三五九）

地古煙塵暗，年深館宇稀。山川四望是，人事一朝非。（駱賓王〈夕次舊吳〉卷七九）

信若山川舊，誰如歲月何。蜀相吟安在，羊公碣已磨。（張九齡〈登襄陽峴山〉卷四九）

西日至今悲兔苑，東波終不反龍舟。遠山應見繁華事，不語青青對水流。（秦韜玉〈隋堤〉卷六七〇）

寂寥金谷澗，花發舊時園……山川終不改，桃李自無言。（王質〈金谷園花發懷古〉卷四八八）

這裡的山川依然是人事上演的空間背景。山川見過繁華的往事，但在繁華消逝時，山川仍是不語青青，兀自矗立或流動，兀自容納不斷上演的人事。雖然山川沒有月亮的恆長不變特性，日久仍然可能出現「深谷作陵山作海」（羅隱〈臺城〉卷六六二）、「陵是谷」（崔塗〈赤壁懷古〉卷六七九）的變化，但是較之百年人事，仍然顯得長久恆在。這裡值得注意的是，除了山與水分開描寫外，詩人幾乎多用「山川」一詞而不用「山水」。因為山水一詞在詞意上傾向於指陳供人觀賞遊玩的優美景色；而山川則強調兩種地理紋脈，在詞意上傾向於指陳天地宇宙間供人生存活動的空間場景，猶如劉禹錫〈金陵懷古〉所歎：「興廢由人事，山川空地形」（卷三五七）一般。所以使用山川比使用山水更能突顯其穩固篤定的特性。另外，在山與水之間，懷古詩較多採用山的形象來與人事對比，水的形象則顯然少得多；但是卻又大量地以「流水」意象表現強烈的象徵意涵。（詳下文）

在懷古詩中作為對比的自然意象，還常見花草等植物。以花開對比人事成空的如：

金谷千年後，春花發滿園。紅芳徒笑日，穠豔尚迎軒。（侯洌〈金谷園花發懷古〉卷四八八）

章華臺下草如煙，故郢城頭月似弦。惆悵楚宮雲雨後，露啼花笑一年年。（韋莊〈楚行吟〉卷六九六）

宮女三千去不回，真珠翠羽是塵埃。夫差舊國久破碎，紅燕自歸花自開。（殷堯藩〈館娃宮〉卷四九二）

杜秋在時花解言，杜秋死後花更繁……綺筵金縷無消息，一陣征帆過海門。（羅隱〈金陵思古〉卷六六三）

秦苑有花空笑日，漢陵無主自侵雲。古槐堤上鶯千囀，遠渚沙中鷺一群。（陳上美〈咸

陽有懷〉卷五四二）

此外，也多有以綠草萋盛㉕或楊柳蔭密如煙㉖作為對比形象的。這些形象不似明月是以其恆長存在的特色來對比人事的短暫，而是以花的穠豔繁盛、草的萋萋連空與柳的千株新綠等充滿強烈生命力的形象來反襯古蹟的破舊荒敗，反襯人事消亡的寂滅靜默。事實上，我們知道花草會枯萎凋謝，每一朵花每一株草都是獨一而不能重複的；與人類一樣。但是它們的植株並沒有死亡，它們只是隨四季的變化而不斷循環著生命的不同階段。而人的生命與事功卻都是一去不返的。所以就長遠的時流來看，花草所展現的生命韌力似乎確實比人類強。但詩人在此更重要的是選取它們生命中最精華期的生命力，也就是「春色」的代表。春色依循著四季的遞嬗，年年展現萬物復甦的強盛活力。所以陳羽〈吳城覽古〉說：「春色似憐歌舞地，年年先發館娃宮。」（卷三四八）岑參〈登古鄴城〉說：「武帝宮中人去盡，年年春色為誰來。」（卷一九九）春色不僅是豐沛生命力的表現，更是年年如常出現、循環不絕的自然軌則。所以這些意象都是古蹟人事衰敗消亡的強烈對比。

在懷古詩的意象對比結構中，有一個同時兼具對比雙方（自然不變與人事短暫）的意象，那就是流水意象。這個意象出現的比例很高㉗。這樣頻繁的使用，是因為它寓含了較為豐富的意涵，且兩層意涵之間具有某種弔詭的張力，增加了詩歌的層次。其一層意涵是作為與人事對比的永恆存在者，如：

梁王宮闕今安在，枚馬先歸不相待。舞影歌聲散綠池，空餘汴水東流海。（李白〈梁園吟〉卷一六六）

荊卿西去不復返，易水東流無盡期。落日蕭條薊城北，黃沙白草任風吹。（馬戴〈易水懷古〉卷五五六）

遺蹤委衰草，行客思悠悠。昔日人何處，終年水自流。（杜牧〈經闔閭城〉卷五二五）

莫問古宮名，古宮空有城。惟應東去水，不改舊時聲。（于武陵〈長信宮〉卷五九五）

影銷堂上舞，聲斷帳前歌。唯有漳河水，年年舊綠波。（李遠〈悲銅雀臺〉卷五一九）

以年年東流不盡的流水形象與歌舞的消散、荊卿的不返、昔人的消逝以及古宮的成空等事相連接並列，流水於此顯然是亙古長存的永恆意象，用以對比人事的短暫虛幻。然而雖然「流水——恆長」與「山川——恆長」的意涵看似相同，但是「東流水」或「東去水」卻也描摹出河水流動的形態以及不斷離去的事實。那麼，在詩人的意識中，它就不像明月或山川形象那樣穩固不變，它似乎也與人事一樣一直處在變動不羈的狀態下。因此流水的形象就富含了第二層意涵，表意比較明顯的懷古詩如：

嬌愛更何日，高臺空數層。……漳水東流無復來，百花輦路為蒼苔。（王建〈銅雀臺〉卷二九八）

戰國城池盡悄然，昔人遺跡遍山川。……堪嗟世事如流水，空見蘆花一釣船。（栖一〈武昌懷古〉卷八四九）

登高望遠自傷情，柳發花開映古城。全盛已隨流水去，黃鸝空囀舊春聲。（武元衡〈登闔閭古城〉卷三一七）

一自佳人墜玉樓，繁華東逐洛河流。唯餘金谷園中樹，殘日蟬聲送客愁。（胡曾〈詠史詩・金谷園〉卷六四七）

寒谷荒臺七里洲，賢人永逐水東流。獨猿叫斷青天月，千古冥冥潭樹秋。（神穎〈宿嚴陵釣臺〉卷八二三）

這些詩句都不著眼於流水的恆存性，反而強調它們的東流是一去不復返的。那麼這些流水也就與人事的無常變易沒有兩樣，所以詩人說世事如流水、說全盛繁華或賢人隨流水一起消逝。然而，從「如流水」的比況，到「隨流水」的合一，流水意象已經變成與人事的消亡有密切關係的當事者——帶領（或催促）人事走向消亡的動力。至此，我們知道流水意象的第二層意涵就是孔子所感歎的「逝者如斯夫，不舍晝夜」的「流水——時間」。時間，一切人事之所以會消逝的最重要因素，也是亙古長存的不變因素。當人說「興亡不可問，自古水東流」（許渾〈洛陽道中〉卷五三二），或說「脈脈東流水，古今同奈何」（清江〈湘川懷古〉卷八一二）時，都隱藏了時間的意涵，表示時間是一條不盡的長河，所有的人與事都被河水沖汰帶走，無人能阻斷它，也沒有人能奈它何。所以會有「今來鸚鵡洲邊過，惟有無情碧水流」（胡曾〈詠史詩・江夏〉卷六四七）或「繁華事散逐香塵，流水無情草自春」（杜牧〈金谷園〉卷五二五）的怨情出現。這裡流水之所以無情，也表現在它的兩層意涵上：一是流水作為古人古事上演的空間背景（如詩引洛河等），卻不隨人事變易，置身事外亙古長存而無情；一是流水作為時間的象徵，無所分別地帶走一切人事，毫不留情而無情。其實我們細味流水第一層意涵的詩例，就會發現，在它亙古長存與人事對比的意涵中，詩人也用「流」字隱含了它的變動性；而細味流水第二層意涵的詩例，也會發現，在它不斷流逝人事的同質意涵中，詩人也用「永」字隱含了它的不變性。這個弔詭的現象其實就蘊括在「流水」的本質中：流水，是流動的，具有變、無常的特質；流水卻又是不斷流動的，具穩態、不變的特質。這樣弔詭又豐富的意涵正與宇宙天地的變易無常卻又規律運行的特質相應，因此流水成了懷古詩中出現頻繁的有趣意象。

我們可歸結出，流水意象在懷古詩中的意涵結構如下：

流水〈 空間背景——長存——對比作用 〉無情
　　　時間象徵——消逝——動力作用

不論是明月形象的亙古長存、山川形象的穩固不移，用以對比人事的短暫幻滅；或是花草形象的繁盛青春，用以對比人事的衰敗脆弱；或是流水形象的既變動又長存，用以對比及強化人事的無奈、無常。我們都可以扼要地歸納出懷古詩的意象結構模式，這種結構模式就是「常」與「變」的對比結構。「常」的意象多以兩種形象出現，一是明月山川等長存不變的形象，詩人以它們為恆定的空間背景，映襯其上的人事只是浮光掠影，瞬息生滅；一是花草楊柳等繁盛青春的形象，詩人以它們循環不絕、充沛的生命力作為旁襯，對比人事的蕭條荒敗。至於「變」的意象，一律是歷史上著名的人物或事件，詩人幾乎都選取史上成功榮耀的人事，把焦點集中在成功榮耀的消逝事實上，呈現人事的變易無常。所以我們可以簡要歸納出懷古詩的意象結構模式為：常（自然）↔變（人事）。這裡的常與變的對比，亦即自然與人事的對比，還呈現了另一層次的意義：自然，明月的長存，山川的穩定，花草的繁盛，都是自然而然，毫不費力；但人事，帝王的權勢，貴臣美女的得寵富貴，英雄的事業榮譽，都是費盡思量、步步為營的成果。在自然而然的「常」與費盡心力的「變」的對比之下，無論詩人有意無意，都隱約地呈現了一個嘲諷結構：「自然無為——常」與「人為造作——變」的對比。這樣的結構內涵是人文省思的結果，也是古蹟本具的意蘊。

而在這「常——自然」與「變——人事」的對比結構中，詩人常架接一個連結兩者的「流水」形象，同時用流水的時間象徵意涵來暗示人事變動不居的本質根源；又用流水不舍晝夜、恆常流動的事實，點現出大自然不變的常態。

王建元在〈中國山水詩的空間經驗時間化〉一文中認為：「從『天地』而立即轉入『悠悠』是中國山水詩人的一個最基本、最自然的情操表現。這是一個用時間觀念為詮釋空間經驗的指標……這是說詩人將其空間經驗視為一個『情況』(situation)，其基本結構深植於時間之中。」「一開始他們就將空間意義轉入『歷史性的有限』(finite historicity) 作為他們決定性的詮釋角度。」❷我們細觀王建元在論文中所引述的山水詩，其實就是懷古詩，但是因為詩中所懷寫的古蹟皆為歷史上的名山勝水，所以王氏將之歸為山水詩㉙。然而這種現象也正說明，懷古詩中大量出現山水花木等自然意象的事實。正因為這些名山勝水含蘊著歷史的內涵，所以說它們是用時間觀念詮釋空間經驗並不完足；而應該說，這些空間物象因為本身含帶著時間內涵，詩人意識到這些時間內容時，再運用這些空間經驗來詮釋時間經驗。所以，這些大量使用自然意象來對比人事無常的懷古詩，從其主題與意象結構的關係來看，卻是用空間觀念來詮釋時間經驗。因為「歷史性的有限」的意義就散布在這些山水自然之中。

肆、懷古詩的文字結構特色

除了自成一套模式的意象結構特色外，懷古詩的文字結構也有一些常見的規則，默默地含蘊著某些懷古主題的重要意涵。首先是「自然——恆存」與「自然——繁盛」結構中的自然意象和「自」字的連結：

宮殿六朝遺古跡，衣冠千古漫荒丘。太平時節殊風景，山自青青水自流。（唐彥謙〈金陵懷古〉卷六七一）

宮女三千去不回，真珠翠羽是塵埃。夫差舊國久破碎，紅燕自歸花自開。（殷堯藩〈館娃宮〉卷四九二）

禮士招賢萬古名，高臺依舊對燕城。如今寂寞無人上，春去秋來草自生。（汪遵〈燕臺〉卷六〇二）

鳳凰臺上鳳凰遊，鳳去臺空江自流。吳宮花草埋幽徑，晉代衣冠成古丘。（李白〈登金陵鳳凰臺〉卷一八〇）

昔時霸業何蕭索，古木唯多鳥雀聲。芳草自生宮殿處，牧童誰識帝王城。（劉滄〈鄴都懷古〉卷五八六）

「自」字在這些詩句中都用來指陳自然景物的狀況，於此有兩層意義：一是自然而然。意謂山自然青青，水自然流動，花自然綻放，草自然生長。其意涵隱指大自然的一切生命都是隨順天地的運行，自然而然就青青長流，活力盎然。言外意是對比歷史人事的勉力造作卻無勞。另一層意義是兀自。意謂山兀自青青，水兀自流動，花兀自綻放，草兀自生長。其意涵隱指大自然的一切生命不會因為轟轟烈烈、繁華鼎盛的人事已經消亡，而隨之悲傷憔悴，亦即人事的成敗變易絲毫不會影響到自然天地的運行。因此，「自」字與自然意象的連結，除了增強「自然——恆存」與「自然——活力」的力量之外，同時也強化了「人事——短暫」與「人事——敗亡」的過程中人為造作的渺小及荒謬。這也可從「自」字與「徒」字或「空」字連結使用見出一斑㉚。所以這個「自」字的使用，近乎一種實相如如的暗示。

總之，「自」字在懷古詩中頻繁出現，凸顯了宇宙中每一個生命運作的獨特與唯一，自與他者無所雷同且毫不相干的孤子處境，沒有什麼是真正可以依恃的。面對生死流轉，生命是無可掛搭、無可攀附的。

另外，一些如「依舊」、「還」、「猶」等的字，也是懷古詩常用的，一般用以強調自然形象恆長存在的事實，如：

人世幾回傷往事，山形依舊枕寒流。（劉禹錫〈西塞山懷古〉卷三五九）

無情最是臺城柳，依舊煙籠十里堤。（韋莊〈臺城〉卷六九七）

淮水東邊舊時月，夜深還過女牆來。（劉禹錫〈金陵五題・石頭城〉卷三六五）

秋來桐暫落，春至桃還發。（李白〈姑熟十詠・桓公井〉卷一八一）

周秦時幾變，伊洛水猶清。（于武陵〈過洛陽城〉卷五九五）
唯有渭川流不盡，至今猶繞望夷宮。（胡曾〈詠史詩・咸陽〉卷六四七）

「依舊」強調該自然形象目前的存在與古蹟典故事發的當時並無兩樣，還是照著舊有的形態存在著。「還」與「猶」也一樣。所以這些字的使用，都一致在重複加強「自然——恆存」的意象特色，用以與「人事——短暫」的意象形成強烈對比。但是偶而會見到這樣的字眼出現在人事的描寫上，產生了另一層次的意涵。例如鄭谷〈石城〉詩的「江人依舊棹舴艋，江岸還飛雙鴛鴦」（卷六七六），這裡的「依舊」並非指石城典故的該人事永遠不變，仍在上演；相反地，其前二句正清楚點出「石城昔為莫愁鄉，莫愁魂散石城荒」，也就是莫愁的人事確已消逝，「依舊」二字指的是，人們一代一代在江上泛舟往來的事況沒有變，但舟上的人確是不斷更迭的。這就寫出人事雖變，卻有其循環重複的規則存在。劉禹錫〈故洛城古牆〉詩「莫言一片危機在，猶過無窮來往人」（卷三六五），也是以「猶」字表現這種人事的循環。所以「人事——短暫」的意象結構中，其實可進一步開展成「人事——短暫——循環」。

「復」與「不復」等字詞的使用，也使懷古詩開展了人事循環的意涵，如：

荊卿西去不復返，易水東流無盡期。（馬戴〈易水懷古〉卷五五六）

古人無復洛城東，今人還對落花風。（劉希夷〈代悲白頭翁〉卷八二）㉛

江山留勝跡，我輩復登臨。（孟浩然〈與諸子登峴山作〉卷一六〇）

來者復為誰，空悲昔人有。（王維〈輞川集・孟城坳〉卷一二八）

這裡復字同時被使用在古人與今人。寫古人時，以不復、無復指出人事的一去不返，消逝幻化；而寫今人時，則以復字指出古人所做過的事，又被今人一再地重複履踐著。如此一來，復字的作用也與依舊、猶等字一樣，同樣蘊含了「人事——短暫——循環」的意義。

另一組懷古詩中常見的文字是「唯」與「但」。如李白〈蘇臺覽古〉的「只今惟有西江月，曾照吳王宮裡人」（卷一八一）㉜，張說〈鄴都引〉的「城郭為虛人代改，但有西園明月在」（卷八六）㉝。唯有、但有都用以指稱明月、山川等大自然物象，強調能夠通過時流沖汰、仍然屹立長存的，唯獨自然中的存在者。不但顯示其稀少難得彌足珍貴，也對照出大多數的存在者的消亡，有生命者更是無所例外的㉞。

懷古詩另一個常見的文句特色是問句的使用。雖然在唐詩中也不乏問句結構，但在表意作用上，懷古與其他詩歌的問句卻有著明顯的差異。如：

攬涕問遺老，繁華安在哉。（孫逖〈長洲苑〉卷一一八）
臨眺忽悽愴，人琴安在哉。（高適〈宓公琴臺詩〉卷二一二）
霸國今何在，清泉長自流。（戴叔倫〈京口懷古〉卷二七三）
昔日人何處，終年水自流。（杜牧〈經闔閭城〉卷五二五）
千年事往人何在，半夜月明潮自來。（劉滄〈長洲懷古〉卷五八六）

詩人所問的幾乎都是過往的人事、過往的霸業繁華現在究竟在哪裡？我們也許認為答案很簡單：那些人已亡故，事已消散。詩人當然也知道，但他們對這樣的答案並不滿意，他們想了解的是「在哪裡」？這個問題也隱含了對生命最終歸宿的不解。其實詩人關切的重點還不在該古蹟的相關人事究竟何在，而是全體人類共同的歸向。這個問題並沒有確切的答案，所以詩中提出的問題，是詩人內心真實的疑惑，也是一種對生命處境的深刻不安與悵惘。而且詩人不只對於過往人事有所疑問，對於未來也存在著同樣的疑惑，劉希夷〈代悲白頭翁〉問：「今年花落顏色改，明年花開復誰在。」（卷八二）王維〈輞川集・孟城坳〉問：「來者復為誰，空悲昔人有。」（卷一二八）他們共同關切將來是誰取代自己做同樣的事，答案依然是茫茫不可知，但可知的前提卻是自己必將變遷消亡。至於造成人事變遷的重要因素：時間，詩人也流露出無際的迷惑：

信若山川舊，誰如歲月何。（張九齡〈登襄陽峴山〉卷四九）

今日又非昔，春風能幾時。（儲嗣宗〈登蕪城〉卷五九四）

楚老幾代人，種田煬帝宮。（鮑溶〈隋宮〉卷四八五）

人世幾回傷往事，山形依舊枕寒流。（劉禹錫〈西塞山懷古〉卷三五九）

粉落椒飛知幾春，風吹雨灑旋成塵。（劉禹錫〈故洛城古牆〉卷三六五）

古往今來不知總共流逝了多少歲月，也不知道多少人、幾回與我一樣傷懷人事的變遷，更不知對那悠悠流逝、絲毫不能改變的時間，人能如何？在無奈的情意中，問句其實含蘊的是詩人極力想脫越困境的慾望，卻又想不出辦法的膠著與失落。所以明知沒有答案，卻又忍不住從失望中不斷地發出疑問。這與大部分詩歌中的問句有很大的不同，如李白〈金陵酒肆留別〉的「請君試問東流水，別意與之誰短長」（卷一七四）等，作者自信滿滿地提出問題，其實並非心中有所疑惑，而是因為自信答案明確，讀者必然也和詩人同樣肯定，因而答案不言自明。又如高適〈除夜作〉的「旅館寒燈獨不眠，客心何事轉悽然？故鄉今夜思千里，霜鬢明朝又一年。」（卷二二四）詩人在詩中自問自答，顯示詩人心中明白一切，並無疑惑。但是懷古詩中的問句一律都是詩人發自內心對生命對宇宙的深刻疑問和迷惘，是接近哲學命題的好奇與急切。這樣的情懷與屈原的〈天問〉是同其意味的。

我們甚至可以將這些懷古詩中的問句形式，當作是一種「詰問行動」(act of questioning) 的表現。根據現象詮釋學研究，人在面對「負性」[35]時，有時會將這負性以一「質問」的形式表現出來。其原因正如海德格《形而上學的引介》(*An Introduction to Metaphysics*) 所指出的：「詰問行動」本身是通往存在對事物開放的根本之道。一個真純的疑問不只指向人生「正存在這世界」的特性，它更是基原的歷史本身。因為「人一定要通過詰問而成為一個歷史存在，才能建立自己。」[36]而在面對古蹟，想起古人古事，想起悠悠歷史長流時，也正是詩人存在意識被強烈激發的時候，同時也是詩人建立自己的時候。懷古詩中那些問句正是詩人最深沉也最真純的疑問。

經過以上的解析，我們知道唐代懷古詩，無論在意象結構或文字結構方面都已發展出模式化的現象，這種模式化的結構特色正與其情感的模式是相應的。王立在〈論中國古代文學中的黍離主題〉一文中論及懷古詩的情意主題時，的確已發現其情意中的知覺習慣和情緒慣性有「穩態化」[37]的現象了。衍申其立論，我們也可以說，除了情意主題之外，懷古詩的意象結構和文字結構也都呈現了「穩態化」的現象。這些現象除了表示詩人在面對古蹟古事時，不只沿著一種穩態化了的知覺作用與情緒慣性以發揮感知作用，而且在心象的浮現與選用以及意象的點染與布排等方面，也自覺或不自覺地走上穩態化的構思路徑。

或者，我們可以跳開有為的構思的狹隘範疇，認可這是詩人面對無垠宇宙與小我生命兩相關照時，很自然見到的境界與實然。

伍、結論

綜觀唐代懷古詩的情意主題，較諸其他詩作，可以發現有兩個特殊的意義。其一是直接關注生命的本質，而表現出對生命歷程中種種現象的漠視，甚至於否定一切是非成敗的價值。由於詩人總是從事過境遷之後的時間點來回看歷史事跡，而事跡的人與事已然消逝無蹤，因此對事件當時的種種歷程產生虛幻的感知。就這一點而言，詩人往往觸動空幻的感歎，甚至隱含了類似莊子的齊物思想。許多學者認為詩人在懷古詩中往往投射了自身際遇的情感意識，而激發了關注現實的敏感度。但是我們卻發現，唐代懷古詩大多數以律絕的形式行之，詩人喜歡用短少的詩句，精要地描述古人古事消逝的事實，而不多作任何評論，更是不涉入現實世事。這樣的現象與詩中漠視一切成敗是非的心境是一致的。因為既然一切事相都是一時的，都會成空，人人於此平等，無所差別；推之於現實現世也是如此。那麼，詩人對自身的際遇計較也會隨之減少。所以懷古詩的構思乃至於寫作，對一些失意的詩人而言，其實反而是一種寬慰、放鬆，而非強烈的情緒力量。或者可以說，在關注人類共同的命運時，詩人個人的際遇成敗幾乎是沒有進入其宏觀的視界裡。就這個角度來看，學者對懷古詩「消極性」的評論並不透徹。相反地，懷古詩因洞見生命本質，從形而上的焦慮激發了對生命的開解，而引生的放下、自在的人生態度，在心靈層次上，反而是一種更積極、開放的品質。

其二，由於詩人多有空幻的感知，所以懷古詩中常常隱隱透出一種近似智慧的定見。但是這種定見與「空慧」仍有一段距離[38]，也沒有由此開出一條對應的、究竟的出路[39]，而是僅止於感懷與感悟而已[40]。但這些感懷與感悟已隱透出一種智慧的契機。所以在字裡行間可以讀出詩人淡泊的態度，而且在悲劇式的題材和悲慨的同時，仍能透顯出一分幽冷的智慧之光。從這兩個特別意義來看，懷古詩與詠史詩的精神、層次就有了很鮮明的差異。

在意象結構與文字結構方面，懷古詩也有了穩態化的結構模式，從「自然——恆存」、「自然——「活力」與「人事——短暫」、「人事——荒敗」的對比結構中，以人事活動進行的空間背景作為恆定的參照，反襯出人事變易不居的幻滅特質；也就是由「宇」開展出「宙」的內涵。其中「流水」意象最是兼具了恆存與變易兩種意涵的弔詭形象，連結了自然意象與人事意象。而一些強調生命實相的文字（如「自」、「空」），與強調隱含時間意涵的事態的文字（如「猶」、「依舊」）等，使各意象的特質更具堅固性，又強化了意象間的對比結構。時間與空間互含且不可分割的微妙關係，於焉豐富展現。

總之，懷古詩從歷史人事出發，環視人事的時間與空間背景，觀照了人類生命共同的處境，洞悉了生命的本質，也反省了加入時間因素之後種種事件的意義。在宏觀的視野之下，提供了較開闊放鬆、幾近於齊物的人生見地。在古典詩中的確有其獨到的特色。

---

❶ 方瑜在〈李商隱的詠史詩〉一文中提及齊益壽先生將詠史詩分為史傳型、詠懷型、史論型、覽跡懷古型四類。見《中外文學》第五卷第十一期，頁七七。（齊先生撰成〈詠史詩的類型〉一文，然稿成未印。）又季明華《南宋詠史詩研究》中將懷古傷逝當作詠史詩的主題之一，文津出版社，一九九七年，頁一三九－一四四。

❷ 如王立論及中國古代文學中的懷古主題時，分由一、利用歷史來對現實作出裁判，二、借史事以詠己之懷抱與經古人之成敗詠之，三、世俗之性，好褒古而毀今，四、懷古者，見古蹟思古人，五、然則古何必高，今何必卑哉等五個單元來論述。很明顯地是將詠史納入懷古的範疇之內。見王氏撰《中國古代文學十大主

題》（臺北：文史哲出版社，一九九四年），頁一一九—一四六。

❸ 如《小清華園詩談・卷下》認為弔古之詩須褒貶森嚴，具有春秋之義，使善者足以動後人之景仰，惡者足以垂千秋之炯戒。這種觀點就完全等同了懷古與詠史。

❹ 廖振富撰《唐代詠史詩之發展與特質》（臺北：臺灣師範大學國文研究所碩士論文，一九八九年），頁十一。

❺ 同前註，頁七。

❻ 劉若愚著，杜國清譯《中國詩學》（臺北：幼獅文化），頁八三。又廖蔚卿〈論中國古典文學中的兩大主題——從登樓賦與蕪城賦探討「遠望當歸」與「登臨懷古」〉中認為詠史詩大抵藉一二古人古事以喻況自己，發揮個人情志，或對一二古人古事加以批評；懷古則是表達生命無常的歷史悲感，所反省的是眾人共同的命運，是社會的也是自然律的生命困境。見《幼獅學誌》第十七卷第三期。

❼ 同❹，頁十。

❽ 凡本論文引詩後所標卷數皆為《全唐詩》之卷數，不復一一說明。

❾ 所以我們也可以對廖振富所論兩者含蓋對象有所重疊的說法作一個調整，那就是兩者只是題材上的重疊，但是所含蓋的情意層次卻是完全不同。

❿ 季明華撰《南宋詠史詩研究》（臺北：文津出版社），頁十六。該書仍視懷古為詠史的類型之一。

⓫ 此詩雖非對特定古蹟感懷，前半首卻是對月亮這個亙古長存的古景而感懷，實屬「月亮懷古」之作。

⓬ 詳見王建元撰《現象詮釋學與中西雄渾觀》（臺北：東大圖書公司，一九九二年），頁四六。

⓭ *Creative Intuition in Art and Poetry* (New York: Meridian Books, 1953), p. 17。轉引自⓬，頁四一。

⓮ 同前註，王建元認為「時間與空間同為人類用以體認自身與這世界的關係之最根源的範疇，它們同時是人類存在或生命的原始意識，與切身利害牢不可分。」

⑮ 同❷，頁一三四。

⑯ 見沙特原著，陳宣良等譯《存在與虛無》（臺北：桂冠圖書公司），頁一七二。

⑰ 季明華《南宋詠史詩研究》中認為詠史詩普具的情懷為：「悟得一切人間的物質與事業，在廣闊的宇宙中有其緣生性與虛幻性，頓歎其無常而生感慨。有深情的喟歎，更有人間之愛的留戀，反覆交織，產生所謂中國文學中的悲劇意識。」文津出版社，頁一四一。季氏所論的，其實是懷古詩。至於廖氏所論則見於第一節引文。

⑱ 同❻，頁八四。

⑲ 如：

千古是非輸蝶夢，一輪風雨屬漁舟。若無仙分應須老，幸有歸山即合休。何必登臨更惆悵，比來身世只如浮。（崔塗〈金陵晚眺〉卷六七九）

江上小堂巢翡翠，苑邊高冢臥麒麟。細推物理須行樂，何用浮名絆此身。（杜甫〈曲江〉卷二二五）

六帝沒幽草，深宮冥綠苔。置酒勿復道，歌鐘但相催。（李白〈金陵鳳凰臺置酒〉卷一七九）

莫問人間興廢事，百年相遇且銜杯。（殷堯藩〈登鳳凰臺〉卷四九二）

始信人生如一夢，壯懷莫使酒杯乾。（殷堯藩〈登鳳凰臺〉卷四九二）

閒事與時俱不了，且將身暫醉鄉遊。（薛逢〈悼古〉卷五四八）

⑳ 同⑯，分見於頁一四〇、一四一。

㉑ 廖蔚卿〈論中國古典文學中的兩大主題——從登樓賦與蕪城賦探討「遠望當歸」與「登臨懷古」〉一文中也說，懷古詩在回顧歷史時，反省到生命無常，因而引發了人類心靈的巨大憂傷。但此憂傷「所關懷的決非個人生命之無常，而是整個人類共有的命運。」見《幼獅學誌》第十七卷第三期，頁九二。

22 如：

數吟人不遇，千古月空明。（崔塗〈牛渚夜泊〉卷六七九）

一望青山便惆悵，西陵無主月空明。（劉滄〈鄴都懷古〉卷五八六）

蒼蒼金陵月，空懸帝王州。天文列秀在，霸業大江流。（李白〈月夜金陵懷古〉卷一八五）

空餘後湖月，波上對江州。（李白〈金陵〉卷一八一）

23 如：

一自佳人墜玉樓，繁華東逐洛河流。唯餘金谷園中樹，殘日蟬聲送客愁。（胡曾〈詠史詩・金谷園〉卷六四七）

玉樹歌終王氣收，雁行高送石城秋。江山不管興亡事，一任斜陽伴客愁。（沈彬〈再過金陵〉卷七四三）

江亭當廢國，秋景倍蕭騷。夕照殘荒壘，寒潮漲古濠。（杜荀鶴〈晚泊金陵水亭〉卷六九一）

鳧鷺踏波舞，樹色接橫塘。遠近蘼蕪綠，吳宮總夕陽。（顧非熊〈閶門書感〉卷五〇九）

七百數還窮，城池一旦空。夕陽唯照草，危堞不勝風。（許棠〈過故洛城〉卷六〇四）

24 除了夕陽落照的氣氛與古蹟的荒敗落寞相襯之外，或也因為白晝耀眼的陽光終將西落隱沒，正如勢極一時的帝王貴臣終將消逝一樣，兩者具有某些雷同的質素。

25 如：

萬古繁華旦暮齊，樓臺春盡草萋萋。君看陌上何人墓，旋化紅塵送馬蹄。（杜牧〈春日古道傍作〉卷五二五）

禮士招賢萬古名，高臺依舊對燕城。如今寂寞無人上，春去秋來草自生。（汪遵〈燕臺〉卷六〇二）

蘇臺蹤跡在，曠望向江濱。往事誰堪問，連空草自生。（李中〈姑蘇懷古〉卷七四七）

周秦時幾變，伊洛水猶清。二月中橋路，鳥啼春草生。（于武陵〈過洛陽城〉卷五九五）

當時行路人，已合傷心目。漢祚又千年，秦原草還綠。（于濆〈秦原覽古〉卷五九九）

㉖ 如：

江雨霏霏江草齊，六朝如夢鳥空啼。無情最是臺城柳，依舊煙籠十里堤。（韋莊〈臺城〉卷六九七）

舊苑荒臺楊柳新，菱歌清唱不勝春。只今惟有西江月，曾照吳王宮裡人。（李白〈蘇臺覽古〉卷一八一）

登高望遠自傷情，柳發花開映古城。全盛已隨流水去，黃鸝空囀舊春聲。（武元衡〈登闔閭古城〉卷三一七）

錦纜龍舟萬里來，醉鄉繁盛忽塵埃。空餘兩岸千株柳，雨葉風花作恨媒。（江為〈隋堤柳〉卷七四一）

故國歌鐘地，長橋車馬塵。彭城閣邊柳，偏似不勝春。（李益〈揚州懷古〉卷二八三）

㉗ 在筆者從《全唐詩》中整理得的懷古詩共二三七首中，就有五十一首出現流水意象，其比例近乎四分之一。

㉘ 同⓫，頁一三六、一三七、一四一。

㉙ 葉維廉說：「我們稱一首詩為山水詩，是因為山水解脫其襯托的次要的作用而成為詩中美學的主位對象，本樣自存。」參見葉氏撰〈道家美學．山水詩．海德格〉，《現象學與文學批評》（東大圖書公司，一九九一年），頁一六〇。懷古詩中雖然出現大量的山水自然意象，卻仍是只襯托的，次要的，不能視為山水詩。

㉚ 如：

前溪徒自綠，子夜不聞歌。（儲嗣宗〈吳宮〉卷五九四）

唯有侯嬴在時月，夜來空自照夷門。（胡曾〈詠史詩．夷門〉卷六四七）

映階碧草自春色，隔葉黃鸝空好音。（杜甫〈蜀相〉卷二二六）

㉛ 此詩屬於對當代一個過往事件的感懷，由於詩中牽涉到洛陽這個古城的今與昔、變與不變等內容，故視之為懷古詩。

㉜ 再如：

唯有驪峰在，空聞厚葬餘。（沈佺期〈咸陽覽古〉卷九六）
唯有侯嬴在時月，夜來空自照夷門。（胡曾〈詠史詩・夷門〉卷六四七）
歡娛此事今寂寞，惟有年年陵樹哀。（孟浩然〈長樂宮〉卷一五九）
君看魏帝鄴都裡，惟有銅臺漳水流。（李嘉祐〈古興〉卷二〇六）。

33 再如：
但見陵與谷，豈知賢與豪。（陶翰〈南楚懷古〉卷一四六）
清洛但流嗚咽水，上陽深鎖寂寥春。（李郢〈故洛陽城〉卷五九〇）
香散豔消如一夢，但留風月伴煙蘿。（汪遵〈金谷園〉卷六〇二）
不知江月待何人，但見長江送流水。（張若虛〈春江花月夜〉卷一一七）

34 唐代懷古詩中有一個例外的詩例，是將「惟有」一詞用在人事物象上，那就是楊衡〈夜半步次古城〉的「茫茫死復生，惟有古時城。夜半無鳥雀，花枝當月明」（卷四六五）。作者之意是將重點放在人事的比較上，自然物象不在比較之列，因而認為古人、古事、古物中，只有古城存留至今，其他的人事已完全消逝。因此會有此例外的情況。

35 負性 (negativity) 就是人類面對自然雄渾崇高的對象，在產生震驚時，一種帶有美感但同時又不愉快的感覺（痛苦、恐怖或顫慄等），這種經驗在西方被視為一個美學觀念 (the Sublime)。而這不愉快的感覺就稱為「負性」或「反面性」，是雄渾經驗的結構核心。詳參同⓫，頁二十。

36 *An Introduction to Metaphysics*, trans. Ralph Manheim (New Haven and London: Yale Univ. Press, 1977), p. 29–30，轉引自王建元撰《現象詮釋學與中西雄渾觀》，頁一四四。另外龐馬 (Richard Palmer) 也說：「通過詰問，存在乃變成歷史。」Hermeneutics (Evanston: Northwestern Univ. Press, 1969) p. 150.

37 王文：「不能光用現實世界的觸發來作簡單而對應式地解釋，古人其實正沿著一種穩態化了的知覺習慣與情緒慣性來感知社會興衰、風雲變幻。」參見王氏撰《中國古代文學十大主題》（臺北：文史哲出版社，一九九四年），頁二六七。

38 空慧並非只是對世事空幻的理解，它還必須通達人無我與法無我二種覺慧，除了空性的了解還有明覺的本質。詳見宗咯巴大師著《菩提道次第廣論‧上士道‧毗缽舍那》。

39 諸如由空幻領悟，而推得「出離」解脫或超越的出路。或如莊子在知「時無止」（〈秋水〉）、「命不可變，時不可止」（〈天運〉）之後，所提出的「與時俱化」的理想態度。本文第二部分所論，懷古詩人，由空幻而有淡然處世的人生態度，雖然有似於出路，卻是因為隱逸文化的制約，不全是由懷古進程所得的出路。

40 但這並不表示詩人未從空幻的理解進入空慧的領悟，或者更進一步頓入解脫超越的境界。只是這樣的領會一方面並不適合以詩歌富於情味的形式展現，另一方面也會分散懷古詩的主題，所以懷古詩並未進一步開展其哲學內涵。

唐代邊塞詩黃昏回歸主題的情意心理

壹、黃昏文學回歸主題的討論

黃昏是中國古典詩詞中出現相當頻繁的意象❶，誠如王立先生在〈暮藹沉沉詩境闊……中國古典文學中的黃昏意象〉一文中所說：「關於日暮黃昏的吟詠竟如此頻繁出現，事實上已遠非晝夜交替一段時間及相關景色的展示，而是古人心目中凝結著特定情感與生命意識的文化語碼。」❷這個文化語碼所寓含的意義，王先生在文中只提及以下數點：由當歸而衍生黃昏相思的主題；由日暮、歲暮、人生之暮與時代之暮相通而衍生人生途遠、功業未建的主題，由日落——秋天——死亡相通的人生比喻而衍生及時行樂、惜時嗟老的主題❸。但是在這些主題的底層，其實還有一個更基本更普遍的主題存在，那就是回歸❹。

黃昏是一天中相當特殊的一段時間，它是白晝轉為夜晚的過渡，天色由明亮而漸趨暗淡，人們的活動則在日入而息的常態下歸於平靜，活動的空間則是由工地田野回歸室家。也就是說，在常態的生活裡，黃昏正是結束工作回家的時候，可以中止對外交際，只面對親人與自己，心情較為輕鬆自在。所以黃昏應是身與心回家的時候。

黃昏回家既然是情感上最舒適自在的歸宿，那麼相對地，黃昏時回不了家的情況也就使人特別失落與焦慮。這種處境在白天裡，因為投注於工作或對應於人事接處而得以潛伏按捺，暫時忘卻；一旦暮色披拂，物色在黃昏時分逐漸暗淡隱去，天地間幽寂的氣氛很容易搖蕩剛剛歸復平靜、得以自處的心靈，情意性的思維活動於焉油然興發。因此黃昏也就成為中國古典文學中常見的意象，許多重要的文學主題便時常以黃昏為其抒寫的時空背景。

但如上文所論，黃昏不僅止是一天中的某個時段而已，因為人們作息常態的制約，使其成為應當回歸的指標，加以太陽崇拜神話原型的遺存往往對後人產生集體無意識❺與情緒慣性的作用，故而說：「在古人心中，黃昏往往牽繫著特定的情感與生命意識，進而成為一個文化語碼。」❻

作為一個文化語碼，黃昏儘管背負著許多演變歷程中不斷新加入的意涵，但其中最主要也是亙古不變的文化意涵應即是「回歸」。不論人類的生活形態如何改變，不論個人的際遇如何流離，在大自然的運行規律中，最符合自然原則也最讓人感到與天地諧行的安全感的仍是日出而作、日入而息。所以黃昏時候得以回家的固然欣悅怡然，而不得回家者在心中縈繞的仍是歸思。即或是將日暮聯想到事業的失敗無成或是死亡的迫近[7]，其中牽涉的還是人生價值與最終的歸向，屬於心靈安頓的問題，依舊不離回歸的主題。這是一個超越民族特性而屬於人類共通的心理慣性，黃昏回歸已是所有人類普遍存在的文化心理了[8]。

傅道彬先生曾對黃昏的文學主題作了一個系統表列，認為日暮回歸的結構分為正題——歸與反題——不歸兩個部分。其中正題——歸的表現形式是漁樵晚歸、翩翩歸鳥與寂寂回雲等，其心理反應是寧靜溫馨。而反題——不歸的表現形式則為黃昏閨怨、斜陽羈旅、日暮送別等，其心理反應是失意悲涼[9]。傅氏注意到回歸主題有正題與反題兩種結構，確實能統攝黃昏處境與情感的不同形態，但是在黃昏當歸的文化制約中，現實生活的實踐雖然確實只有歸與未歸兩種可能，但在情感的形態中，回歸的結構卻又不僅止於此：有欲歸而未歸者（如戍守戰地者），有不欲歸故未歸者（如為了實踐理想而滯留京城或遊歷以磨鍊詩才者），有欲歸而得歸者（如歸隱者），有不欲歸卻不得不歸者（如落第歸鄉）。然而如此繁細隱微的回歸情感結構非本文所能細論，本文旨在藉由唐代邊塞詩來補充傅氏黃昏回歸主題分析中所未論及處，亦即是反題——未歸的表現形式。也就是在反題的部分其實有兩類分別：其一是不歸——意志選擇後的不歸以及不可能回歸了，其二是未歸——意志上欲歸但事相上卻不得歸者（未來仍可能回歸）。除傅氏所列閨怨、羈旅與送別的不歸反題之外，尚有唐代特有的邊塞詩的反題。增補了這一部分，黃昏意象與其作為文化語碼的討論當能更全面，也能呈現出回歸主題的豐富性，同時回歸情感的結構複雜性亦能得到清楚解析。

邊塞詩是唐代特有的作品，不但展現大唐皇朝開疆拓土的雄略，也在一將功成萬骨枯的殘酷事實中抒發充滿悲壯卻諷刺的無奈情感。就中最能普遍地貼切主體性思維與情感結構的當屬回歸主題，不論是功業彪炳的名將或是默默被驅役的兵丁；不論是穿越過刀戟戰火而僥倖存活者或是青海陰雨中的新鬼舊鬼[10]、無定河邊的貂錦枯骨[11]，都一樣在異域中思歸，回歸中的反題幾乎全面地籠罩著唐代的邊塞詩。而在這一片籠罩中，多半是黃昏為背景，故本文的重點便是從邊塞異域的黃昏意象的殊異特質入手，解析從物色觸境到思鄉意識整個回歸主題的情意結構。

本文為主題研究，雖也略微觸及主題學的範疇[12]，但是仍將重點集中在唐代邊塞詩的情感結構，那些屬於歷史流演的過程與變化意義均不在本文的討論範圍。對於黃昏的主題學有興趣者可參閱王文與傅文。

貳、邊塞黃昏物色的殊異性與回歸結構基礎的建立

不論從哲學或心理學的角度來看，存在意識其實就肇基於殊異的知覺。主體與客體的分別來自於主客有所差異。若無差異，則主客渾沌一體。所以莊子學說中須經心齋坐忘的修行歷程，當主客全然泯合時，才能臻至逍遙化境。反觀，當主客懸異時，強烈的對比很自然引觸主體的存在意識，從而時空意識與其他種種際遇意識都會一一浮現。職此，陌生的境地與殊異的物色常是喚起存在意識的重要觸媒。在唐代邊塞詩中，確實處處可見殊異物色所結集的意象群，一再地強化詩人殊異的存在感，從而油生回歸的情感。本節分從邊塞常見的不同面向的殊異意象來討論回歸主題的情感結構基礎。

一、觸覺的殊異——寒氣朔風與回歸意識

唐代邊塞詩的回歸主題最常見的結構基礎，是由黃昏物色的殊異引發存在感，進而意識到異域空間的突兀與格格不入。物色之動，可以由五官接收訊息而感知，其中尤以觸覺的訊息來源可以是彌天蓋地充塞於空氣中的整體環境的氣溫風候，所以在邊塞詩的黃昏回歸主題上，邊地的殊異氣候就成為一個常見的情感結構基礎。例如：

地寒鄉思苦，天暮角聲悲（唐求〈邊將〉卷七二四）[13]

蕭條寒日落，號令徹窮邊（貫休〈古塞下曲〉卷八三〇）

日暮冰先合，春深雪未休（耿湋〈奉送崔侍御和蕃〉卷二六九）

落日風沙長暝早，窮冬雨雪轉春遲（李頻〈朔中即事〉卷五八七）

唐代邊塞詩多寫西北邊地，氣候較諸關內中原更為寒冷，寒冷的典型在於冬季。冬季又居於一歲之暮。於是膚觸上無所不在的冰寒空氣與歲暮團圓的文化期待的失落相加，強化了撞擊思鄉情意的力量。而復值黃昏日落，溫度明顯下降，尤其北地廣漠，日夜溫差極大，使得黃

昏成為寒冷加劇的起點。這三重異於故鄉的強烈膚觸刺激，使人格外渴望溫暖寧馨的環境，故鄉的思念於焉顯亮起來。再者，長期寒冷的氣溫加上人們躲庇而減少活動，使整體環境的氛圍較顯淒涼蕭索，在天地冷漠無情的包圍下，人特別需要情感的撫慰與家庭的呵護，身與心的安頓歸宿會是這種處境裡最急需的怙恃。

這裡有兩個層次的回歸意識：邊地所展現的觸覺殊異性正巧為寒冷，人對寒冷產生的反應是清醒、緊張、收縮閉鎖，都是欠缺閒適舒泰的覺受。即或沒有主觀的回歸意識潛存，人也會直覺地逃避這種觸境。這是生理層次的回歸意識；至於與中原較為溫暖的氣候對比出的殊異性，則含有對故鄉眷戀的情愫，這已是心理層次的回歸意識。

這是回歸主題的前奏，一種不需特別打開感官去搜尋就已遍在的觸媒。

在北地氣候的殊異特性中，最令人印象深刻而常使人為之所苦的是強急的朔風：

落日更蕭條，北風動枯草（劉長卿〈從軍〉卷一四八）

塞草連天暮，邊風動地秋（韓翃〈奉送王相公縉赴幽州巡邊〉卷二四五）[14]

悠揚落日黃雲動，蒼莽陰風白草翻（李頻〈送邊將〉卷五八七）

向夕臨大荒，朔風軫歸慮（王昌齡〈從軍行〉卷一四〇）

暮日平沙迥，秋風大旆翻（皇甫曾〈送王相公赴幽州〉卷二一〇）

東亞的秋冬天氣形態幾乎多是從蒙古高原往南移下冷氣團，進而形成寒流。而邊地關外是毫無遮障的平沙廣漠，冰冷空氣與風陣便得以肆無阻礙地長驅直撲。這疾勁呼嘯的北風所向披靡地傳送著低緯度地區特有的酷寒，不僅以針刺的冰痛砭人肌骨，生命堅韌的草也為之枯索，而且它呼呼颼颼的聲響更脅迫著人的聽覺。此外，它強勁的力量足以聚散雲態，飛砂走石，大旆翻搖，那分使天地變動的詭譎不定的陰冷，會令人驚恐畏怯。而黃昏時分昏暗的光色與益形淒緊的寒意將更強化朔風的可怖。這樣一種激盪視覺、聽覺與觸覺又能無孔不入的物色，劇烈地壓迫著人想逃脫離遁。這是由背反的逃遁意識而翻折出回歸的主題，在情感結構上是由逆向的否定轉生出回歸的基礎。

二、視覺的殊異——大漠狼煙與回歸意識

邊塞黃昏物色的殊異感在視覺上也是一個強烈的震撼，那就是大漠無垠的荒涼景象，這對來自四季分明、花木扶疏的關內士卒而言是十分陌生特異的。其視覺經驗的殊異刺激如：

暮天沙漠漠，空磧馬蕭蕭（皇甫曾〈送和西蕃使〉卷二一〇）

大漠橫萬里，蕭條絕人煙。孤城當瀚海，落日照祁連（陶翰〈出蕭關懷古〉卷一四六）

大漠孤煙直，長河落日圓（王維〈使至塞上〉卷一二六）

野昏邊氣合，烽迥戍煙通（駱賓王〈邊城落日〉卷七九）

黯黯長城外，日沒更煙塵（高適〈薊門行〉卷二一一）

大漠地區放眼所見無非穹蒼與沙地，這種荒涼蒼茫的景象往往橫亙綿遠也沒有什麼變化，最是蕭條孤絕的處境。而日暮黃昏當風起之時，天地變色，狂沙飛走，充滿了不安定感卻又孤寂無援。置身其中特別容易產生強烈的渺小孤獨感，人彷彿是天地間的棄兒，惶恐與不安的情感汩汩湧動。此時當會渴望群伴為伍，尤其渴望家庭團聚的熱鬧溫暖，想念故鄉觸處可見的同類與生命盎然的物色。此外，耐人尋味的是，在這萬里絕人跡的塵沙大漠中常常可以看見的「煙」卻是狼煙。煙，是人為製造出來的產物，炊煙裊裊是富足安樂的圖象，是生命得以持續的憑藉，但此處的狼煙戍煙卻是戰爭敵對的圖象，是生命倍受威脅危機的表示。日落時分見到狼煙冉冉上升，必然又增加幾分惶恐不安，特別想念那提供安全庇護與炊煙裊裊的家，回歸的渴望再次受到撞擊，也為文學上的回歸主題立下情感基礎。

當然，這些被一再提及的意象並非邊地唯一的景象，戍卒們置身的境界必也有許多故鄉可見的事物。但是對於殊異景象強調，顯示出詩人刻意地注意這些外在的刺激，這是一種「知覺的選擇性」[15]的作用結果。這些意象群背後的心理意涵是，作者主體意識因存在感的緊張而產生知覺的選擇。但是這些選擇後的意象又會再度地增強詩人存在意識的緊張感，從而彼此震盪出一分更加企盼歸鄉的情思。回歸的文學主題就建構在這樣的處境與心理基礎上。

三、聽覺的殊異——笳角鬼哭與回歸意識

邊塞詩的另一個觸動回歸情思的結構基礎是聲音形象的殊異。這種聲音殊異的現象通常發生在黃昏日暮時候，因為白天的操練或屯墾工作比較不會產生什麼殊異的聲音，而且這些聲音也比較不易引發人的感興。出現在邊塞詩黃昏回歸主題中的聲音多為深帶情感的人文性聲音。首先，最具殊異性的是笳與羌笛等胡人音樂，如：

> 何處吹笳薄暮天，塞垣高鳥沒狼煙。遊人一聽頭堪白，蘇武爭禁十九年。（杜牧〈邊上聞笳〉卷五二五）
>
> 日暮天山下，鳴笳漢使愁。（高適〈部落曲〉卷二一四）

空館夕陽鴉繞樹……不堪吟斷邊笳曉。（馬戴〈邊館逢賀秀才〉卷五五六）

倚劍白日暮，望鄉登戍樓。北風吹羌笛，此夜關山愁。（劉長卿〈從軍〉卷一四八）

東征健兒盡，羌笛暮吹哀。（杜甫〈秦州雜詩〉卷二二五）

笳是西域的吹奏樂器，不論是由蘆葉捲成或竹製，基本上其音質較為低沉空闊，具有蒼茫悲涼特質，而羌笛也不似漢笛之悠揚清悅，所以在戍卒或滯留未歸者聽來，都是富有一種引人沉思傷慨的感發力。而這種殊異於自己成長歷程中所熟悉的樂音，必然會勾起身處異域的空間存在感，而油生強烈的疏離感。因為日落時分閒將下來，不論戍卒或遊子、漢人或胡人吹奏樂器以自娛或以抒發情意的情形較白晝為多，聽覺上的殊異感與蒼涼感便和黃昏時視覺上的荒寂昏暗與觸覺上的淒涼冰冷相結合，遂加倍了思鄉的情緒。

在人文聲音的殊異方面，另一種結構邊塞詩回歸主題的情感基礎是角聲，如：

寒鴻過盡殘陽裡，樓上悽悽暮角聲。（耿湋〈塞上曲〉卷二六九）

江城吹角水茫茫，曲引邊聲怨思長。（李涉〈潤州聽暮角〉卷四七七）

地寒鄉思苦，天暮角聲悲。（唐求〈邊將〉卷七二四）

> 戍樓吹角起征鴻……千里暮煙愁不盡。（張泌〈邊上〉卷七四二）
>
> 無定河邊暮角聲，赫連臺畔旅人情。（無名氏〈雜詩〉卷七八五）

角，本為西北游牧民族的吹奏樂器，傳入中原後亦作軍中或儀仗隊的號令訊息。所以角的聲音所具有的殊異性便有兩重：一是異族音樂在音色與樂風上的殊異，另一則是軍隊號令中暗含著戰爭所牽涉的廣大的悲慘。因此這些邊塞詩用悽悽、怨、悲、愁等字來描繪角聲，就不單單是聲音的異於平日生活經驗，更因為聲音本身所蘊富的軍隊戰爭內容是強烈背離所有人類的基本願望的。這是一種會觸動人類心靈深沉恐慌不安的聲音，這分殊異感是超越所有空間生熟與生活形態等相對性的殊異而直接侵犯到人類生存底線的絕對的殊異。這深沉的殊異感因是作用於聽覺的，因此在日暮天暗之後，不會隨著空間物色等視覺形象的隱沒而消失，反而因著視覺作用的消減而變得更清晰更強烈。尤其在北部邊地，寂靜罕人煙的黃昏，「秋風鼓角喧」（耿湋〈送楊將軍〉卷二六八）、「鼓角壯悲風」（戴叔倫〈送耿十三湋復往遼海〉卷二七三）、「北風吹起寒營角」（蔣吉〈出塞〉卷七七一）等種種交織複現的聲音，由多重感官交互增強著巨大的殊異陌生感，更易使人在日暮當歸的時候，被揪攫出潛在的思歸情感。

在所有邊塞詩的聲音形象中，最令人震撼也最殊異於人類基本生存的聲音便是像杜甫〈兵車行〉之中「新鬼煩冤舊鬼哭，天陰雨濕聲啾啾」（卷二一六）或是像沈彬〈入塞〉詩「馬驚邊鬼哭陰雲」（卷七四三）這一類淒厲的聲音。這種聲音所觸興的回歸意識，已不僅是家鄉故里的回歸，更深觸到人類生死的基本歸宿問題。但因這種聲音邊塞詩中較不具有普遍性，其虛實的屬性也牽涉到藝術創作的心理與原理等複雜層面，且其寓含的主題也衍生了反戰與批判朝政等問題，故此無法作更進一步的解析。

根據以上的分析可知，邊塞詩的回歸主題首先是由邊塞環境的殊異性出發，經由觸覺、視覺與聽覺的多重感官殊異性的不斷強化，與發出陌生疏離的存在感。在與觸境不相融的情況下，很自然地逃逸出思鄉回歸的主題。所以不論是觸覺、視覺或聽覺的形象，在邊塞詩中都一再地撩撥著戍卒或旅人潛蠕不安的情感，這是黃昏回歸主題在結構上繁複厚重的基礎。

參、反題——未歸的多種層次與結構

事實上，回歸主題的結構基礎一般來說應有主客兩部分的條件結合，也就是主體本有潛在的回歸意識與客體觸境的回歸暗示，兩個條件具足才可能引發回歸的情意。而客體條件是一個相當關鍵性的導引，所以上節主要是落在觸境的殊異性上立論的⑯。因為人總難超越一定時間與空間的限制，置身在時空聚合的境界裡，各種感官會自其中接收各種訊息，而產生各種對應的感受和意念。如果感官接收到的外境訊息是熟悉的、習以為常的，主體足以以反射性的動作去回應它，不須用心甚至不必動用大腦。人於此比較放鬆自在，主客之間也就沒有明顯精確的對立意識，而在略感渾沌一體的情態下，自然地歸屬於外境。主客渾然，自我的意識與執著就淡隱了。

相對地，當外境是不了解的、陌生的時候，主體必須保持警醒的狀態，以便隨時捕捉並應對可能發生而他卻無法預料的各種狀況。於此，人是緊張的，敏感的，主客之間保持著明顯的對立狀態，未能相融且不相歸屬，自我的意識明顯，存在感也就特別強烈，人對於自己的處境也就有特別的覺醒。以大家熟知的王維的〈九月九日憶山東兄弟〉詩為例：「獨在異鄉為異客，每逢佳節倍思親。遙知兄弟登高處，遍插茱萸少一人。」（卷一二八）異鄉，是以主體為比較基點而對比出外境與故鄉的差異，知覺到那是陌生的。異客，則是以外境所在的大部分人為比較基點，對比出詩人的殊異，知覺到我也是陌生的。兩個異字在短短首句中重複出現，又以同效的客字總結起來，三度強化了詩人與觸境之間強大的對立性，不能相融且不相歸屬。於此，疏離逸出的情思很自然會迎向他向來熟悉與舒愜交融的故鄉家園，走向情意上的回歸之途[17]。

所以上節所論的結構基礎，其重心落在黃昏觸境的殊異性上，是有這樣的一番心理歷程的。而本節將接著分析在主客條件結合之後，因為歸宿層次的不同，回歸情感是走什麼樣的途徑、回歸主題是如何建構的，從而清楚地呈現出邊塞詩黃昏回歸主題的不同結構特色。

一、歸鄉反題與曲折結構

邊塞詩在黃昏的殊異背景下的回歸主題幾乎都是屬於反題的結構。因為黃昏回歸已成為人類共同有的情緒基模（schema），人們對於黃昏時理當歸家的腳本（script）便有所預期。可是當這類預期失敗，會因對比效應（contrast effect）而引起失望或悲傷[18]。不論空間或價值的未歸，都是這種效應之大者，因而邊塞詩中的黃昏便時時可見這種未歸的失落。在未歸的結構中，比較表層的回歸主題是歸鄉。在歸鄉層次上，又有不同的情感投射方式，首先有直接抒發思鄉情意者，如：

> 地寒鄉思苦，天暮角聲悲。（唐求〈邊將〉卷七二四）

缽略邊城日欲西，遊人卻憶舊山歸。（譚用之〈塞上〉卷六七四）

倚劍白日暮，望鄉登戍樓。（劉長卿〈從軍〉卷一四八）

黃沙暮漸迷，人當故鄉立。（王建〈塞上〉卷二九九）

寥落軍城暮，重門返照間……關西舊業在，夜夜夢中還。（耿湋〈贈張將軍〉卷二六八）

前二例在天寒日西、暮角悲聲的異境中直接頓入思鄉、憶舊山的記憶性思維裡，這是最簡單直接的情感模式：當歸之時卻置身在殊異之境，一種突兀不融的境我關係強化了當歸未歸的處境，情思自然脫卻身境而飄向熟悉的一體感的故鄉，去尋找情感的歸宿。三、四例則是轉由面對故鄉而立、眺望故鄉的方式來慰解填充情感的空乏。而望鄉這個實際動作的背後仍是含著思鄉的情意作為結構前提。然而邊城塞外與故鄉懸隔千萬里，豈是望鄉立或登樓的肢體動作所能完成的。這裡，未歸的處境沒有得到絲毫的改善，反倒是一次失望落空與更強烈的空乏。最後第五例所能尋求的途徑是由超越現實時空的夢境來達成回歸。夢境在時間上正好承接了黃昏所盈生的失落，馬上在接下來的夜裡得到短暫的滿足；在空間上夢境可以瞬間來去，隨著意識而無所不在。雖然夢境終將破滅，但在情感的結構中卻得到形似回歸的效果，這是戍卒與旅人在未歸的文學結構中所能營繕的最淒美的裝飾。

在歸鄉反題層次上，另有思鄉情感表達較為含蓄側出的，其結構就顯得較曲折，如：

白沙日暮愁雲起，獨感離鄉萬里人。（杜牧〈邊上聞笳〉卷五二五）

千里關山邊草暮，一星烽火朔雲秋。（溫庭筠〈回中作〉卷五七八）

函關歸路千餘里，一夕秋風白髮生。（無名氏〈雜詩〉卷七八五）

歸去是何年……蕭條寒日落。（貫休〈古塞下曲〉卷八三〇）

落日照大旗……壯士慘不驕。借問大將誰，恐是霍嫖姚。（杜甫〈後出塞〉卷二一八）

這裡都未直抒思鄉之苦。前兩例只似客觀地表述離鄉千里萬里的事實，但因對境是日暮愁雲，是白沙烽火的異域，故而千萬里的表述是「感」受出來的，是情意波動的前奏。詩人在詩中只建構到這一層事實的感受就停止。但顯然地，會去測度鄉關之間的距離，必是心未安住於關塞，已在鄉與關之間游走，甚至於是打算趨向鄉里的。千萬里鄉路的回歸必然艱辛困難，何況還有身不由己的無奈，因此詩人雖只把文字構築到一個事實的表述而止，但其情感結構已暗暗在詩人與讀者的心中延展營繕到欲歸與未歸的愁苦裡了。三、四例則明顯指出歸路與歸去的情感意向及美好遠景，但卻在下面馬上以千餘里的空間事實架空了歸路，而後補上秋風白髮的時間性物象模糊了歸路的存在；或以何年的時間不確定性鏽蝕歸去的基礎，再補上蕭條寒日落的時空物象暗示「何年」也許是終其一生的等待與失落。那麼這二例與上二例剛好相反，先擬想回歸可能的結構，再以眼前實境暗示出其虛幻特性。最後一例的情感結構是建築在一種假設的恐懼情境之上，以歷史典故裡的霍嫖姚泛指任何善戰好戰的名將，一旦士卒們的回歸希望或未歸處境是建築在霍嫖姚這一類名將的帶領之上的話，那麼回歸將是個遙不可及的夢想，而未歸將是長久揮不去的夢魘了。用一個國家榮耀的名將來反襯壯士心中的驚恐焦慮，其情感架構是多麼隱藏幽微，而其情意的震盪又是多麼強烈深邃。這是邊塞詩黃昏歸鄉反題中十分曲折幽深的結構。

在歸鄉反題的表現中，唐代邊塞詩常用一些比喻性意象，造成情感結構上的精美巧釋，如常用離根的蓬草在殘日隱沒時隨風飛旋，又突落在戍卒遊子的眼前，驚怵了蟄伏的鄉思[19]。又如常用鴻雁在暮天中急飛歸去，不願稍加停留，來顯示邊地的淒寒不宜人居，同時對比出鴻雁尚能依其自由意志與季候習性選擇去來而終有所歸，士卒的境遇卻比不上禽鳥[20]。驚蓬隨風飄盪，不能自主，與士卒處境相似，是類同比喻；鴻雁則與士卒處境相對，是對比比喻。

二、價值回歸反題與矛盾結構

邊塞詩的回歸反題在更深沉的層次上是生命價值的反省。就一般人而言，生命的歸宿應該就是能讓他安身立命的所在，他感到得其所，生命的意義與價值得以充分適切地建立發揮。在邊塞戍守的世界裡，若從一般人來看，當然也希望邊地無事、國泰民豐，因此戰事發生時，勝利是每個人的期待。但是戰爭的勝敗因素牽連甚廣，沒有定準，驍勇善戰如李廣也常莫可奈何。而且一次的勝利也不能保證第二次不會落敗，多次作戰成果在加加減減後所得的總結果往往令人喪氣。所以李頻〈朔中即事〉詩中以「自古邊功何不立，漢家中外自相疑。」（卷五八七）寫出這種事況的不確定性自古以來即令人費解。想以邊功報君立名，恐怕是將安身立命的歸宿建構在一個飄搖的基礎上，所以「逢人皆上將，誰有定邊功。」（張蠙〈薊北書事〉卷七〇二）這種荒唐突梯的事況便成為將軍們生命中可笑的處境：一個擺盪在似歸其實卻未歸窘境中的榮耀生命。這是在生命價值的歸宿途中深陷泥淖以致未歸的邊塞詩，在情意結構上的糾纏混亂。

若再深細地解析，當將軍生命價值得到歸宿，亦即真確明顯地立下輝煌功業時，其實其心靈深處仍有矛盾困境。戎昱的〈收襄陽城〉詩可作為一個借用的放大鏡[21]：

五營飛將擁霜戈，百里僵屍滿瀘河。日暮歸來看劍血，將軍卻恨殺人多。（卷二七〇）

按說，殺敵眾多即能建立優異戰功，同時也意味了捍衛疆土或開疆拓土，保護或富足了同胞的生命財產。這本該是武夫宏揚生命意義、確立生命價值的表現，算是生命的回歸，亦即本該是文學回歸主題中的正題──歸。然而弔詭的是，這個歸途同時卻是另一條未歸的歧途。因為在日暮沉思反觀中，體悟到霜戈劍血顯示的是殺人眾多，他麾下士卒所殺人數的總和是百里僵屍（當然另還有自己手下士卒的戰亡）。那麼，在一場建立生命價值的戰爭中，無數珍貴的人命就此消殞。從最基本的人道立場來看，這是血腥殘暴而悲慘的結局，所以在將軍不負眾望的欣喜裡夾雜著的卻是殺人之「恨」。殺人，這背離人道的野蠻行為，又使將軍從心靈深處更本質的歸宿之路迷亡了。「恨」字是人性這條道路上不得歸的心情寫照。這是邊塞詩在日暮時反觀自照下的價值反題。表面正題得歸，深處卻是反題不歸的弔詭，正是邊塞詩價值回歸層次上情感矛盾混亂的所在，也是結構曲複奇特的所在。

三、時間與生存反題及單純結構

再往更深沉的層次解析，邊塞詩的黃昏回歸主題最後沉澱在生命歲月本身的不歸，是非常清楚明絕的不歸。這裡所以使用「不」歸，是因為它雖非意志選擇的結果，卻是永遠無法扭轉回復的既成事實了。它不像家鄉與價值的回歸，可以只是暫時未歸，隨時都有終將回歸的可能性。此類無奈的不歸，在時間上表現如：

野昏邊氣合，烽迥戍煙通。膂力風塵倦，疆場歲月窮。（駱賓王〈邊城落日〉卷七九）

三千護塞兒，獨自滯邊陲。老向二毛見……天暮角聲悲。（唐求〈邊將〉卷七二四）

將軍寒笛老思鄉……戍角就沙催落日……誰知漢武輕中國，閑奪天山草木荒。（沈彬〈塞下〉卷七四三）

慣習干戈事鞍馬，初從少小在邊城……懶說疆場曾大獲，且悲年鬢老長征。寒鴻過盡殘陽裡，樓上淒淒暮角聲。（耿湋〈塞上曲〉卷二六九）

一往不返的是時間，也是人的生命。這些邊塞詩在黃昏所共同悲弔的是自己已逝的生命。在疆場上歲月窮盡了，膂力衰倦了，同時也陪葬了自己的生命精華，因為為了護塞而滯留邊陲的結果便是老見二毛。一生好比一日，這些失落在黃昏天暮時分隨著一天的即將結束而特別容易感發。在認知自己以寶貴一生所換得的疆土只被任意閒置荒蕪，沒有任何實質意義時，這些失落加上被愚弄的感受，就變得更為可悲了。所以耿湋詩中那位從少小到老一直長征不斷、習慣干戈的老將，對於曾經大獲的光榮歷史也懶得述說，因為他輸掉了幾近一生的生命歲月。因此，不論勝負成敗，不論封侯勒石與否，與生命歲月相比較都變成身外的遙遠事相，而最切身最具體的從戰結果就是生命年華的一去不返、大量耗蝕。這是邊塞詩在黃昏情境中一個深沉悲哀的不歸反題，其情意結構是鮮明絕對的。

最後邊塞詩碰觸到的便是生命最底層的回歸主題——生存的問題了。作戰的士兵不論是主動為了爭功立名而來，或是被迫服役從征，面前都是活生生握持銳器的敵軍。形勢所驅，人不得不奮力一搏，像高適所說的「胡騎雖憑陵，漢兵不顧身」（〈薊門行〉卷二一一）。奮勇衝鋒，固可殺敵，卻也可喪命。人的生命在戰場上薄弱如游絲，只要稍一猶疑或技遲，便隨時可能命喪瞬間。這一往不復的死路便是永遠的不歸。邊塞詩中對於這種絕對永遠的不歸有如下的描寫：

十萬漢軍零落盡，獨吹邊曲向寒陽。（張喬〈河湟舊卒〉卷六三九）

鳶覷敗兵眠白草，馬驚邊鬼哭陰雲。（沈彬〈入塞〉卷七四三）

東征健兒盡，羌笛暮吹哀。（杜甫〈秦州雜詩〉卷二二五）

關城榆葉早疏黃，日暮沙雲古戰場。表請回軍掩塵骨，莫教士卒哭龍荒。（李益〈回軍行〉卷二八三）

誓掃匈奴不顧身，五千貂錦喪胡塵。可憐無定河邊骨，猶是春閨夢裡人。（陳陶〈隴西行〉卷七四六）

一場戰爭的結果往往死傷不計其數。雖然勢均力敵的時候也許雙方傷亡各半，勢如破竹的時候則敗方傷亡慘重，但無論如何，對世界而言一樣都減少了眾多寶貴的生命；對亡者而言，一樣都是不可挽回的全然失落。生命一旦降越了生存的最底線，便是永遠無法復返的不歸路。十萬漢軍零落盡，就有十萬個永不能歸的生命和十萬個永不能復圓的家庭。在寒陽日落、暮色低垂的當歸時刻，活者心中只能想像那些欲歸卻不得歸的煩冤遊魂無限的悲苦，以及夜色降臨時閨中等待歸人的怨婦藉著虛幻夢境來寄托一個永不能實現的回歸希望。這裡所觸及的不再只是單純的回鄉問題，而是生命存亡的威脅。這些異常危險的處境是超出我們日常經驗範圍的，其所產生的創傷與焦慮較之任何事件更為深沉。這是邊塞詩中最深沉悲哀的回歸主題，依然是在不歸的反題中，以數量的龐大與生存底線的斷裂，震盪出不歸的情感結構中一種逼近力學臨界點的張力與扭曲。

這類時間與生存永不歸的反題，在情感結構上與歸鄉反題正好相對。歸鄉反題是一種對未來的期待與渴望的暫時失落，雖然眼前未歸，但是每個下一分鐘、次日、下月或來年都有無窮的回歸希望。在充滿無限可能的希望與失望之間，人的自衛機轉便曲折出上論的情感結構。但是時間與生存的不歸，是絕對既成的事實，永遠無法扭轉。一旦失落，便是全面的覆沒；就像沒有回程的單程路途，其情感走向是十分單純斬截的墜落。面對死亡，再不需什麼裝飾掩藏了，也沒有什麼細瑣可以在意了。〈哭〉，是這種單純情感結構的直接表現。

當邊塞詩把回歸反題拉進悠悠歷史的洪流中，就出現了陶翰〈出蕭關懷古〉的詩作了：

大漠橫萬里，蕭條絕人煙。孤城當瀚海，落日照祁連。愴矣苦寒奏，懷哉式微篇。更悲秦樓月，夜夜出胡天。（卷一四六）

不斷重複出現的落日照祁連、秦月出胡天，不斷重複出現的苦寒悲奏，把所有自古以來各種類型、各種層次的未歸與不歸的處境和情思都含攝到歷史長河中。而歷史長河的本身也是絕對一往不返的路，一路悠悠漫漫走來，所有未歸不歸的情意都被吞噬淨盡。這該是邊塞詩黃昏回歸主題中最為遼敻悠遠而又繁複的不歸結構吧。

肆、結論

綜觀唐代邊塞詩中的黃昏回歸主題，幾乎全部是反題。而反題又有未歸與不歸兩種處境。未歸的是歸鄉反題與價值回歸反題，不歸的是時間反題與生存反題。至於其對應的情感結構則可表列如下：

觸覺的
視覺的
聽覺的
→ 黃昏物色的殊異性
→ 當歸意識 —— 黃昏的文化制約
→ 未歸情思
　　歸鄉反題 —— 曲折結構
　　價值反題 —— 矛盾結構
→ 不歸情思
　　時間反題
　　生存反題
　　→ 單純結構

❶ 王立《中國文學主題學——意象的主題史研究》列舉了九大常見重要的意象，黃昏便是其一。餘為柳、竹、

雁、馬、石、流水、海、夢。中州古籍出版社，一九九五年。

❷ 見同上注，頁二三八。

❸ 見同❶，頁二三八—二六三。

❹ 王立在第一個黃昏相思的主題中，雖碰觸到當歸的文化內涵，卻未將之視為一個主題來討論，只視為黃昏相思的基本背景而已。

❺ 集體潛意識是祖先歷史的「記憶軌跡」，它存在於每一個個體中，而且在本質上是完全相同的，它獨立於每個個體的個人生活，並能夠壓倒自我和個人潛意識。參榮格《分析心理學——集體無意識》，結構群文化事業，一九九〇年。

❻ 參同❶。又傅道彬〈黃昏與中國文學的日暮情思〉一文也論及：「經過文化的象徵，黃昏落日已不是純粹的自然現象，而上升為藝術上的『有意味的形式』。」見《中國文化》，一九九二年十一月第七期，頁一一五。

❼ 王立上引書頁二四八云：「日暮、歲暮、人生之暮與時代之暮相通，彼此間感發的意念情思也互補互滲。」另傅道彬上引文頁一二五引錄了加拿大學者N．弗萊把文學的主題劃分為四個基本模式：黎明——春天——誕生；日午——夏天——勝利；日落——秋天——死亡；黑夜——冬天——毀滅。

❽ 我們若以榮格的原型批評理論來檢視黃昏這個意象，必也會發現衍生增殖的現象。但這些衍生的意涵或象徵多少都帶有曲折的投射，若由人類自身的處境來看，最切身、最急迫、最根本的情感心態仍是回歸。

❾ 見傅道彬〈黃昏與中國文學的日暮情思〉一文最後總結的表，刊《中國文化》，一九九二年十一月第七期。

❿ 杜甫〈兵車行〉：「君不見青海頭，古來白骨無人收，新鬼煩冤舊鬼哭……」（《全唐詩》卷二一六）

⓫ 陳陶〈隴西行〉：「誓掃匈奴不顧身，五千貂錦喪胡塵。可憐無定河邊骨，猶是春閨夢裡人。」（卷七四六）

⑫ 陳鵬翔〈主題學研究與中國文學〉一文有如下的比較：「主題學是比較文學中的一部門 (a field of study)，而普通一般主題研究 (thematic studies) 則是任何文學作品許多層面中一個層面的研究；主題學探索的是相同主題（包括套語、意象和母題等）在不同時代以及不同的作家手中的處理，據以了解時代的特徵和作家的「用意」(intention)，而一般的主題研究探討的是個別主題的呈現。」詳《主題學研究論文集》，東大圖書，一九八三年。

⑬ 凡本文所有引詩均出自《全唐詩》，故在作者與詩題之後所標示之數字均為該書卷數，餘不復一一說明。

⑭ 此詩在卷二四二重出，題為張繼的〈奉送王相公赴幽州〉，「秋」字作「愁」。

⑮ 知覺的原則之一是，我們傾向選擇性地處理一些輸入的訊息。注意 (attention) 即是我們如何選擇環境的某層面或其他層面而知覺。詳見 **J. Darley, S. Glucksberg, R. Kinchla** 原著，楊語芸譯《心理學》，桂冠圖書，一九九四年。

⑯ 王鍾陵〈唐詩中的時空觀〉文中曾云：「唐人的邊塞詩，十分鮮明地體現了三個因素的結合：闊大的地域感，對邊地季候景物的描寫，以及征人的或豪邁、或悲切的種種心理之表現。」似乎頗能側面地證成這種主客條件結合的論點。見《文學評論》，一九九二年第四期，頁一三四。

⑰ 從心理學對記憶的理論來看，正常的人類記憶，是處理聯結、組織和意義豐富的材料。詳同⑮，頁二五八。在一般人的生活經驗中，家庭（故鄉）應就是最典型的「意義豐富的材料」。

⑱ 參同⑮，頁四七〇—四七一，高層次學習：格式化的情緒反應。

⑲ 如：

殘日沉鵰外，驚蓬到馬前（許棠〈塞外書事〉卷六〇三）

戍樓承落日，沙塞礙驚蓬（張蠙〈薊北書事〉卷七〇二）

關河初落日……野燒枯蓬旋（黃滔〈送友人遊邊〉卷七〇四）

慘慘寒日沒，北風卷蓬根（戎昱〈塞下曲〉卷二七〇）

入河殘日鵰西盡，卷雪驚蓬馬上來（姚鵠〈送友人出塞〉卷五五三）

⑳ 如：

孤雁暮飛集，蕭蕭天地秋（儲嗣宗〈孤雁〉卷五九四）

驚起暮天沙上雁，海門斜去兩三行（李涉〈潤州聽暮角〉卷四七七）

胡雛吹笛上高臺，寒雁驚飛去不回（杜牧〈邊上聞笳〉卷五二五）

寒鴻過盡殘陽裡，樓上悽悽暮角聲（耿湋〈塞上曲〉卷二六九）

㉑ 此詩寫收復襄陽城之事，雖非典型的邊塞詩，但因其深觸一個勝利將軍的心靈矛盾，對探討將軍作戰心理具有普遍性，故此借用以觀照之。

唐代黃昏送別詩的情意心理

壹、唐詩與送別

送別是唐詩常見的主題之一。

這固然是因為離別事件在人類情感的經驗中，因為懸隔牽掛以及未知的不安與不捨，而令人刻骨銘心，而富於綿長的波動，故而成為亟須抒發、記錄的題材，也成為文學中易於感人共鳴的主題。然而較諸以前的詩歌作品，唐代詩歌中送別主題的出現頻率確是明顯地增加很多。這表示在上述的本質性原因之外，還有時代性的因素存在，甘懷真在〈唐代官人的宦遊生活——以經濟生活為中心〉一文中認為：一、隋唐統一，版圖擴大，意味著官人要移動的距離增加。二、唐代官人獲授品官任地方職時，必須迴避本籍，造成官人經常性地奔波在任所之間，以及任所與京城之間。這種種因素使宦遊成為唐代官人的生活特色。

而隨著這種特色，離別就在宦人生活中扮演重要部分，使他們忙於「送往迎來」❶，這些生活經驗表現在唐詩中便成為〈送某人之……任……〉一類的作品。除了官人之外，科舉考試的參與使唐代讀書人較諸六朝及其前者擁有更多進入仕途授官的機會，他們必須主動積極地把握這些機會。於是隨之而來的投刺薦舉風氣以及漫遊交友等生活方式，也為更廣大的書生士子帶來更為普遍頻繁的迎往送來的經歷，表現在唐詩中便成為〈送某人下第歸……〉一類與更多面貌的送別詩。

而在唐代眾多的送別詩中出現一個有趣的現象，那就是在黃昏的場景裡送別，這似乎與我們清晨啟程分別的想當然爾的概念是相違的。這樣的現象中是否蘊含著某些社會文化的實況或是文學創作的藝術心理問題？本文便試圖藉由唐代送別詩的黃昏情境來了解唐代社會的送別情境以及唐代文人構塑詩歌意境的時代特色。

貳、黃昏送別的事況和心理意義

在我們一般的概念裡，送別的場面似乎應該出現在早晨。因為遠行出門的人在經過一夜充分的休息之後，可以精神飽滿地啟程。而且因為一天才剛開始，還有較多的時間可以趕路前行，也是較經濟的行程安排。但奇怪的是唐代送別詩卻常見黃昏送別的景象，如：

日暮東郊別，真情去不回。（孫逖〈送周判官往台州〉卷一一八）

山光分首暮，草色向家秋。（賈島〈岐下送友人歸襄陽〉卷五七三）

銜杯國門外，分手見殘陽。（黃滔〈送友人邊遊〉卷七〇四）

行人正苦奈分手，日落遠水生微波。（司馬扎〈送孔恂入洛〉卷五九六）

楊柳漸疏蘆葦白，可憐斜日送君歸。（張賁〈送浙東德師侍御罷府西歸〉卷六三一）

這些詩句出現的日暮、暮、殘陽、日落、斜日，大約都同寫傍晚日落的黃昏時候。在這個時候送別分手，確實引起人很大的疑惑。日既將落，天色逐漸昏暗，被送別即將遠行的人難道接著會趁著夜色摸黑啟程行進嗎？他不須睡眠休息嗎？這樣的分別時刻似乎並不合乎平常的作息習慣。然而為什麼唐詩中會有那麼多黃昏送別的描寫呢？這個有趣的問題可以分由事實層面與藝術意境層面兩部分來探討。而在事實部分，又可分從送行者（即作者）與被送者（即行役者）的角色立場來看。

一、客觀事況

首先，在事實的部分，從被送者的立場來看，將行者要前往他的目的地，在古代通常可經由水路與陸路兩種途徑抵達。若從水路行進，則送別的地點當是在津渡或河亭一類的水岸交接處。而在這些地方送別的詩仍然以黃昏分別為常見，例如：

夕陽孤艇去，秋水兩溪分。（劉長卿〈送方外上人之常州依蕭使君〉卷一四七）

征帆暮風急，望望空延首。（沈頌〈送人還吳〉卷二〇二）

雲帆望遠不相見，日暮長江空自流。（李白〈送別〉卷一七六）

行到河邊從此辭，寒天日遠暮帆遲。（楊凝〈送客歸常州〉卷二九〇）

秋江煙景晚蒼蒼，江上離人促去航。（牟融〈送陳衡〉卷四六七）

從延首望征帆暮風之中、夕陽孤艇去、日暮雲帆望遠、河邊辭暮帆以及晚景中離人促去航的描寫看來，這些臨水送別的詩在惜別送別之外，行者確實都在黃昏暮色之中啟程離去。這種情況我們可以很容易了解。緊接著而來的黑夜有船夫撐行掌控，行者仍然可以依其作息習慣而臥眠舟中，船隻照著正常的速度前進，所以黃昏分別送別的事況就十分普遍。這種以水路行進的旅程，可信在唐代是相當常見的。這一方面是因為陸路較受地形地勢的限制而有輾轉繞道的不便，另一方面則是因為水路行進的速度較為暢通快速。在《唐會要．卷八十七漕運》曾記載舊制，陸行馬程日七十里，而沿流之舟，河日一百五十里，江一百里，餘水七十里。這雖然是官定的運輸速度，但必然是依照自然物理定律而制定的。可知水路的行進比起陸路來是快速得多（逆流而上則另當別論）。王維在〈齊州送祖三〉的詩中描述道：「天寒遠山淨，日暮長河急。解纜君已遙，望君猶佇立。」（一二五）才解下了船纜，祖三已被水流推送到遙遠的地方了，這是水路的便利。可信，在允許的情況下，他們在路線的安排上應該會優先考慮水路，而使水路成為最常見的行役旅程。王立在〈中國古典文學中的流水意象〉一文中就指出：「漢至六朝的別詩多以臨水送別為主。」❷唐代在上述的客觀事實以及漢魏六朝既有的傳統習慣的基礎以上，當然更頻繁地出現臨水送別的詩歌主題。這在檢閱唐代送別詩的作品時，確實獲得了印證。

臨水送別的形式既然是唐代送別詩中普遍常見的現象，而行者因船行有船夫駕駛而得以在夜晚休息，故而黃昏起程的事況就顯得十分合理而易解，這是唐代送別詩多出現黃昏場景的客觀原因之一。

在陸路送別方面，仍然多出現黃昏的場景，如：

高駕臨長路，日夕起風塵。（韋應物〈送宣州周錄事〉卷一八九）

日暮征鞍去，東郊一片塵。（岑參〈送張卿郎君赴硤石尉〉卷二〇〇）

落日動征車，春風卷離席。（王建〈送韋處士老舅〉卷二九七）

殘日水西樹……，搖鞭背花去。（趙嘏〈汾上宴別〉卷五四九）

盈耳暮蟬催別騎，數杯浮蟻咽離腸。（李咸用〈送人〉卷六四六）

征車已動，馬鞭揮搖，風塵揚起，行人就在落日暮色中離去。這些描寫很清楚地展現黃昏乘坐車馬啟程分別的事況。對於緊接著而來的黑夜，雖然也可以像水路般，由車伕負責駕車，行者自在車內臥眠休息。但是陸路馬車的行進狀態是十分顛簸搖晃的，躺臥其內睡眠恐怕非常不適而難以入眠。此外，馬與船不同，船是非生物，而且它的航行完全是靠水的流動與篙槳的撐划，船隻本身是毫無知覺的工具而已。但是馬匹就不同。馬是動物，靠牠的四肢行進，牠有知覺，也有體力的限制，還必須時常補給糧草，牠不能像船隻般一天二十四小時繼續不斷地前行，牠需要休息、睡眠。在此情形下，行者應當是會在夜色降臨停下馬車，在客店、驛舍一類的地方過夜，那麼，黃昏時分告別友人啟程，似乎是不合經濟效益也不合常理的。因此，這一類明確寫明在黃昏時候分別而經由陸路起程的詩作在唐代是較為少見的。

更多的黃昏送別詩只是描寫在黃昏時告別相送，而未出現行者啟程的事實，如：

暮色催人別，秋風待雨寒。（李嘉祐〈送裴五歸京口〉卷二〇六）

落日知分手，春風莫斷腸。（高適〈廣陵別鄭處士〉卷二一四）

落日辭故人，自醉不關酒。（陸暢〈別劉端公〉卷四七八）

臨岐惜分手，日暮一霑巾。（周賀〈長安送人〉卷五〇三）

別時暮雨洛橋岸，到日涼風汾水波。（白居易〈送盧郎中赴河東裴令公幕〉卷四五六）

我們知道在送別的時候，多半是先行以餞別的宴飲，有一番的對飲、交談、叮嚀和酬唱，宴飲結束之後，才各自起身相別。所以這一類的送別作品應多半是在餞別酒席上的作品。餞席在日陽已落、天色漸黑的時候多半就會結束，送者行者於焉必須告別分手。但此處告別未必意謂行者一定是動身啟程前往將去的地方，而可能只是雙方面在夜色至時告別而各自休息入眠——或者同在客舍過夜，或者送者自回，行者投宿。待到第二天破曉時分再啟程出發。若是餞席後雙方同宿客舍待晨明，那麼餞席就可以持續至夜晚甚至天明。這主要是看送者的行蹤而決定的。下面的詩例可以顯現出這種現象，如：

建德津亭人別夜，新安江水月明時。（耿湋〈贈別劉員外長卿〉卷二六九）

江邊日暮不勝愁……明月峽添明月照。（楊凝〈別李協〉卷二九〇）

出餞宿東郊，列筵屬城陰。（韋應物〈送洛陽韓丞東遊〉卷一八九）

秋風入疏戶，離人起晨朝。（韋應物〈送中弟〉卷一八九）

渭城朝雨裛清塵，客舍青青柳色新。勸君更進一杯酒，西出陽關無故人。（王維〈渭城曲〉卷一二八）

這裡看到日暮時分出城，在郊野長短亭擺開筵席餞別。因為送與行的雙方都已準備好要在啟程的郊亭驛館或客舍一起住宿，所以餞別的宴席一直持續到夜晚月明時，等到第二天天一亮，行人就啟程告別離去了；或者像王維著名的〈渭城曲〉所描述那樣，在清晨時再簡單地對飲一陣而後分手告別了。然後遠行者可以有一整個白天直奔前程。這種情況在唐代傳奇小說中也頗可見，如〈鶯鶯傳〉中張生赴長安考試，崔鶯鶯便是在前一天日暮開始與親友聚集並鼓琴來惜別送行。而張生則是在休息一夜之後，第二天清晨出發的。

正因為餞席是從黃昏時候開始，在飲宴之中除對談話別之外，吟詩唱和，以作品贈送來表達依戀不捨、祝福稱揚對方或自抒己懷，於是詩中便常常出現黃昏的景象。這是唐代送別詩多出現黃昏的客觀事實因素的另一。

二、文學意義

以上是從客觀事實的情況來解析唐代送別詩多以黃昏為背景的原因。除此之外，還有一些文學創作時意境營構的考量和心理狀態的隱寓，也就是本目所要探討的。於此必須說明，文學構思只是一個增強的條件，而非必要條件，更不是充分條件。理想的情況下，它必須在上一目所論的客觀事實的基礎之上展現作用。也就是在黃昏送別的事實之上，詩人入詩時用心去描寫日落的背景，營構出黃昏的黯然底色，是有許多文學和心理因素蘊含其中的。以下將分由五點來分析黃昏作為送別詩的場景所具有的心理意義：

(一)黃昏基調與情境的點染

如上一目最後所論，唐代整個送別的過程往往延續頗久：時間上從日暮餞行擺宴，持續到夜分的共話惜別，而後宿眠，直到平明破曉的分手啟程；空間上則從出城到郊野長短亭、客舍，甚至可能更遠。由此可知，在整個送別的歷程中，真正發生空間分離、各赴前程的時刻一般是黃昏或清晨。然而綜觀唐代送別詩，出現清晨背景的作品卻遠較黃昏少了很多。可見唐代詩人在寫送別詩時，是有刻意強調送別歷程中的黃昏時段的現象。也就是反映在詩歌作品時，詩人對於送別情境的圖現是經過選擇和強化的。這種強調主要是因為黃昏在色調上趨於黑暗晦重，在聲音上趨於安靜沉寂，在氣溫上趨於冷涼肅瑟，這些特質容易產生淒涼悲傷的情調。所以李嶠〈送李邕〉詩感傷地說：「落日荒郊外，風景正淒淒。」(五八)這種淒淒的基調正是送者與行者的心情，有如李中〈送汪濤〉所說的「夕陽孤客心」(七四九)。也就是說，以黃昏的基調作為送別時的背景，能使離別分隔所致的失落情感被烘托強化。柯慶明先生在〈試論幾首唐人絕句裡的時空意識與表現〉一文中論析日暮時說：

「日暮」的漸趨淡黯的光色，無疑使得整個景象，尤其遠景部分顯得模糊而益發有杳遠無際的感覺。❸

這種杳遠無際感，正能確切地將送別時佇足目送、久久不捨行者遠影的情意烘托出來。而詩歌的情境便因這背景底色的點染而得到鮮明的圖現，詩歌的憂傷情調也更加濃重。

㈡意義、意象的應和與主題的強化

在上引柯慶明先生的論文中，曾針對王維〈臨高臺送黎拾遺〉一詩對日暮與送別的文學內在關係作了以下的分析：

日暮不但在事實上是「晝夜」的分際，即使在構詞上——它的由「日」與「暮」組成，顯然不同於「黃昏」只是光線狀態的指陳——也強調著這種分際。這種「分歧交點」的意象，正與「相送」在意義上、意象上有一種內在的應和。❹

雖然在構詞上黃昏不似日暮般能強調晝與夜的分際，但在實質上，黃昏、日暮、傍晚、夕等詞同樣都可指陳出晝與夜的分際意義，所以也都是所謂「分歧交點」的意象，也都與相送在意義上、意象上有一種內在的應和——時間的分歧交點與空間的分歧交點之間的應和。若從生活現象來看，黃昏是白天結束的時候，意味著活動內容及形態的轉變；而送別也是送與行雙方共聚時光的結束，意味著接處人事的轉變。因為兩者這些多重的內在關係，使兩者在意義與意象上多重應和，所以在詩人描寫送別題材時，黃昏場景的出現實具有深層的主題意蘊，且主題意蘊也因而得到強化。

(三)時間催迫與不捨情意的張力

黃昏，具有強烈的時間標示作用。它是白天結束與夜晚來臨的過渡，因此，人在黃昏時特別容易感生強烈的時間意識，由白天的隱沒而引發時間消逝的傷感。所以李商隱〈登樂遊原〉時見到「夕陽無限好」，並沒有怡然沉浸在美麗景色中，而是感歎「只是近黃昏」（五三九）。對於送別的雙方而言，時間的消逝還意味著離別事實的發生越加迫近。

本來，時間的顯現與感知常是依因著空間的變動，而空間的遷移也暗含著時間的流動。（流水意象應是最典型的例證。）克洛德・拉爾在〈中國人思維中的時間經驗知覺和歷史觀〉一文中論及：

從根本上，小說家和詩人所強調的正是時間的這種分離性……時間在消蝕著，具有分離性，它在分離在逃逸。❺

過去、現在與未來不停止地消失逃逸，不停地分離而去。這種分離性正與空間離別的分離性相應和。所以送別的場面中，時間一點一滴流逝，除了催迫行者啟程外，也催迫行者「行行重行行」，終而漸行漸遠❻。上引李嘉祐〈送裴五歸京口〉詩說：「暮色催人別」，「催」字正明顯表抒出送行者被黃昏暮色的強烈時間標示所逼迫。而萌生這種逼迫感的心理基礎正是依依不捨的情懷，怕共聚時光完全消失的深層緊張。

因此，黃昏作為送別詩的背景，含蘊著無奈的情感以及潛在抗拒力的挫敗和失落，具有情感與背景之間拉扯所生的張力。

(四)空間上歸息與流離的背反

在一般人的作息習慣中，白天工作，生命向外發放與人交際接處，心力體力容易耗損而漸趨疲倦；夜晚則睡眠，生命向內收束休養生息，心力體力得到補充再生而漸趨充沛。黃昏因為是晝與夜的過渡，所以人在此時便由外放回歸內斂，由工作回歸眠息，由疲倦回歸充沛。

在這眾人皆歸的愉悅輕鬆的時分，送別事況中的行者卻即將展開一連串的奔波流離，正是一種常態的背離。黃滔〈別友人〉詩中的「鳥帶夕陽投遠樹，人衝臘雪往邊沙」（七〇五）句，即是以鳥的投林歸息對比出人在沙雪中奔走的艱辛和落寞。因此黃昏場景在送別詩中正是以主角與常態歸宿的背離來對顯出雙方獨特的失落，而使詩歌情意更加深沉。

(五)文化積澱與文學象徵

在長久的歷史發展過程中，由於一些物象所具有的特質在人們生活中與心裡留下深刻的印象和觸發，並與人們某些體認相類。加上一些民族思維結構的特有比附，這些物象便在人心的投射與反覆制約的情形下，被賦予了特有的人文意涵。中國文學傳統中的日、月、雲、雨、流水、花木都是常見的例子。對於黃昏日落，傅道彬先生在〈黃昏與中國文學的日暮情思〉一文中析論道：

> 經過文化的象徵，黃昏落日已不是純粹的自然現象，而上升為藝術上的「有意味的形式」。太陽走向文化的歷程是不斷被生命化、符號化的過程，既然太陽的升沉把生命劃分成生與死、陽與陰兩個世界，那麼黃昏意趣就成為生命頹唐與衰敗的象徵，表現出

迫近死亡的憂懼。[7]

而在唐代詩歌中，送別的隔絕失落，行役的飄泊流離，懷才不遇的困頓怨抑，閨怨的寂寞閉鎖，傷逝懷古的蒼涼悲愴等，幾乎都是在「生命頹唐與衰敗」、「迫近死亡的憂懼」的籠罩下；即便是自然詩派，也常藉日落歸息的形象來表現生命安頓的怡然自得。因此，送別詩對黃昏場景的鋪寫和強調應是文化積澱與文學象徵的結果。

此外黃昏的意象與情境對於送別情感的表達、詩歌意境的深化也都有極其強力的助成作用，這在下一節將有詳細的論析和呈現。總之，基於文學創作的種種考量、藝術情境的營構布排等等需要，詩歌中描寫送別的景象也很自然地常以黃昏作為時空背景。這是唐代送別詩多黃昏場景的文學因素。

參、送別詩常用的黃昏意象與其意涵

在唐代的黃昏送別詩中，經常會有共通的意象出現，其中除了顯現某些社會現象之外，也表示詩人在情感主題的表達方式與詩歌意境的經營追求上有其時代的共性，那是文化長久積澱的結果，也是文學的時代特性。

一、秋天的意象

首先，伴隨黃昏送別時常出現的時間背景是秋天，如：

夕漲流波急，秋山落日寒。（駱賓王〈秋日送侯四得彈字〉卷七八）

郊筵乘落景，亭傳理殘秋。（沈佺期〈餞唐郎中洛陽令〉卷九六）

別君秋日晚，回首夕陽空。（李嘉祐〈送李中丞楊判官〉卷二〇六）

出門看落日，驅馬向秋天。（高適〈河西送李十七〉卷二一四）

送子清秋暮，風物長年悲。（杜甫〈送殿中楊監赴蜀見相公〉卷二二一）

秋天意象的頻頻出現，也是有其主客觀的因素存在。客觀的原因乃是唐代的習慣，當時各地擁有職務的官人參與選舉以求得職位升遷時，「必須在秋末上路赴京，至春末方歸」❽。而且每一年進京的科舉考試也多在秋天出發，因為根據高明士先生在〈隋唐的科舉〉一文中所顯示的，唐制「每年貢舉人在十月二十五日以前就要會集於京師長安」❾。所以在秋天告別親朋的現象也就十分常見。這是因政策而導致的社會習慣，也是黃昏送別詩多以秋天作為時間大背景的客觀基礎。而除此之外，主觀的原因則是詩歌情境塑造上與情感抒發上的需要。一年四季中的秋天有如一天中的黃昏日落時分。秋天是由熱情溫亮、陽氣興盛的夏天轉入寒冷灰黯、陰氣逼人的冬天的一個轉折過渡，人們在習慣了春夏的美麗溫馨之後，對於轉入冷涼蕭索的秋天特別容易產生傷懷感慨的愁情。猶如傍晚也是由白晝的溫暖明亮、活動生氣轉入冷涼黑暗、沉靜死寂的夜晚的一個轉折過渡，也容易讓人在此段時間產生感慨傷懷的情思。所以不管在時間的特質上，或環境氣質上，秋天與黃昏都有很多相似之處。兩者同時出現，可以用來加強送別時的情緒氣氛。因此駱賓王「秋山落日寒」一句就將寒的意涵同歸屬給並列的秋山和落日，兩者的並列互相強化了寒意。送別的主客體雙方的心情也經由這樣雙重並置的強化被點染出來了。

而在眾多的秋天意象中，黃昏送別詩又常以秋風、秋雲、秋水、秋草作為背景環境。在秋風方面，如：

暮色催人別，秋風待雨寒。（李嘉祐〈送裴五歸京口〉卷二〇六）

蕭條秋風暮，迴首江淮深。（高適〈別王徹〉卷二一一）

落日青山路，秋風白髮人。（吳融〈旅中送遷客〉卷六八五）

蘆花飛處秋風起，日暮不堪聞雁聲。（易思〈山中送弟方質〉卷七七五）

秋風昨夜滿瀟湘，衰柳殘蟬思客腸。（李咸用〈送黃賓于赴舉〉卷六四六）

秋風可以算是秋天最重要的特質，因為西風的吹襲，無所不在地將秋天的種種特質散布到各地，且花草樹木和其他各種生物都在它的吹拂下，變化了生命的外相，展現了秋天蕭瑟淒涼的特色。而且那是一種膚觸上的感受，不須用視聽等感官去注意觀察，就能感知秋天的降臨。而秋風所含帶的冷涼陰氣，正又是相別者內心的寫照，如韋應物〈送五經趙隨登科授廣德尉〉所說：「寒原正蕪漫，夕鳥自西東。秋日不堪別，淒淒多朔風。」（一八九）秋日朔風的淒涼，籠罩了整個寒原，在一片夕照蕪漫中所呈現的是悲涼的情境氣氛。這氣氛和送別的情事互相轉化，互相加強，所以更能將別者的「不堪」之情傳達無遺。這是秋風意象在黃昏送別詩中的作用，也是常出現的原因。

其次在秋雲方面，如：

蕭條千里暮，日落黃雲秋。（賈至〈送友人使河源〉卷二三五）

五兩楚雲暮，千家淮水秋。（韓翃〈送壽州陳錄事〉卷二四四）

孤舟經暮雨，征路入秋雲。（戴叔倫〈送別錢起〉卷二七三）

木葉怨先老，江雲愁暮寒。（方干〈殘秋送友〉卷六四九）

穆陵關上秋雲起……薄暮寒蟬三兩聲。（郎士元〈送別〉卷二四八）

雲在秋天似乎並不是特殊的形象，一般的印象中，只覺得秋天雲淡風清。但事實上，這裡寫的是秋天黃昏的雲，黃昏時候的秋雲會如歐陽脩〈秋聲賦〉中所描述的「煙霏雲斂」一樣，漸漸退收到天邊地平線，形成天邊綿亙的雲團，帶著遙遠不可知的神祕特質，猶如被送者的前路一般，故曰「征路入秋雲」。此外，多陰的秋天，天際常常籠罩著厚重的雲層，在天色漸黑的暮色中，更形陰鬱沉重。這樣的氣氛也正能寫照出送別主客體的凝重心情，和被整個外在環境籠罩壓抑難以超越的無奈限制。

無論是秋風、秋雲，它們都和秋水一樣，同具有快速流暢的移動性。當劉長卿說「夕陽孤艇去，秋水兩溪分」（〈送方外上人之常州依蕭使君〉卷一四七）時，當牟融說「秋江煙景晚蒼蒼，江上離人促去航」（〈送陳衡〉卷四六七）時，其表達的是江水把友人帶向遠方，也帶著秋意和離愁隨著友人遠行。秋風、秋雲也都是可以流暢跟隨友人遠行的，是連繫此地與目的地的物，也是連繫送與行雙方的物，它們在兩個空間與兩個主體之間連繫著秋意，也就連繫著愁情。

以聲音來展現秋天特質的，在黃昏送別詩中常見的是蟬鳴，如：

高鳥黃雲暮，寒蟬碧樹秋。（杜甫〈晚秋長沙蔡五侍御飲筵送殷六參軍歸澧州覲省〉卷二三三）

驚秋路傍客，日暮數聲蟬。（楊凌〈送客往睦州〉卷二九一）

秋蟬噪高柳，落日辭故人。（陸暢〈別劉端公〉卷四七八）

蟬悲欲落日，鵰下擬陰雲。（裴說〈秋日送河北從事〉卷七二〇）

寒蟬之聲淒切，與秋天、黃昏是同質的意象，所以數聲蟬鳴足以驚醒行客秋來的意識，所以裴說認為蟬聲似在悲悼日落，悲悼天地間的一片淒冷景象，同時也在悲悼故人好友的相別。這種淒涼的鳴聲不像其他秋天的景物、事象，可以閉目、掉頭不看，你無法關起耳朵，充耳不聞。它也不像其他視覺景象，其可看清楚的視覺距離非常有限，它可以傳聲廣遠，把整個大空間都籠罩在它淒切的音質中。所以在黃昏送別詩中秋蟬的意象很能點染出一種穿透性的情感，並營造出更立體撼人的意境。

無論是秋風、秋雲、秋水、秋蟬，或者還有更多的秋天意象，除了上論的強化黃昏送別的情感意涵和表現外，它們都是深具時間內容的意象。而送別是一個空間變異和阻隔的現象，是人類情感綿密接觸的失落。秋天和黃昏在時間上所具的分隔特性也和送別在空間上所具的分隔性是相同的，而且時間與空間含攝在意象之內是難以明確劃分開的。誠如王鍾陵在論〈唐詩中的時空觀〉時所說的：「在闊大的地域感中融入時間的因素，從而形成一種四維空間觀念，正是唐人空間觀念的特徵。」⑩因此，秋天和秋的其他意象在詩中和黃昏正都是送別主題的情感表達和情境營構的強有力的要素。

二、流水意象

其次，黃昏送別詩中常出現流水意象。在社會現象方面已如上論，水路的快速、平穩，不受日夜、地形限制，在交通不發達、幅員廣闊的古代是較為便利的遠行方式。所以送別詩多出現流水是極為自然的現象。但在更深層的部分，還有很多情意的象喻意涵，來強化送別的主題。其一，是以水流的急速來表情，如：

夕漲流波急，秋山落日寒。（駱賓王〈秋日送侯四得彈字〉卷七八）

天寒遠山淨，日暮長河急。（王維〈齊州送祖三〉卷一二五）

遠水下山急，孤舟上路賒。（戴叔倫〈送李審之桂州謁中丞叔〉卷二七三）

勞歌一曲解行舟，紅葉青山水急流。（許渾〈謝亭送別〉卷五三八）

從運輸的角度來看，水流急速可以加快行程，是件有利的好事，但對臨水相別的雙方而言卻是令人悲傷的一種催迫。水流急急，在速度上很直感地會讓人心生緊迫慌張，那種分離在即、立刻兩隔的事實就要發生的心情，是感傷而略帶驚懼惶恐的。而且一旦上船，立刻就會因水流急而相隔遙遠，所以戴叔倫看著孤舟在急流中一上路就變得賒遠，而王維更是在天寒河急下，看著「解纜君已遙，望君猶佇立」。所以這裡流水以急速的形態出現實是相別者不捨、依戀情感的表達，也是對相別者這種情感的無情打擊。

進一步來說，水的流動可以行經廣遠的空間，其本身所含具的空間意涵也是臨水送別詩情意內涵之一，如：

歸夢吳山遠，離情楚水分。（戴叔倫〈送別錢起〉卷二七三）

水闊盡南天，孤舟去渺然。（楊凌〈送客往睦州〉卷二九一）

人自傷心水自流……青山萬里一孤舟。（劉長卿〈重送裴郎中貶吉州〉卷一五〇）

中流欲暮見湘煙，葦岸無窮接楚田。（李頻〈湘口送友人〉卷五八七）

望斷長川一葉舟，可堪歸路更沿流。（羅鄴〈春江恨別〉卷六五四）

流水不但流向廣遠的地方，可以無窮盡地接向楚天或更遠的地方，而且載著行者的船隻更行更遠，終而渺然不可復見。流水不停，遠行者便隨它轉過青山萬里。它的流動，本身便是一種空間的分隔，就是送行雙方情感失落悲傷的成因。所以在送別詩中流水意象的迅速流動遠逝的特質較諸凝固不動的陸路更具有強力催迫的情意挫傷的特質，也就對整個詩歌意境具有深遠化的作用。

同時，流水的意象在中國文學傳統中更具有時間的內涵，這在送別詩中也同樣發揮著有力的作用，如：

遠水流春色，回風送落暉。（韓翃〈送高員外赴淄青使幕〉卷二四四）

臨流惜暮景，話別起鄉情。（權德輿〈送裴秀才貢舉〉卷三二四）

吳越古今路，滄波朝夕流。（劉禹錫〈松江送處州奚使君〉卷三五八）

東波與西日，不惜遠行人。（孟郊〈送遠吟〉卷三七二）

行人莫聽宮前水，流盡年光是此聲。（韓琮〈暮春滻水送別〉卷五六五）

水的流動正像似時光的永不停歇地流逝，所以流水意象一直是時間的重要象喻。在臨別的時候，時間也就是分離的指標，它決定起程告別的起點，它也是行程遠近的代換標示，所以詩人們共同感歎水流盡春色，流盡年光，流出朝夕古今，行者送者共同臨流而惜暮景。因此流水在此正與黃昏是相同而互相加強送別詩的時間內涵的。因為時間往往是路程遠近、空間距離的另一種更具體的顯示感知方式，也是分別雙方由分離、相思，從而引發生命意識時很自然覺受領悟到的情意內涵。王立論流水意象時，認為「流水最為直觀、切近和形象地體現了事物運作遞進的單維性與連續性，因而流水每每被中國古人用來聯想與表現時間、機緣、功業乃至年華、生命的不可復返性。」又說：「許多重要而普遍的情緒觀念。在其中（指流水意象）聚焦式地得到了別致的展示。」⓫而流水的單維性和連續性在送別詩中都可以表現出空間和時間特質對離別所產生的不可改變的事實和所起的情感挫傷失落的深沉性。

至此再和上文討論秋水意象相結合，就可以了解在黃昏送別詩中的流水意象多半被描寫成「白日落寒水」（戴叔倫〈送東陽顧明府罷歸〉卷二七四）、「波寒上下遲」（李端〈送張芬歸江東兼寄柳中庸〉卷二八五），其「寒」，是流水時間空間內涵的自然顯現，同時也是詩中主人翁情感的投射。所以其實不管是春水或夏水，在其寓含的時間空間特質方面，其寒或令境寒、令人寒，都是其本質性的一種必然的反應，這也是它在黃昏送別詩中所蘊含的情感深化、豐富化的作用。

三、雨煙意象

其次在黃昏送別詩中也常出現雨景，如：

回風醒別酒，細雨濕行裝。（岑參〈虢州送天平何丞入京市馬〉卷二〇〇）

離琴一奏罷，山雨靄餘暉。（張籍〈送鄭秀才歸寧〉卷三八四）

官柳依依兩鄉色，誰能此別不相憶。（錢起〈送崔十三東遊〉卷二三六）

官柳青青匹馬嘶，迴風暮雨入銅鞮。（韓翃〈送客之潞府〉卷二四五）

別時暮雨洛橋岸，到日涼風汾水波。（白居易〈送盧郎中赴河東裴令公幕〉卷四五六）

下雨的天氣總是讓天地一片晦暗潮溼，沉重的雲讓空間感陷入一種狹隘閉鎖的膠著中，無法突破空間困限而隨著行者自由去來，只能無奈地被阻隔在一個定點。這些全是送別者心情的寫照，也讓臨別的離情愁緒更加濃重。而綿綿密密的雨滴也像似天地在不捨情緒之下無法抑止的淚水。所以，雨景的出現點染了送別詩的膠著無奈的情感。此外，雨景也能為送別的場面增添無限悲涼氣氛，如：

雨氣醒別酒，城陰低暮曛。（岑參〈送薛播擢第歸河東〉卷二〇一）

暮色催人別，秋風待雨寒。（李嘉祐〈送裴五歸京口〉卷二〇六）

春衣過水冷，暮雨出關遲。（韓翃〈送崔過歸淄青幕府〉卷二四四）

亂雲收暮雨，雜樹落疏花。（戴叔倫〈送李審之桂州謁中丞叔〉卷二七三）

江草帶煙暮，海雲含雨秋。（劉禹錫〈松江送處州奚使君〉卷三五八）

雨水本身是清涼的，落在黃昏時候，尤其是秋冬的黃昏，就變成寒冷的、漫天的雨，把其寒冷灑覆下來，天際、空中、地面便是渾然的一片淒涼。人們置身其中，都會受到這寒冷之氣的侵逼而無所遁逃。於是藉別酒以消離愁的人還是被冰冷雨氣逼醒了，放眼所見是淒寒天地，是被雨打落的花葉。這一切都無形加重了別離場面的蕭瑟淒苦。傅道彬在論及雨的意象時說：「雨成為詩人情感活動的場，構成抒情背景。背景愈是蕭索淒涼，反映詩人的漂泊流離的悲痛就愈深刻、愈細微，從而形成一種詩歌的張力(tension)。正是在這尋求張力的基礎上，雨中送別才成為雨中哀怨的另一種通用形式。」[12]這是黃昏送別詩多雨景意象的原因。也是詩人內心情感很貼切的呈現方式。

和雨同質性很高的煙雲，在黃昏送別詩中也是頻繁出現的意象。煙者如：

輕煙拂流水，落日照行塵。（戴叔倫〈送友人東歸〉卷二七三）

孤煙寒色樹，高雪夕陽山。（賈島〈送易法師〉卷五七二）

今日煙江上，征帆望望遙。（王沂〈送鍾員外〉卷七五七）

煙裡棹將遠，渡頭人未歸。（狄煥〈送人游邵州〉卷七六八）

秋江煙景晚蒼蒼，江上離人促去航。（牟融〈送陳衡〉卷四六七）

雲者如：

浮雲暗長路，落日有歸禽。（高適〈別王徹〉卷二一一）

暮雲征馬速，曉月故關開。（戴叔倫〈廣陵送趙主薄自蜀歸絳州寧覲〉卷二七三）

春雲結暮陰，侍坐捧離襟。（權德輿〈送三十叔赴任晉陵〉卷三二三）

雲水蒼茫日欲收，野煙深處鷓鴣愁。（高駢〈安南送曹別勑歸朝〉卷五九八）

荒郊極望歸雲盡，瘦馬空嘶落日殘。（靈一〈送王穎悟歸左綿〉卷八〇九）

雲的厚積沉重所產生的阻隔閉鎖的空間感，浮雲的飄移變化所產生的遊子行旅不定的象喻意義等分別行役的情感表徵已如上文秋雲部分所論。至於煙嵐則在送別場面中點染出一片淒迷蒼茫的氛圍。這不僅是送別雙方內心情感的寫照，更是行者對於前路未卜，送者對於此去經年何時再聚等等未知的茫然感受。那是人們在無法掌握事況，只能無奈地接受、面對事態情勢時，極其困限窘迫又不安的心境，猶如身陷迷霧煙嵐中無可如何。而送別時所要面對的時間空間的限制，便是這種煙霧迷茫感受的根源。

四、小結

在黃昏送別詩中常見的這些意象，如秋風、秋雲、流水、雨、煙等，它們共同具有幾個重要特質。第一個是流動性。這種流動性能超越空間的限制造成送與行雙方的阻隔；也能含寓時間的內涵，造成未知的迷惘和不安。第二個是冷涼性，這種性質能投射、也能強化送別者內心悲傷的情感。第三個是某種程度的籠罩、遍在性，使人產生空間與情感的困陷而無所遁逃。而這些特質正與黃昏相似，發揮著互相加強的作用。

此外，除了秋風之外，雲、水、雨、煙等其實是同質性很高的形象，它們同樣都是水所變換的不同存在形態。它們共同的潮溼特性、不安定特性，都是行者、送者以及離別事態所隱含的處境和心情，而秋風則能加強控制這些潮溼特性和不安特性的含攝範圍和強度。

這些意象的內在意涵和特質既已分析如上，就可以清楚了解為什麼在傳統文學中象徵離別的柳樹等在黃昏送別詩中反不如前論這些意象來得頻繁了。

肆、想像行者的黃昏處境所顯示的心理意涵

在唐代的送別詩中還有一個常見的特殊現象，那就是送行者常以其想像力去猜測行者啟

程後的種種，而其想像總是以黃昏日落為背景，透顯出黃昏與行役與歸宿的密切關係。

一、想像黃昏趕路

首先送者常想像行者在日暮時分仍勞苦趕路的情形，如：

日西身獨遠，山轉路無窮。（李頻〈送友人遊塞北〉卷五八九）

落日千峰轉迢遞，知君回首望高城。（李郢〈送劉谷〉卷五九〇）

敝裘沾暮雪，歸櫂帶流澌。（岑參〈送嚴維下第還江東〉卷二〇一）

棹入寒潭急，帆當落照遲。（李咸用〈送別〉卷六四五）

驛路兩行秋吹急，渭波千疊夕陽寒。（吳融〈送友赴闕〉卷六八六）

他們想像著行者在夕陽落照的山路之間獨行，因為山轉路無窮，他們一方面得加速驅馬前行，尋找休息的地方，一方面又在淒寂的山林中回首頻望來路故人；或者在日落降溫的水上急急划動棹槳，卻因潭寒波密秋吹急而遲重前行；甚或是破裘帶雪倍受冰凍之苦仍然在冰水上吃力划槳。在這些行程的想像中，詩人主要是取黃昏暮色──尤其是山中水上的暮色的特別幽寂淒涼，而且黃昏正是常人歸家休息團聚的溫馨舒適時刻，而行旅的遊人卻反在疲憊的奔波中忍受孤獨、勞頓、思人，面對越加沉重的黯然。

詩人們還常更進一步想像黃昏行旅的朋友置身的聲響世界，如：

猿叫江天暮，蟲聲野浦寒。（崔峒〈送侯山人赴會稽〉卷二九四）

寒風吹畫角，暮雪犯征衣。（張南史〈送司空十四北遊宋州〉卷二九六）

青木暮猿愁……遊人易白頭。（李端〈送友人遊蜀〉卷二八五）

夕陽行遠道……猿啼促淚流。（無可〈夏日送崔秀才遊南〉卷八一三）

蜀魄巴猿悲殘夜，越鳥燕鴻叫夕陽。（齊己〈送人自蜀迴南遊〉卷八四五）

他們想像在暮色幽寂中，沿途還有蟲鳴、猿啼、鴻叫與畫角聲。這些聲音共同的性質是悲涼，可以使人感受寒意，使人悲傷促淚流，使人為之頭白。這些悲愁聲音不只是行者所去的地方具有的特色，同時與遠行者身體勞頓、心理傷愁相互滲透。送者想像他們不斷行進，卻整個被籠攝在由聲音、觸感和視覺交錯形成的一片悲淒的黃昏天地間。耿湋在〈送王祕書歸江東〉詩中想見其「孤舟向暮心」（卷二六八），李中也在〈送汪濤〉詩中想見其「夕陽孤客心」（卷七四九），都是對落日向暮時整體氛圍的深沉觸動有深刻了解而發出的想像。

二、想像黃昏投宿

此外，詩人也常想像行者在日暮時投宿休息的情形，如：

暮宿青泥驛，煩君淚滿纓。（武元衡〈同洛陽諸公餞盧起居〉卷三一六）

暮隨江鳥宿，寒共嶺猿愁。（許渾〈送客歸蘭谿〉卷五三一）

日暮征帆何處泊，天涯一望斷人腸。（孟浩然〈送杜十四之江南〉卷一六〇）

帆帶夕陽投越浦……風清聽漏驚鄉夢。（牟融〈送客之杭〉卷四六七）

蟬鳴遠驛殘陽樹，鷺起湖田片雨秋。（朱慶餘〈送浙東周判官〉卷五一五）

雖然這裡想像中的黃昏是在驛站館舍或泊舟岸浦住宿過夜，得以休息養神，沒有前引詩類的辛苦奔波，處境淒苦。但是詩人們仍然想像驛館周遭的蟬鳴、秋雨和泥濘，岸浦的寒猿愁啼和清風夜漏，仍然讓安身眠息的遊子在暮色沉重、一片蕭索的孤獨氛圍中驚起遙遠的鄉夢，而淚落斷腸。可見，不管是行進奔波、僕僕趕路，或是停歇休息，送行的詩人都將其關注的焦點放在行旅朋友的黃昏處境，關切他們是如何度過寂寥的黃昏乃至夜晚。這些想像之所以都出現黃昏情景，主要是因黃昏在自然方面趨於幽暗沉寂的荒涼性，在人文方面具有休息收束的舒適性，所以用猿啼鴻叫等哀淒的自然聲音與奔走僕僕的人為行動來交互作用，建構出行旅者極其困頓悲涼的處境。這應是送者一種設身處地、貼心同情的細緻友情的反映，同時也是送者——詩人心情與不忍情感的表現。

三、想像黃昏歸家

除了對被送者行役時種種愁苦的想像外，很多送別詩也想像行者在黃昏時回到目的地，如：

殘雪入林路，暮山歸寺僧。（皇甫曾〈送普上人還陽羨〉卷二一〇）

秋霽山盡出，日落人獨歸。（孟郊〈送曉公歸庭山〉卷三七八）

日暮遠歸處，雲間仙觀鐘。（張籍〈送徐先生歸蜀〉卷三八四）

故山當落暉……到家翻有喜。（趙嘏〈送韋處士歸省朔方〉卷五四九）

獨歸蝸舍暮雲深……雪滿空山不可尋。（許渾〈送處士武君歸章洪山居〉卷五三六）

黃昏本就是人們回家休息的時候，可以把一天中遇值的人事都暫時放下，極輕鬆地休養生息；可以收起向外應酬的約制而全然自在地向內面對自己。所以可以算是身心安頓歸宿的開始。因此這裡詩人們想像這些找到安身立命所在的修行者或處士就在日落時分回到他們的道場或隱處，正是一種歸宿安頓的象喻。於此，送行者雖也在詩中表現不捨的離情，卻又由這些想像中的黃昏情境來流露他們欣羨傾慕的情緒。這種想像就變成是對被送者的讚揚歌頌了。這是送別修行隱退者時的想像，這和偶見想像行者在旅程黃昏的優美景象如「日晚山花當馬落」（姚合〈送崔約下第歸揚州〉卷四九六）、「芳草漁家路，殘陽水寺鐘。落帆當此處，吟興不應慵」（李咸用〈送曹稅〉卷六四五）相比較，後者是對失意者的安慰語，帶有一些應酬的色彩，其情感就顯得薄弱得多。這是同樣想像行者的美好黃昏經驗，卻又因不同對象而蘊含不同內涵與不同情意的送別想像。

四、想像到達後的黃昏

此外，詩人們也常想像被送者回到歸處之後，日常生活中的黃昏景象，如：

海岸耕殘雪，溪沙釣夕陽。（皇甫冉〈送王翁信還剡中舊居〉卷二五〇）

日晚島泉清，坐與幽期遇。（朱慶餘〈送僧往台嶽〉卷五一五）

天寒一瓢酒，落日醉留誰。（李頻〈送胡休處士歸湘江〉卷五八八）

香爐峰頂暮煙時……古寺應懷遠法師。（韓翃〈送客一歸襄陽二歸潯陽〉卷二四五）

攜琴一醉楊柳堤，日暮龍沙白雲起。（陳陶〈送謝山人歸江夏〉卷七四六）

這些也是因為被送對象為修行僧人、山人處士或歸隱等類回復恬淡寧靜、遠離俗務生活者，因而想像他們歸後的黃昏生活是悠閒自在、浪漫美好的，黃昏在這裡也是一種歸宿安頓、向內收束的象喻。而這樣的想像描寫也是對於被送遠行的稱羨與頌揚。由於他們的身分與對人生的特殊選擇，使得此類送別詩在離情別意的表達上淡得很多，而表現得較為悠然自在。

同樣地，對於不同的遠行對象，送行的詩人也會在送別詩中有不同的黃昏想像，如：

落日花邊剡溪水，晴煙竹裡會稽峰。（韓翃〈送山陰姚丞攜妓之任兼寄山陰蘇少府〉卷二四三）

數溪秋雪岸，樹谷夕陽鐘。盡入新吟境，歸朝興莫慵。（鄭谷〈送司封從叔員外徼赴華州裴尚書均辟〉卷六七四）

黃花滿把應相憶，落日登樓北望還。（錢起〈送馬明府赴江陵〉卷二三六）

寒天暮雪空山裡，幾處蠻家是主人。（韓翃〈送客貶五溪〉卷二四五）

吳苑夕陽明古堞，越宮春草上高臺。（溫庭筠〈送盧處士游吳越〉卷五八二）

對於得官上任者，多半是以欣喜的心情送別，以羨慕祝福的態度來表情，所以詩中所想像的到達目的地後的黃昏生活便是優美浪漫的景象。但對於失意被貶者，則是想像其黃昏處境是悲苦孤獨的。至於處士遠遊者，則是針對遊蹤所至的地點特色加以想像。雖然這些想像的情感類型和重點各不相同，但它們都共同以黃昏日落時分作為想像的時空背景。

五、小結

在這些送別想像中，不論想像行者是愁苦，是得意或是恬靜安頓；不論是想像旅程際遇或歸後生活情景，就想像的本身而言其實就是一種深厚情意的表現。一方面因為關切的不僅是眼前將別的友人和自己之間情意的表達交流，更關切別後友人的種種處境。表示送者對行者的情意是綿長的，是隨時牽掛的，所以他的心思離開了自身，也隨著飄向行者遠去的所在。一方面因為深厚的情意會產生一種了解的需要，他需要了解友人的種種境遇和感受以使他略為心安慰藉，他也相信自己了解友人的處境和感受。因此，在送別詩中出現那麼多的想像，都是作者（自覺或不自覺）情意深切的一種反映。

而在想像中，不論是想像其行旅遊蹤或歸後生活，總是多以黃昏作為想像中的時空背景。這不僅是因為黃昏這個時空場景在情境上的多樣可塑性，可以是幽寂淒涼的，也可以是寧靜安祥的；可以是優美怡人的，也可以是絢爛詭譎的。它在不同的情感投射下都有適於滿足情感抒發、轉移的情境特質，很能適切表現出想像的情感。更重要的是黃昏這個時空場景是每個人需要休息放鬆、面對自我、得到身心安頓的時候，正因為如此，這也是人心靈最須溫暖慰藉共鳴、最脆弱的時候，所以黃昏就成為友人對遠行者最關注的時刻，因而也就成為想像中最常見的時空背景，這種想像便也是詩人最貼心最深摯的情感表現。

伍、結　論

根據本文所論，唐詩重要的主題之一送別常常以黃昏送別的形態出現，其所含蘊的意義和要點如下：

其一，由於水路的快速和種種方便，使得唐代送別詩以臨水送別為常見。又因水路的行進，可以不受白晝黑夜的限制，所以在黃昏啟程的情形很多，致使唐代送別詩多以黃昏水岸為時間空間背景。

其二，在清晨啟程的遠行者，則因夜裡須有充分的休息、準備，所以送別餞行的場面多在前一天的黃昏進行。他們在酒席間酬唱，故而寫成的送別詩也多以黃昏為背景。

其三，由於黃昏的淒涼基調可以助成離別情境的點染；黃昏在意義與意象上和離別相應和可以助成主題的強化；黃昏的時間催迫性可以助成不捨情意的張力；黃昏的空間歸息特性可以突顯離別的流離背反；黃昏在文化積澱中蘊含文學象徵意義等多重因素，所以送別詩多黃昏背景除客觀事實的因素之外也具有深層的主題意蘊。

其四，在唐代的黃昏送別詩中，常常伴隨以秋天作為季節背景。這固然與唐代官人候選升遷、出發參加科舉的時間相合，更重要的是秋天在季節輪替中的性質地位與黃昏在一天中的性質地位正相合，兩者可雙重強化送別的主題和情感特質。

其五，黃昏送別詩常見的意象如秋風、秋雲、流水、雨和煙雲等，共同具有寒涼、潮溼和不安定的特質，也都隱含有時間空間變動的內容，所以它們都和黃昏相結合，使送別詩中送者、行者處境與心境受到深化和強化。

其六，唐代送別詩另一個有趣的現象是，作者常藉著想像猜想行者在行旅途中的黃昏處境，或是到達後的黃昏生活。想像本身已是送者對行者牽掛的深厚情感的表現，而對於黃昏這個具有深沉身心安頓意義時刻的關注想像，更是詩人對行者情意的深刻表現。

---

❶ 見甘懷真〈唐代官人的宦遊生活——以經濟生活為中心〉，《第二屆唐代文化研討會論文集》，頁三九－四二。

❷ 見王立〈中國古典文學中的流水意象〉，《中國社會科學》，一九九四年第四期，頁一六五。

❸ 見柯慶明〈試論幾首唐人絕句裡的時空意識與表現〉，《中外文學》，第一卷第十一期，頁一三五。

❹ 同上，頁一三五。

❺ 見克洛德・拉爾著，鄭樂平、胡建平譯〈中國人思維中的時間經驗知覺和歷史觀〉，《文化與時間》，淑馨出版社，一九九二年，初版，頁二〇三。

❻ 上引柯慶明先生論文也提及：「(人)自覺地意識著自己屬於某一特殊空間，因而使得時間遂成為流離或歸往的計量。」見同❸，頁一四七。

❼ 見傅道彬〈黃昏與中國文學的日暮情思〉，《中國文化》，第七期，頁一一五－一一六。

❽ 見同❶，頁四三。

❾ 見高明士〈隋唐的科舉〉，《故宮文物月刊》，第八八期，頁十八。

❿ 見王鍾陵〈唐詩中的時空觀〉，《文學評論》，一九九二年第四期，頁一三三。

⓫ 見同❷，頁一六二。

⓬ 見傅道彬〈雨：一個古典意象的原型分析〉，《北方論叢》，一九九三年第四期，頁六三。

詩美學欣賞

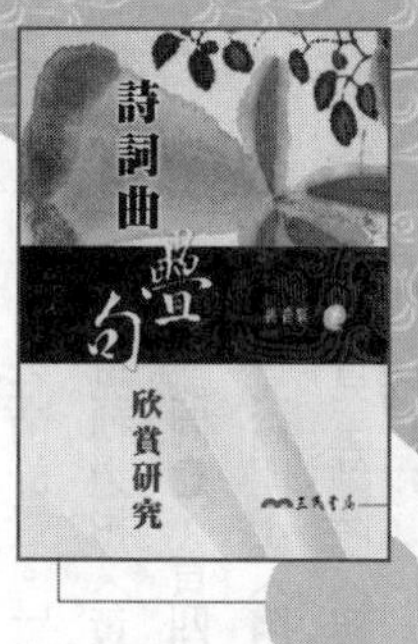

詩詞曲疊句欣賞研究

裴普賢／著

本書作者裴普賢教授是東西洋漢學家中，第一位正式研究疊句的人，她為疊句繪製出三十五張臉譜，即定出三十五種名稱。她從《詩經》中疊句的研究開始，進而展開對樂府、唐宋詞、元明戲曲、現代新詩、歌曲乃至非韻文疊句的考察。全書舉例詳盡，幾遍及各類文體，讓讀者在領略疊句的萬種風情之餘，還能欣賞多篇優美的文學作品，就像深入名山，不僅觀賞了奇景，又意外的發現寶藏。

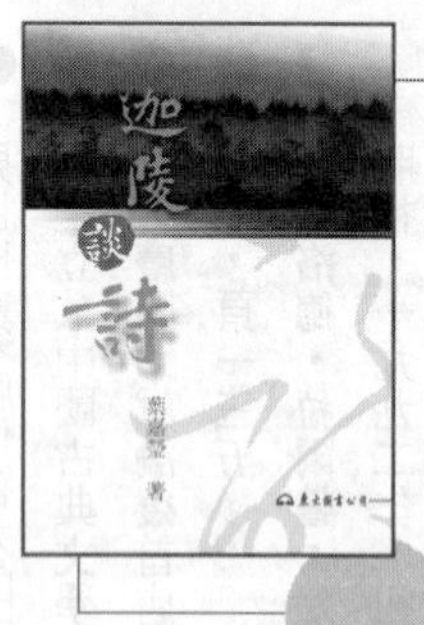

迦陵談詩

葉嘉瑩／著

本書收錄了葉嘉瑩教授歷年所寫關於中國詩歌的論著十二篇。其中所涉及的題目除了廣泛的中國詩歌在形式、內容、技巧方面的演進之外，尤其集中在古詩十九首與陶淵明、杜甫、李白、李商隱幾位名家的探討與欣賞上。作者採取了融貫中西、會通古今的觀點；在這種廣闊的背景上，她提出獨特的新見解，充分地顯示了作者感受的銳敏，思慮的周至，與學養的深厚。這是一本任何愛好中國詩歌的人都必須欣賞的優良讀物。

李杜詩選

郁賢皓、封野／著

李白和杜甫是唐代最偉大和最受讀者喜愛的兩位詩人，千餘年來，他們的優秀詩篇不僅在中國膾炙人口，也在世界各國為人們所傳誦。本書選錄兩人最具有代表性的詩篇各七十五首，按其寫作年代編排，並作詳細的注譯與精闢的賞析。同時每首詩都附有集評，匯集了歷代詩歌評論家的藝術鑒賞和評論，讀者既可以從中得到思想和藝術的教育與高品味的美感享受，又保留了自我理解與賞析的廣闊餘地，可說是一本最適合雅俗共賞的李杜詩歌讀本。

古籍今注新譯叢書

■新譯唐詩三百首

邱燮友／注譯

詩是濃縮的語言，最精巧的構思，含有高度情意的結晶。詩人慣用象徵、暗示的手法，表現心靈中最優美的情蘊和意境，於是詩中常有情景交融、一語雙關的現象，這是在傳譯上最不容易再現原有情蘊的地方。儘管如此，本書在語譯方面竭力維護原詩的情意，在注釋及賞析中，忠實地表達原詩的本真，展現原作美好的境界。因此，當讀者了解一首詩後，不妨多加諷頌，以體會唐詩美妙的所在，領悟唐人至真至善的情操和意境。

■新譯唐人絕句選

卞孝萱／注譯

唐詩的繁榮，不僅表現在數量多，藝術質量高，而且還表現在詩歌創作欣賞的高度普及和對於社會生活的深遠影響。在唐代，至少是在中上層社會，詩歌就如同日常生活中的柴米布，是日常生活的組成部分。唐代詩歌比較全面地反映了唐代的社會生活，表達了唐代詩人，特別是讀書人的種種心態。我們今天閱讀、欣賞唐詩，不但可以從中得到美的享受，而且還可以藉以了解古人的生活和心靈。而本書輕薄精鍊的特色，更是進入唐詩世界的捷徑。

■新譯杜牧詩文集

張松輝／注譯、陳全得／校閱

本書收錄杜牧作品，以唐代裴廷翰《樊川文集》為底本，並參考其他版本，對杜牧的全部詩歌、文章進行了注譯。在「導讀」中，比較全面地介紹了杜牧的生平、思想和文學成就。在「題解」中，還對作品的寫作背景、主要內容和藝術特點作了簡單介紹。本書是第一次對杜牧作品進行全面注譯的著作，對學習、研究杜牧作品有重要參考價值。

唐詩面面觀

■唐代古詩析賞（修訂二版）
■唐代絕句析賞（修訂二版）
■唐代律詩析賞（修訂二版）

許正中／著

床前明月光，疑是地上霜
舉頭望明月，低頭思故鄉

提到唐詩，對多數人來說，腦海中會立刻浮現這首李白的古絕。既敘情，亦寫景；有意象，有畫面，也有情思。

我國是詩歌的國度，唐詩更是無價的瑰寶，無論從什麼角度來賞析，都有「橫看成嶺側成峰」的玩味。千百年來，唐詩的生命隨時代煥發不同光采。本書作者透過考據，於精微處另闢蹊徑，別開生面的說解，為唐詩挹注了源頭活水，呈現深刻動人的風貌。

為使青年學子與社會大眾更貼近唐詩的世界，序言中並說明唐詩各體演變的概況與平仄格律的規則；選詩之後附有白話語譯，且將歷代解說、評論擇要臚列，再加上作者人生智慧的創見，是學習唐詩最好的入門書。

且讓我們一同在作者細心引導下，走進唐詩繽紛的靜謐世界吧！